HEYNE
BÜCHER

06/2500

Fantasy

Herausgegeben von Friedel Wahren

Von SHERI S. TEPPER erschienen in der Reihe
HEYNE SCIENCE FICTION & FANTASY:

Erbe des Blutes · 06/4692
Nach langem Schweigen · 06/4934
Die Schöne · 06/5344

ZYKLUS »MONSTRÖSE WELTEN«

Gras · 06/5918
Hobbs Land · 06/5919
Toleranz · 06/5920

TRILOGIE »DAS WAHRE SPIEL«

Der Königszug · 06/9043
Der Nekromant · 06/9044
Das dreizehnte Talent · 06/9045

Sheri S. Tepper

Das dreizehnte Talent

Dritter Roman der Trilogie
»Das Wahre Spiel«

Deutsche Erstausgabe

WILHELM HEYNE VERLAG
MÜNCHEN

HEYNE SCIENCE FICTION & FANTASY
Band 06/9045

Titel der Originalausgabe
THE TRUE GAME
WIZARD'S ELEVEN
Übersetzung aus dem amerikanischen Englisch
von Christian Lautenschlag
Das Umschlagbild malte Ned Dameron
Die Karten auf S. 7–11 zeichnete Erhard Ringer

Umwelthinweis:
Dieses Buch wurde auf chlor- und säurefreiem Papier gedruckt

Deutsche Erstausgabe 10/99
Redaktion: Joern Rauser

Erstausgabe bei Ace Books/Berkley Publishing Group, New York

http://www.heyne.de
Printed in Germany 1999
Umschlaggestaltung: Nele Schütz Design, München
Technische Betreuung: M. Spinola
Satz: Schaber Satz- und Datentechnik, Wels
Druck und Bindung: Presse-Druck, Augsburg

ISBN 3-453-15614-5

Inhalt

Inhalt

Stammbaum

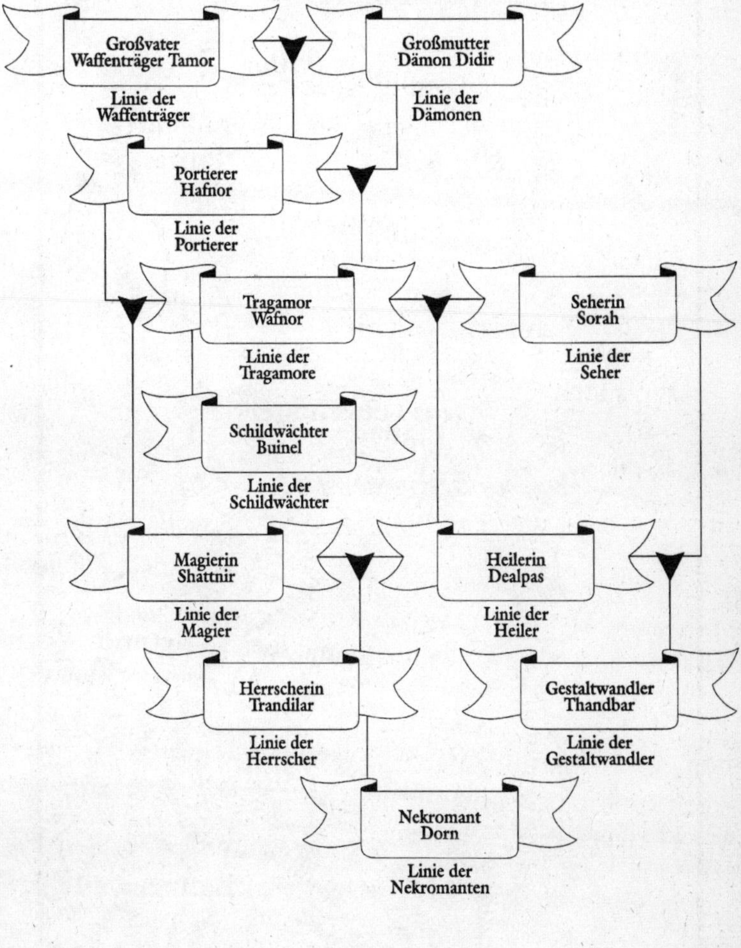

Großvater
Waffenträger Tamor
Linie der
Waffenträger
Großmutter
Dämon Didir
Linie der
Dämonen
Portierer
Hafnor
Linie der
Portierer
Tragamor
Wafnor
Linie der
Tragamore
Seherin
Sorah
Linie der
Seher
Schildwächter
Buinel
Linie der
Schildwächter
Magierin
Shattnir
Linie der
Magier
Heilerin
Dealpas
Linie der
Heiler
Herrscherin
Trandilar
Linie der
Herrscher
Gestaltwandler
Thandbar
Linie der
Gestaltwandler
Nekromant
Dorn
Linie der
Nekromanten

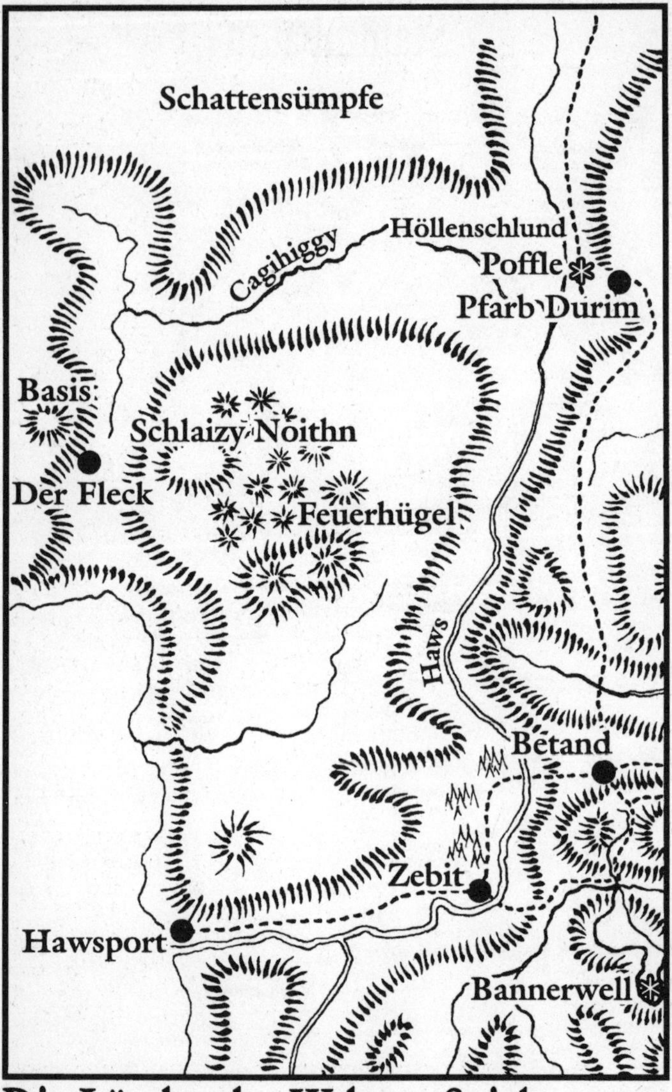

Die Länder des Wahren Spieles

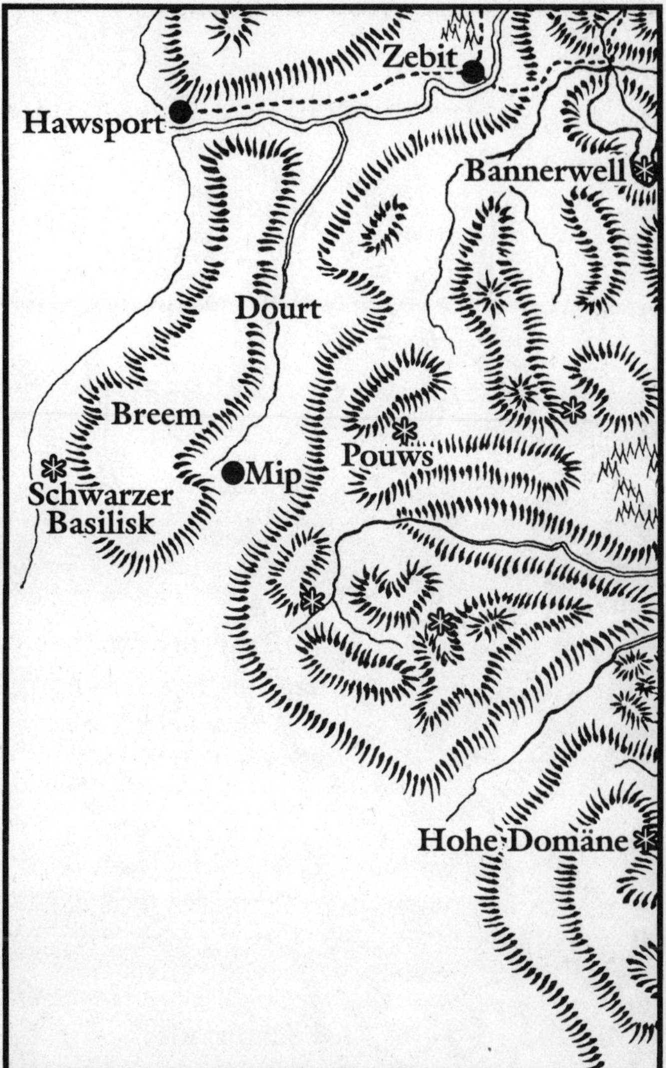

Die Länder des Wahren Spieles

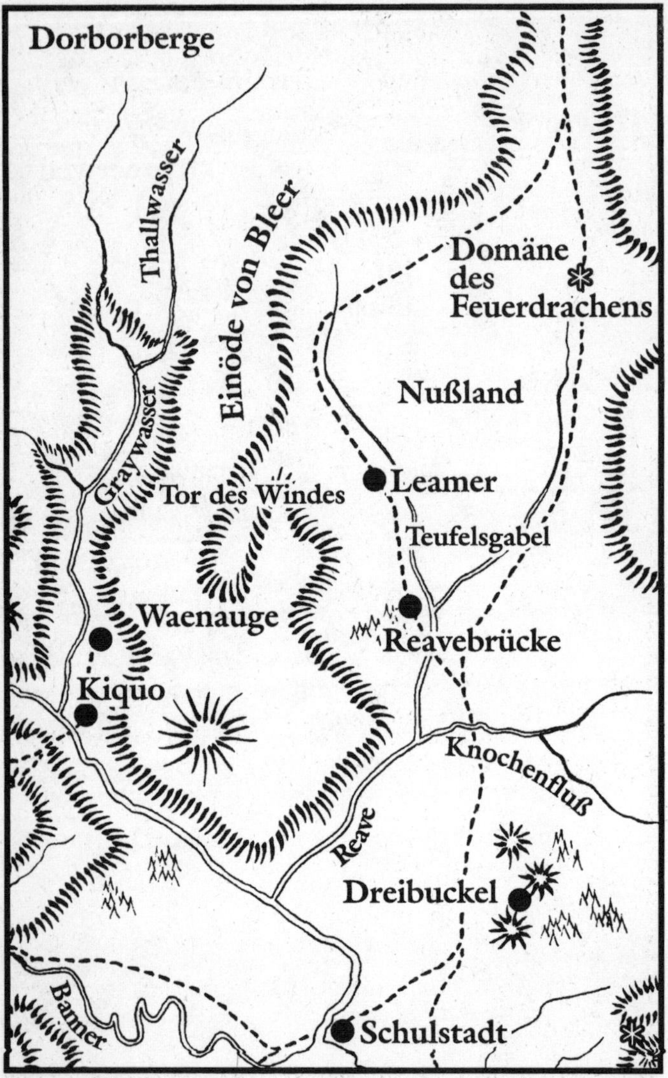

Nördlich und westlich der Schulstadt

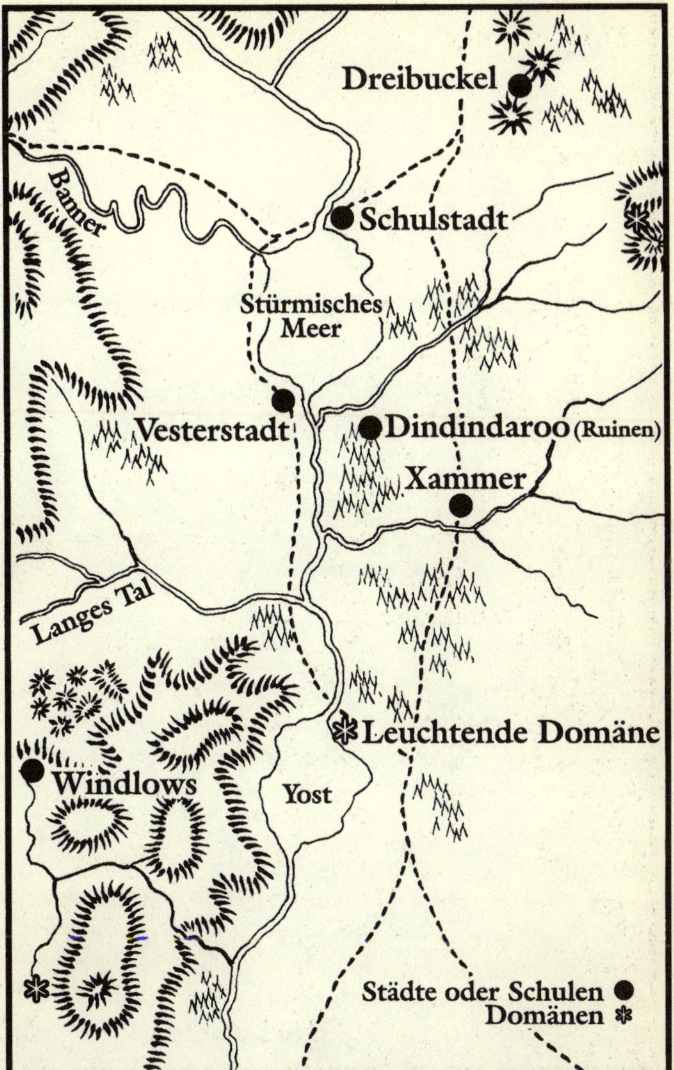

Südlich und westlich der Schulstadt

Einige hilfreiche Anmerkungen

Die Spielfiguren von Barish

1. Dorn, Nekromant	Talent: Erwecken der Toten
2. Trandilar, Herrscherin	Talent: Betörung
3. Shattnir, Magierin	Talent: Kräftespeichern
4. Wafnor, Tragamor	Talent: Telekinesis
5. Didir, Dämon	Talent: Telepathie
6. Dealpas, Heilerin	Talent: Heilen
7. Tamor, Waffenträger	Talent: Fliegen
8. Hafnor, Portierer	Talent: Teleportation
9. Buinel, Schildwächter	Talent: Feuerentfachen
10. Sorah, Seherin	Talent: Visionen
11. Thandbar, Wandler	Talent: Gestaltwandeln

Im allgemeinen sagt man, daß die Unveränderlichen das zwölfte Talent besäßen, und Peter stellte sich als Träger des dreizehnten Talentes heraus. Das Talent der Zauberer wird niemals erläutert. »Seltsam sind die Talente eines Zauberers.«

Anmerkungen über Fauna und Flora in der Welt des Wahren Spiels

Die in der Welt des Wahren Spiels einheimischen Tiere, Vögel und Wasserkreaturen besitzen keine Wirbelsäule und entwickelten sich aus einem Geschöpf, das einem Seestern ähnelt. Ihr Skelett weist die Form eines Fünfecks oder Sterns auf, oft in die Länge gezogen, wobei sich die Gliedmaßen und der Kopf an den Spitzen des Sterns befinden. Trotz dieses äußerst ausgefallenen evolutionären Musters konnten die Bioingenieure unter den Zauberkünstlern genetisches Material der neuen Welt mit dem der Welt, aus der sie kamen, erfolgreich mischen. Unter den dadurch inzwischen in der Welt des Wahren Spiels heimischen Tieren sind:

Bunwit: jede Art pflanzenfressender Tiere mit langen Hinterbeinen und platten, überrascht aussehenden Gesichtern unter aufgerichteten, dreieckigen Ohren. Wie alle Tiere dieser Welt sind auch die *Bunwits* schwanzlos. Sie fressen junge Gräser und die Blätter der Spinnweiden.

Speckstreifenfalken: flinke, hochaufsteigende Vögel, die hauptsächlich kleinere *Bunwits* jagen. Bekannt für ihre scharfen Augen.

Fustigar: Raubtiere, die in Rudeln leben. Einige Arten konnten erfolgreich gezüchtet und domestiziert werden.

Gnarlibar: ein riesiges Tier, das in den Wüstengebieten unterhalb der Gebirgskette der Dorborberge lebt. Es nährt sich von allem, was es jagen kann, selbst alten oder kränkelnden *Krylobos*. Das Brüllen des *Gnarlibar* läßt die Erde erbeben, was ihm den Beinamen ›Lawinentier‹ eintrug. *Gnarlibare* jagen immer zu viert, zwei Weibchen und zwei Männchen; die Weibchen werfen stets Zwillinge, ein männliches, ein weibliches Junges. Eine Gruppe *Gnarlibare* nennt man wegen ihrer Gewohnheit, aus vier Richtungen gleichzeitig anzugreifen ein Geviert. Nach allgemeiner Ansicht handelt es sich bei dem *Gnarlibar* um den Nachfahren einer prähistorischen Tierart, die so riesig gewesen sein muß, das sie bereits in das Reich der Mythen gehört.

Grol: ein langes, blindes Tier ohne Gliedmaßen und

mit mehreren Zahnreihen, das sich in Erde, Gestein oder andere anorganische Materialen wühlt und das darin enthaltene Leichtmetall verwertet. Seine Zähne sind steinhart und können als Mahlwerkzeuge benutzt werden. Mit diesen Steinfressern nicht verwandt sind die sogenannten *Wurstgrole*, kleine Geschöpfe gleichen Aussehens, die aber nur organisches Material vertilgen, hauptsächlich das Innere der Bodennüsse.

Krylobo: ein gigantischer Vogel ohne Flugvermögen, aber mit hochentwickelten Flügelfingern, der außerordentlich schnell laufen kann. Die *Krylobos* veranstalten Tanzwettbewerbe, die zum Faszinierendsten gehören, das abenteuerlustige Zoologen erleben können, da die Tiere sehr beweglich und kraftvoll sind.

Pombi: Fleischfresser mit Klauen und der Fähigkeit, hohe Bäume zu erklettern oder an unerreichbar scheinenden Orten zu kampieren. *Pombis* sind reizbar und bekannt für ihre unerwartete Angriffslust.

Thrispat: ein kleines allesfressendes Säugetier, das in Bäumen oder an abschüssigen Hängen lebt und den Ruf anderer Tiere oder die menschliche Stimme nachahmt. Kleine *Thrispate* sind in den Urwaldstädten als Haustiere sehr beliebt, wo Züchter darin wetteifern, die Sprechfähigkeit der Tiere zu vergrößern. Ein guter *Thrispat* kann bis zu hundert Wörter und Redewendungen aufsagen, wobei er offenbar auch etwas Sinn zu begreifen scheint. *Thrispate* fressen liebend gern reife *Thrilps,* von denen sich auch ihr Name ableitet.

Warnet: ein stechendes, fliegendes Insekt von unscheinbarer Größe und legendärem hitzigem Temperament, das in Schwärmen auftritt. Wird manchmal auch ›Säbelschwanz‹ genannt. Man behauptet, daß bei territorialen Auseinandersetzungen *Krylobos* manchmal Nester von *Warnets* nehmen und sie auf die Lager von *Gnarlibaren* werfen.

Einheimische Bevölkerung

Mindestens zwei einheimische Völker sind in den Länder in der Umgebung des Wahren Spiels bekannt:

Schattenmenschen: kleinwüchsige, fleischfressende (wenn nötig auch allesfressende) Nachtmenschen, die sich an Musik und Tanz ergötzen. Sie sind über alle Maßen begeistert von Tanzwettbewerben, Festivalen, Liederfesten und dergleichen. So versammelten sich zum Beispiel Hunderte in Hörweite des jährlichen Liederwettbewerbs von Minchery in Leamer. Obwohl die Schattenmenschen *Bunwits* jeglicher Größe essen, hat man noch nie gesehen, daß sie *Krylobos* angreifen, und sie werden ihrerseits auch nicht von *Pombis, Gnarlibaren* oder *Warnets* attackiert.

Eesties: Ein Volk, von dem manche sagen, es lebe zurückgezogen und abweisend, andere wiederum meinen, es sei freundlich und hilfsbereit. Tritt meist in einzelnen Individuen auf. Seine Sprache ist unbekannt. Besitzt eine sternförmige Gestalt, bewegt sich wie ein Waffenträger oder rollt über seine Ecken vorwärts.

1

Zauberer Elf

Von einem Gestaltwandler, der sich gerade nicht wandelt, der also nicht in ein Spiel verstrickt ist, wird erwartet, daß er richtige Kleidung trägt und sich wie jeder beliebige Dämon, Tragamor oder Nekromant benimmt. Jedenfalls hatte mir das meine Mutter Mavin Vielgestalt gesagt, der ich gern ihren Willen lasse, wenn ich kann. Zur richtigen Kleidung eines Wandlers zählt ein Tierkopfhelm sowie ein Umhang aus Fellen, und deshalb hatte ich mir einen Helm angefertigt, der wie der Kopf eines *Pombi* aussah, mit heraushängender Zunge, funkelnden Augen, riesigen Backen und Ohren – alles falsch natürlich, denn der Kopf eines echten *Pombi* wäre schwer wie Blei gewesen. Dagegen war mein Fellmantel echt genug und wärmte gut an jenem kalten Tag, als ich mich auf halbem Weg zwischen der Leuchtenden Domäne und der Stadt Xammer befand. Ich ritt auf einem großen schwarzen Pferd, das ich mir selbst aus Himaggerys Stall ausgesucht hatte, und Chance zuckelte verdrießlich auf etwas weniger Prahlerischem hinterdrein. Wir waren auf dem Weg Seidenhand zu besuchen, uneingeladen und keineswegs, weil ich es mir selbst so ausgesucht hatte.

Chance schmollte, weil er kürzlich etwas von einem exotischen Tier gehört hatte, das angeblich weit oben im Norden lebte, und er wollte, daß ich mich in dieses verwandelte, damit er auf mir durch die Stadt Thisp reiten konnte, die nahe der Leuchtenden Domäne lag. Eine Witwe lebte anscheinend dort…

Ich hatte nein gesagt, nein, viel zu würdelos. Und war nicht Chance selbst derjenige gewesen, der mich stets dazu gedrängt hatte, unauffällig zu bleiben?

Daraufhin gab er mir eine mürrische Antwort, die etwas über undankbare Bälger andeutete.

»Wenn sie dich auf einem *Gnarlibar* sähe, Chance, würde sie dich nie mehr ihr Haus betreten lassen. Sie dächte, du seist zu stolz, zu hochstehend für eine einfache Witwe.«

»Diese hier bestimmt nicht, Peter. Sie ist Witwe eines Waffenträgers und Tochter eines anderen. Beide ziemlich bedeutend, wie man erzählt.«

»Aber sie selbst hat kein Talent, Chance.«

»Nun ja ... Lassen wir das dahingestellt sein. Junge Burschen können nicht über alles Bescheid wissen.« Erneut verfiel er in stilles Schmollen.

Oho, Peter, sagte ich zu mir selbst. Chance hat es erwischt, und du warst unkooperativ. Das Bild der drallen Witwe vor Augen konnte ich mir vorstellen, welche Talente sie haben mochte, die Chance schätzen würde. Ich seufzte. Meine eigene Geschichte auf diesem Gebiet, so kurz wie sie war, bestand hauptsächlich aus unerwiderter Liebe. Ich beschloß, Chances Vorsprung aufzuholen. Irgendwann, später. Gewiß nicht, bevor ich nicht herausgefunden hatte, wie ein *Gnarlibar* überhaupt aussah. Dieser Gedankengang wurde durch Chances weiteres verdrießliches Murmeln unterbrochen, das darauf hinauslief, daß er nicht einsehen konnte, warum wir überhaupt auf dem Weg nach Xammer seien, da es doch in Xammer überhaupt nichts Interessantes gäbe.

»Seidenhand ist dort, Chance.« Ich erwähnte nicht die Blauen, den wahren Grund für meine Reise.

»Stimmt, aber das ist auch alles.«

Das war nur zu wahr. Außer ihr gab es dort wahrscheinlich kaum etwas Interessantes, aber einmal abgesehen von Windlow, dem Seher und den Blauen, hatte ich Gründe genug gehabt zu gehen.

Seitdem Mavin, Himaggery und ich vom Berg der Zauberkünstler im Norden zurückgekehrt waren, ging es in der Leuchtenden Domäne zu wie in einem Nest *Warnets*. Beide hatten zusammen mit Mertyn Großes geplant, und das Kommen und Gehen, das ihr Plan zur Folge hatte, machte einen vollkommen wirr im Kopf. Entsetzt über die Tatsache, daß die Körper bedeutender Spieler zu Tausenden in den eisigen Höhlen im Norden lagerten, hatten sie beschlossen, diese Körper wieder mit den dazugehörenden Persönlichkeiten zu vereinen, Persönlichkeiten, die überall im Land und in allen Domänen in Gestalt von Blauen verstreut waren und in den Schulstädten als Anschauungsmaterial für Schüler benutzt wurden. Mavin hatte sich selbst dafür verantwortlich erklärt, sämtliche Blauen ausfindig zu machen und zur Leuchtenden Domäne bringen zu lassen, obwohl unklar war, wie sie diese mit den richtigen Körpern vereinen wollte, es sei denn, sie hegte die Hoffnung, Quench, der letzte der Zauberkünstler, könnte dabei helfen. Auf jeden Fall stand die Ungewißheit darüber der Suche nach den Blauen nicht im Wege. Unterherolde jagten hin und her. Portierer blitzten überall auf und verschwanden wieder wie Peitschenhiebe; die ganze Domäne vibrierte vor Tätigkeit, Kommen und Gehen.

Gleichzeitig damit war mit einer unauffälligen Suche nach meinem Feind Huld begonnen worden. Wir wünschten uns alle, ihn so bald wie möglich zu finden, angesichts der Gefahr, die er für die ganze Welt und uns selbst darstellte, solange er sich in Freiheit befand, und die nur dann gebannt sein würde, wenn er sich im tiefsten Kerker befand oder tot war.

Und natürlich gab es immer noch jede Menge Vermutungen und Gespräche über jenen geheimnisvollen

Rat, dem man nachsagte, unsere Geschicke von einem verborgenen, weit entfernten Ort aus mehr oder weniger gut zu lenken. Alle, die nicht anderweitig eingesetzt waren, versuchten, diesem Geheimnis auf die Spur zu kommen. Ich reiste in der Zwischenzeit herum, sammelte Blaue ein und verbrachte kaum Zeit in der Leuchtenden Domäne. Das Leben unter den Augen einer sonderbaren Mutter, eines Vaters, der mich beäugte wie ein Ganter, der das Küken eines Speckstreifenfalken ausbrütete, und denen meines *thalan* Mertyn, der nicht aufhörte, mich wie ein Schuljunge zu behandeln, machte mich innerhalb weniger Tage reizbar und rebellisch. Das sagte ich den dreien auch, aber ich glaube, sie hörten mir gar nicht zu. Ich war für sie ein Schatz von unermeßlichem Wert, aber nur so lange, bis es darum ging, mir zuzuhören, und dann wurde ich plötzlich zu einem Fröschlein, das am Wegrain vor sich hinquakte. Ich wäre gern mitten im Geschehen gewesen, doch – sei's drum. Es hätte nicht gut getan, meine Mutter darauf anzusprechen. Sie war nämlich etwas eigen, meine Mutter, und obwohl ich ihr ohne Vorbehalt mein Leben anvertraut hätte, hatte ich das mit meiner geistigen Gesundheit nicht vor. Obwohl unschlagbar in schwierigen Zeiten, war sie doch im Alltag nicht einfach zu ertragen. Himaggery und Mertyn wirkten beschäftigt. Chance umwarb die Witwe in Thisp. Es gab keine anderen jungen Menschen in der Leuchtenden Domäne – alle waren in Schulstädten eingeschlossen. Was sollte ich also machen?

Ich hatte mich, dem Zustand meiner Taschen Rechnung tragend, entschlossen, schwimmen zu gehen. Während meiner Reise durch Schlaizy Noithn hatte ich gelernt, fast die ganze Zeit ohne Kleidung auszukommen und mir Taschen wachsen zu lassen, in denen ich Dinge verstaute, die ich bei mir tragen wollte. Wenn man imstande ist, sich Fangzähne und Klauen wachsen zu lassen, ist es erstaunlich, wie wenig Dinge man wirklich noch braucht. Nun sind Taschen in der Haut ja gut und schön, aber wie in gewöhnlichen Taschen auch, sammelt sich jede Menge Krimskrams darin. Ein gutes Mittel dagegen ist, die Taschen auszuleeren, umzustülpen und im heißen Wasser des Sees schwimmen zu gehen, über sich wallende Nebel und den Wind, der würzige Düfte aus den Obstgärten herüberweht. Alles sehr ruhig, stimmungsvoll und voll süßer Melancholie.

Bald jedoch hatte ich auch davon genug. Ich saß auf der grasbewachsenen Uferbank, den Inhalt der Taschen vor mir ausgebreitet, den ich sortierte, wie man es so macht, darüber nachsinnend, was man mit dieser fremdländischen Münze oder jenem seltsam geformten Stein nun eigentlich will. Weil ich nun schon dabei war, entleerte ich auch den kleinen ledernen Beutel, der die Spielfiguren von Barish enthielt.

Als ich sie gefunden hatte, waren es zweiunddreißig der kleinen Figuren gewesen. Nur elf davon schienen ›echt‹. Bei den anderen handelte es sich um Kopien, vor langer Zeit von einem unbekannten begnadeten Handwerker geschnitzt, um aus dem Ganzen einen vollständigen Satz Spielfiguren zu machen. Diese Kopien befanden sich in meinem Zimmer. Die elf echten waren mir inzwischen so vertraut wie die Linien meiner Hand.

Hier lag Dorn, der Nekromant, schmal, mit dunklem Gesicht, in der Hand die Totenschädelmaske. Ich konnte beinahe seine Stimme hören, einschmeichelnd und voller kalten Humors, die Stimme eines Schauspielers. Daneben die üppige Trandilar, Große Herrscherin, silberblond, sinnlich, die Lippen in immerwährender erotischer Lockung geschürzt. Dann Didir, das Gesicht halb unter dem Dämonenhelm verborgen, eine Hand konzentriert ausgestreckt, ihre Persönlichkeit wie eine papierdünn abgeschliffene Messerschneide, imstande, sich bis zu den geheimsten Gedanken anderer durchzuschneiden und sie zu LESEN.

Hier lag Wafnor, der stämmige Tragamor, klaräugig und lächelnd, dessen bloße Gestalt bereits die Kraft ausdrückte, mit der er Dinge BEWEGEN konnte – Berge, falls nötig. Er hatte dies einmal für mich getan. Dann Shattnir, androgyn, kalt, herausfordernd, bedrohlich, die wetteiferndste von allen, die Dornen ihrer Magierkrone funkelnd vor gespeicherter Kraft. Neben ihr lag die in Roben gehüllte Gestalt von Dealpas, der Heilerin, das leidende Gesicht verborgen, verzehrt von Schmerz, sie, die sie ›gepflücktes Blatt‹ nannten. Und der letzte von denen, die ich kannte, Tamor, der Waffenträger, der Schwebende Tamor, auf den Fußspitzen stehend, als wolle er sich gleich in die Lüfte erheben, Großvater Tamor, stark und verläßlich, flink im Urteil, rasch im Handeln. Diese sieben kannte ich, kannte das Gefühl, das ihre Persönlichkeiten in mir erzeugten, den Tonfall ihrer Stimmen, das Gefühl ihrer Körper, mit dem jeder von ihnen sich daran erinnerte. Ich konnte, wenn ich mich konzentrierte, beinahe das Muster jedes einzelnen in meinem Kopf entstehen lassen, ohne sie selbst zu rufen.

Es gab fünf weitere, die ich noch nicht gerufen hatte: Sorah, die Seherin, das Gesicht von der Falterflügelmaske beschattet, Kennerin der Zukunft, Visionärin. Der flinke Schildwächter und Feuermacher Buinel, beschäftigt mit Protokollen und Eigentum, voller Sorge, den flammenden Schild hoch erhoben. Hafnor, der Portierer, war unter ihnen, mit Flügeln an den Fersen, flüchtig wie Quecksilber, imstande, sich in einem Augenblick von einem Ort zum anderen zu teleportieren. Und schließlich Thandbar, der Gestaltwandler, dessen Talent auch das meine war, der listige Thandbar mit seinem Tierkopfhelm und dem Mantel aus Fellen. Alle elf lagen sie im Gras.

Und noch einer.

Einer, der nicht unter Farbe verborgen war wie die Spielfiguren. Ein eisblauer. Windlow. Ich hatte ihn nicht oft in die Hand genommen, und es gab Gründe dafür, aber jetzt, da ich neben den heißen Quellen saß, nahm ich ihn und hielt ihn aus Langeweile und Einsamkeit, aus Sehnsucht nach einem Freund, in der Hand. Er stieg in meinen Kopf wie guter Wein, und wir genossen eine lange Weile friedlichen Beisammenseins, während ich meine Beine ins Wasser baumeln ließ und an nichts dachte.

Dann war mir, als sagte jemand in überraschtem Tonfall: »Aah.« Meine Gedanken vernebelten sich, während Bilder durch meinen Kopf rasten, eines ins andere verschwamm. Mein Körper saß kerzengerade und begann, ganz rasch zu atmen; dann war es vorüber, und ich hörte Windlow in meinem Kopf sagen: »Ich hatte eine Vision, Peter. Hast du sie gesehen? Konntest du sie einfangen?«

Und ich sagte, wie zu mir selbst (wie es ja auch war): »Eine Vision, Windlow? Eben gerade? Ich konnte nichts erkennen. Nur Farben.«

»Es ist schwierig zu erkennen«, erwiderte er. »Dein Kopf ist anders als meiner. Er arbeitet nicht auf dieselbe Art. Wie seltsam, daran zu denken, daß man selbst einmal anders dachte! Es ist, als lebe man in einem neuen Haus und erinnere sich an das alte. Sehr reizvoll, dieser Unterschied. Ich könnte hier jahrelang herumwandern … Doch genug! Die Vision … Ich sah dich und Seidenhand. Und eine Gegend, weit oben im Norden, die man … ›Auge des Windes‹ nennt. Sehr wichtig. Wo ist Seidenhand?«

»Himaggery und Ihr habt sie nach Xammer geschickt.« Das stimmte. Es war nach der großen

Schlacht von Bannerwell gewesen, vor gut einem Jahr. Obwohl Seidenhand schon lange gewußt hatte, daß ihre Schwester Dazzle und ihr Bruder Borold ihres Mitleids unwürdig waren, verursachte das Ende in Bannerwell, das Dazzle lange Gefangenschaft und Borold den Tod brachte (denn er starb dort an der Burgmauer, wo er sich, Dazzles Anerkennung heischend, bis zum Schluß postiert hatte), ihr mehr an Kummer, als sie ertragen konnte. Sie machte Himaggery und dem alten Windlow (das alles geschah lange, bevor Windlow von den Händlern entführt wurde) bittere Vorwürfe, und die beiden schickten sie fort nach Xammer, um dort Spielmeisterin in Vorboldhaus zu werden. Sie war gegangen, um Frieden zu finden und, wie ich ihr damals gesagt hatte, Langeweile. Ich hatte ihr einen brüderlichen Kuß gegeben und ihr gesagt, daß sie es bereuen würde, mich verlassen zu haben. Nun gut, wer weiß. Vielleicht hatte sie es ja wirklich bereut.

»Aha. Dann ist sie also noch dort. Nichts bei ihr ist verändert, seitdem – seitdem ich in diesen Zustand geraten bin.«

Hübsch ausgedrückt. Ich wußte, daß er eigentlich hatte sagen wollen: ›seitdem ich gestorben bin‹, sich aber dagegen entschieden hatte. Schließlich kann sich jemand, der immer noch denken, sprechen und Visionen haben kann, selbst wenn er dazu den Kopf eines anderen Menschen braucht, nicht wirklich für tot halten. »Soweit ich weiß, ist sie immer noch dort, Windlow. Seid Ihr sicher, daß Seidenhand in eurer Vision auftauchte?«

»Ich glaube, du solltest zu ihr gehen, Junge. Ich halte das für eine wirklich gute Idee. Im Norden. Irgendwo. Irgendwo, wo du wahrscheinlich noch nie gewesen bist. Ein Riese? Möglicherweise. Eine Brücke. Mhm, es ist mir entronnen. Gleichgültig. Du mußt auf jeden Fall gehen. Und du mußt mich mitnehmen ... und die Spielfiguren von Barish.«

Ich stellte ihm eine Frage, die ich schon vor langer Zeit stellen wollte. »Windlow, warum nennt Ihr sie so? Ihr habt sie so genannt, Himaggery auch. Doch keiner von euch hat sie je gesehen, bevor ich sie fand.«

Eine langes, ungemütliches Schweigen entstand in mir. Ich meinte fast, zu merken, daß es Windlow lieber gewesen wäre, ich hätte diese Frage nicht gestellt. Verrückt ... Als er mir antwortete, war er jedoch nicht offen und zögerte etwas. »Ich muß von ihnen gelesen habe, Bursche. In einem dieser alten Bücher. So wird es gewesen sein.«

Ich bohrte nicht weiter. Ich spürte sein Unbehagen und legte den Blauen zurück zu den anderen in den Beutel, ließ ihn wieder schlafen, falls es sich dabei um Schlaf handelte. Manchmal, in dunklen Nachtstunden, packte mich das Entsetzen, wenn ich an die Blauen in meiner Tasche dachte, die warteten, warteten, nur durch mich lebendig wurden, wenn ich sie in die Hand nahm, und dann wieder in diese unbestimmbare Leere zwischen den Zeiten zurückkehrten. Der Gedanke daran war nicht zu ertragen.

Da ich aber nun niemandem etwas von Windlows Blauem erzählt hatte, konnte ich schlecht zu ihnen gehen und sagen, daß Windlow mir befohlen hatte, Seidenhand zu besuchen. Ich mußte mir etwas ausdenken, etwas, das sich plausibel anhörte. Ich hielt mich so dicht wie möglich an die Wahrheit. Ich erinnerte sie an die Schulstadt Xammer, an die Blauen, die sich zweifellos dort befanden, an die Tatsache, daß auch Seidenhand dort war und daß ich mich danach sehnte, sie wiederzusehen. Bei diesen Worten warfen sie sich gegenseitig bedeutungsvolle Blicke zu, und ihr Tonfall wirkte freundlich und scherzhaft. Außerdem, sagte ich, habe Himaggery doch stets Botschaften für die Unveränderlichen, die könnte ich doch mitnehmen. Ich könnte sogar noch ein paar andere Schulstädte weiter nördlich besuchen und dies alles zu einer einzigen Reise verbinden. Wie vernünftig! Wie schlau von mir! Ich könnte schon am nächsten Morgen losziehen und bitte, könnte ich mir nicht selbst ein Pferd aus dem Stall aussuchen, bitte, Himaggery, weil ich doch schon wieder um eine Handspanne gewachsen war?

Ja, ja, sagten sie zu allem, um des lieben Friedens willen, ja! Nimm Chance mit und bleib mit uns in Verbindung, für den Fall, daß wir Quench finden.

Das erklärt, warum Chance und ich an jenem Herbstmorgen die rauhreifüberzogene Straße Richtung Xammer entlangritten, welke Blätter aufwirbelnd und unseren Atem als Dampfwölkchen vor uns. Wir waren bereits mehrere Stunden unterwegs, nicht lange genug, um müde zu sein, aber schon ausreichend lange, um langsam unsere Steifheit zu verlieren und locker im Sattel zu sitzen. Unsere Ruhe wurde durch Chances Flüstern gestört.

»Vorsicht, Peter. Sieh mal, diese Reiter da vorn.«

Ich hatte sie schon bemerkt, mehr oder weniger unbewußt. Nun schaute ich genauer hin, um festzustellen, was die Aufmerksamkeit von Chance erregt hatte. Es war ein Waffenträger, das rostige Rot seines Helmes und die Schwärze seines Umhangs wirkten irgendwie staubig, selbst aus der Entfernung. Der Mann hing schlaff, in einer seltsamen Haltung wie eine Krabbe auf seinem Pferd. Neben ihm entdeckte ich einen tief herabgezogenen Hut über einem hohen, weiten Kragen, eine weitgeschnittene Jacke, die über und über mit Taschen bedeckt war. Ein Unterherold. Diejenigen, die mit Himaggery arbeiteten, hatten diese altertümliche Bekleidung zugunsten bequemerer Sachen aufgegeben. Neben dem Unterherold ritt eine billig aufgeputzte Hexe und daneben ein Oberexaminierer, in enganliegendes Leder gekleidet, auf das katzenhafte Streifen gemalt waren. Die krabbenartige Haltung des Waffenträgers erlaubte diesem, beim Reiten rückwärts auf uns zu starren.

»Beobachten die uns?« fragte ich Chance. »Wie lange schon?«

»Seitdem wir sie sehen, Bursche. Und sie waren nicht weit von uns entfernt. Sie könnten von dem Hügel vor dem Tor losgeritten sein, gerade so weit vor uns, daß es wie ein zufälliges Zusammentreffen aussieht.«

»Warum?«

»Warum?« Er schnaubte. »Warum ist der Himmel blau und das Gras grün? Warum steckt Himaggery voller Pläne? Warum sorgt sich Mertyn um einen Wandlerjungen, der mehr Talent als Grips hat? Ich bin es nicht, um den sie sich Gedanken machen.«

»Ich etwa?« Ich ließ es mir durch den Kopf gehen. Seitdem ich die Schulstadt verlassen hatte, war ich von irgendeiner Gruppe verfolgt worden, sei es im Auftrag von Huld, dem Dämon, sei es im Auftrag Priondes, des Hochkönigs, oder der Zauberkünstler. Die Zauberkünstler waren bis auf einen einzigen tot, so weit ich wußte, doch Huld und Prionde weilten noch unter den Lebenden. Wenn ich mir nicht noch einen weiteren Feind gemacht hatte, von dem ich nichts wußte …

Falls jemand diese Gruppe hier zusammengestellt hatte, um ein Spiel gegen mich zu gewinnen – dieses Mich, das ich hier offenbar war –, dann hatte er gut gewählt. Sowohl der Unterherold als auch der Examinierer konnten LESEN, wenn auch nicht über eine große Entfernung. Der Waffenträger und der Examinierer konnten beide FLIEGEN. Die Hexe und der Examinierer konnten etwas Kraft speichern. Dazu kam, daß der Unterherold sich von einem Ort zum anderen portieren konnte – nicht so weit und so rasch wie ein Portierer, aber unvorhersehbar –, und er besaß ein begrenztes Talent zum SEHEN. Die Hexe besaß außerdem die Fähigkeit, Feuer zu machen (ihr Talent der Betörung beunruhigte mich nicht weiter), und gemeinsam stellten sie einen formidablen Spielsatz dar.

Ich fragte mich, was sie wohl über mich wußten. Wenn Huld sie geschickt hatte, wußten sie zuviel. Falls es Prionde gewesen war, wußten sie vielleicht nicht genug, um mir wirklich Schwierigkeiten zu machen. Und falls es jemand anderes war? Der Gedanke war wirklich interessant.

»Welches Spiel? Mit welchem Ziel?« zitierte ich leise, nur für Chances Ohren bestimmt.

»Kein Spiel so nahe bei Himaggerys Domäne, Junge. Etwas weiter entfernt dürfte es dann ein Spiel auf Tod oder Gefangenschaft sein, oder? Was sonst?«

»Ich frage mich, was ich tun soll«, überlegte ich, mehr zu mir selbst, aber Chance schnaubte wieder.

»Bist du zur Schule gegangen oder ich? Fünfzehn Jahre hast du hinter dir, mehr oder weniger, aber ziemlich verlorene Zeit, wenn du dabei nichts gelernt hast. Wie lautet die Regel in einem Fall wie diesem?«

»Die Regel sagt, nimm zuerst den Unterherold«, erwiderte ich. »Es taugt aber nichts, an ihnen herumzumetzeln, wenn es nur unschuldige Reisende sind. Ich möchte gern sicher gehen.«

»Also abwarten, bis sie SPIEL rufen? Dann könntest du zu lange gewartet haben.« Er preßte seine Lippen fest zusammen und funkelte mich an. Das tat er, wenn er sich Sorgen machte.

»Es gibt andere Wege«, sagte ich. Verdeckt von dem schweren Fellmantel, wühlte ich in dem Beutel, der die Spielfiguren enthielt. Ich brauchte Didir. Sie floß in meine Finger, und ich fühlte ihre trockene Schärfe, als sie meinen Arm entlang in mich hineinrann. In letzter

Zeit hatte sie die Formalitäten fallengelassen und sprach nicht mehr mit mir, sondern LAS einfach in meinem Kopf, was sie dort vorfand. Ich lies sie LESEN, was ich sah. Ein Augenblick verstrich.

»Ich werde zuerst die Hexe LESEN«, flüsterte sie dann. »Kleiner Geist, großes Ego, kein Talent zum LESEN, das uns verraten könnte. Reite einfach weiter, während ich nach ihr greife ...«

Also ritt ich weiter, deutete hier auf die Landschaft und dort auf einen erstaunlichen Vogel, ganz wie ein neugieriger Kaufmann, dem außer dem Gedanken an seine nächste Mahlzeit und dem Gewinn des Tages nichts weiter durch den Kopf ging. Heimlich betrachtete ich jedoch die Hexe in der Gruppe vor uns. Schließlich haben ja Wandler einen Vorteil vor anderen. Sie, also auch ich, sind imstande, ihr Sehvermögen so zu schärfen, daß sie damit meilenweit entfernt von ihnen die Gänsehaut an einem frierenden Hinterteil sehen können. Ich hatte deshalb keine Schwierigkeiten, die Hexe näher zu betrachten, und was ich sah, gefiel mir überhaupt nicht. Sie hatte fahle, gelbliche Haut und hervorquellende Augen, die mit dicken schwarzen Strichen umschminkt waren. Der Mund wirkte klein und fleischig wie eine giftige Frucht, und ihre Haare standen in einer riesigen gekräuselten Masse von ihrem Kopf ab, durch die sie ab und zu mit den Fingern fuhr, die fingerlangen Nägel so schwarz angemalt wie ihre Augen. Die flatternde Seide, die sie trug, enthüllte eine taillenlose Plumpheit. Über allem lag eine Betörung, die die Augen des Betrachters trog und ihm vormachte, daß sie begehrenswert, herrlich und wunderschön sei.

»Hübsche Hexe«, sagte ich zu Chance.

»Schön«, seufzte er.

Oje. Sie hatte die Betörung über uns beide geworfen, nicht ahnend, daß ich immun dagegen war. Oder wußte sie davon und wollte meine Immunität prüfen? Die Möglichkeiten schienen endlos.

»Sie ist eine Hexe, Chance«, sagte ich streng. »Eine Schreckgestalt. Schwarze Fingernägel, so lang wie dein Arm; Froschaugen; Haare wie eine Scheuerbürste und eine Figur wie ein Kopfkissen.«

Die Kinnlade klappte ihm herunter, aber er kannte sich mit Spielern gut genug aus. »Ich werde daran denken, Peter«, sagte er mit bemerkenswerter Würde. »Sei sicher, daß ich es nicht vergessen werde.«

»Aber wenn du zeigst, daß du es weißt«, fügte ich liebenswürdig hinzu, »wird sie wissen, daß ich es dir gesagt habe. Tu besser so, als würdest du sie umwerfend finden.«

Er warf mir einen gekränkten Blick zu. »Ich bin doch kein Narr, Junge. Soviel habe ich mir auch schon zusammengereimt.« Und er fuhr fort, sie mit offenem Mund anzustarren. Wenn ich nicht von der Witwe in Thisp gewußt hätte, hätte ich schwören können, daß er völlig hingerissen war.

Nicht lange darauf meldete sich Didir wieder. »Sie wollen dich fangen, Peter, im Auftrag von jemandem. Die Hexe weiß jedoch nicht, von wem. Der Examinierer trägt aber etwas Gefährliches in der Tasche, etwas, das dich hilflos macht. Sei vorsichtig.« Und sie verschwand wieder. Die Spielfiguren verweilten nicht in meinem Kopf. Nicht zum ersten Mal fragte ich mich, ob sie Höflichkeit oder Unbehagen dazu trieb. Weigerten sie sich aus Freundlichkeit mir gegenüber, mich zu besetzen oder weil mein Kopf kein angenehmer Aufenthaltsort für sie war? Solange ich es nicht wußte, reichte es, um mich klein und bescheiden zu fühlen.

»Die Regel sagt, nimm den Unterherold zuerst, Chance, aber wir brechen diese Regel. Da wir gewarnt sind, sollten wir sie zuerst ziehen lassen. Ich werde herausbekommen, wie sich die Domäne anfühlt. Meines Erachtens beabsichtigt die Hexe, bald zu ziehen. Kannst du über diese Entfernung einen Flirt anfangen?«

»Spiel ist also angesagt?« Er murmelte etwas, das ich nicht verstand, und sagte dann: »Gut, wenn sie mir ein Zeichen gibt, fällt es mir wohl nicht schwer, meine alten Knochen in Bewegung zu setzen.« Und nickte, mit sich selbst zufrieden. Alter Gauner. Er hatte recht. Spiel war angesagt.

In einem formellen Spiel, einem Großen Spiel, hatte die Ankündigung gemäß der Spielregeln des Großen Spiels zu erfolgen, durch Herolde, die die Gründe und Ursachen ausrufen, die Konsequenzen und Folgen. Im Großen Spiel wußte jeder, wer spielte und warum und was für ein Pardon eventuell gegeben würde. Dann gab es Spiele zu zweit, die beinahe ebenso formell waren. Einer rief das Spiel aus, und der andere antwortete in Gegenwart von Freunden und Landsleuten. Es gab auch geheime Spiele, verdeckte Spiele, aber sogar diese mußten, wenn man nach den Regeln spielte, angesagt werden. Die Ankündigung konnte aber auch bereits ein Teil des Spiels sein. Wenn der Gegner ein Dämon war, konnte die Ankündigung einfach der Gedanke daran sein. Wenn es sich um einen Ranzelmann handelte, war die Ankündigung vielleicht versteckt. Falls es ein Seher war, konnte die Entscheidung für das Spiel bereits als Ankündigung desselben gelten. Ein wahrer Seher, galt als Begründung, würde es in seiner Zukunft SEHEN. Es gab ungeheuer viele Möglichkeiten. In unserem Fall hatte der Waffenträger auf sich aufmerksam gemacht, und die Hexe hatte an das Spiel gedacht. Das war genug der Ankündigung. Die einzige Ungewißheit bestand nur noch darin, ob die Gruppe vor uns wußte, daß ich tun konnte, was Didir eben getan hatte. Nun ja, und wenn schon! Spiel war angesagt. Also dann …

Wir ritten weiter, die Gruppe vor uns war nur geringfügig langsamer als wir, so daß wir allmählich aufschlossen und der Hexe näher und näher kamen. Chance blickte immer öfter in ihre Richtung. Wir waren noch nicht so nahe, daß uns der Unterherold und der Examinierer hätten LESEN können, und ich wollte den ersten Zusammenstoß herbeiführen, noch ehe sie versuchten, mich zu LESEN und merkten, daß es nicht ging. Chance und ich hielten und taten so, als gingen wir in die Büsche, wobei wir sie aber heimlich durch das Laub beobachteten. Als die Entfernung zwischen uns sich etwas vergrößert hatte, kamen wir wieder unschuldig hervor. Wenn sie wirklich vorhatten, die Hexe zuerst ziehen zu lassen, würde ihr Zug bald erfolgen.

Und so war es.

Wir sahen, wie sie die Pferde zügelten, sahen die ausgiebig gespielte Bestürzung, mit der die Hexe ihre Kleider durchsuchte, als hätte sie etwas verloren. Ei, ei, was hatte sie bloß auf der Straße verloren? Etwas Wichtiges ... O ja, ausdrucksstarke Gesten des Verlustes und der Aufregung; ebenso heftige Gesten zu den anderen, weiterzureiten, weiter, während sie selbst zurückreiten und dann wieder zu ihnen aufschließen würde. »Beobachte sie«, sagte ich zu Chance. »Sie wird gleich bei uns sein, gerade so, als suche sie etwas auf der Straße.«

»Wie sieht sie noch einmal aus?« keuchte Chance.

»Schwarze Fingernägel, schwarzgeschminkte Augen, eine Figur wie ein Kopfkeil und Haare wie Drähte. Gib acht, Chance. Die verspeist dich zum Frühstück.«

»Es liegt wohl an dir, das zu verhindern, Junge.«

Als sie etwa hundert Schritte von uns entfernt war, wandte sie sich uns zu, mit strahlendem Lächeln. Götter des Spiels, was war sie schön! Mein Mund klappte fast auf, aber dann suchte ich nach dem Muster, das mich klarsehen ließ, selbst als meine Finger in dem Beutel nach Wafnor forsteten. Weit vorn auf der Landstraße war das Pferd des Waffenträgers nun reiterlos. Die Hexe schürzte ihre Lippen zu einer niedlichen Schnute.

»O wertester Wandler, ich bitte Euch um Eure Hilfe! Ich weiß, daß Wandler ihre Augen so scharf einstellen können wie die eines Falken, der damit eine Münze meilenweit unter ihm in einer Schlucht erkennt! Könntet Ihr für mich nach dem Armband suchen, das ich irgendwo hier verloren habe, vielleicht dort drüben, am Rande des Wäldchens?«

Dann wandte sie sich zu Chance, warf ihm ihr Lächeln zu wie das Feuer einer Fackel. Ich dachte, ich sähe ihn schmelzen, doch dann entdeckte ich die Kerben in seinen Wangen, wo er sie zwischen die Zähne eingesogen hatte. »Bauer«, sagte die Hexe, »würdest du deinem Herrn helfen, mein Armband zu finden und mit zu den Bäumen gehen … Was er sieht, kannst du bringen und meinen Dank dafür erhalten, genau wie er …«

Chances Augen traten fingerbreit aus den Höhlen, und man hätte glauben können, er fiele fast vom Pferd. In der Zwischenzeit lächelte ich, verbeugte mich, Verlangen in ihre Richtung atmend, während ich Didir rief, damit sie sich in den Kopf der Hexe setzen und mir erzählen konnte, was sie plante. Ich wußte, daß sich der Waffenträger irgendwo über uns befinden mußte, bereit, sich fallenzulassen, sobald wir zwischen den Bäumen auftauchten. Ich flüsterte ein Stoßgebet um genug Kraft, das auszuführen, was ich beabsichtigte, und wandte meine Augen dann dem Wegrain zu, als die Hexe näher kam. Unter meinem Finger erwachte Wafnor zum Leben und griff zwischen die Äste. Ich war schon beinahe im Wald angekommen.

»O lieblichstes Wesen!« rief ich. »Hier … Könnte es

sich an diesem Ast verfangen haben? Seht doch das Funkeln dort, wo die Sonne darauf scheint, nicht so strahlend wie Eure Schönheit, aber hell genug, um es zu zieren …«

Hexen sind meistens einfältig. Sie entwickeln ihr Talent in der Regel recht früh, und die Möglichkeit, andere zu betören, führt sie in ihren jungen Jahren zu rasch zum Erfolg. Jedenfalls sagte das Spielmeister Gervaise. Diese Hexe hier war ein Musterbeispiel für seine Worte. Sie eilte mir hinterher, noch immer schillernd und betörend, was das Zeug hielt. Es erinnerte mich an Dazzle und natürlich auch an Mandor, und als ich mich nach ihr umdrehte, mußte sie das in meinem Gesicht gelesen haben, denn sie sprang mit einem Wutschrei auf mich zu, die schwarzen Fingernägel auf meine Augen gerichtet. Ich hatte keine Zeit zu überlegen. Ich packte ihre Handgelenke, duckte mich, machte eine Drehung und schleuderte sie über meinen Kopf nach hinten, wo sie mit einem lauten Keuchen, als die Luft aus ihr herausgepreßt wurde, auf dem blätterbedeckten Boden landete. Dann schaltete Didir rasch und gekonnt in ihrem Gehirn herum, und die Hexe blieb bewußtlos liegen. Körperlicher Kampf ist etwas, was wir nie in der Schulstadt gelernt hatten, aber Himaggery glaubte an seine Wichtigkeit. Er beschäftigte in der Leuchtenden Domäne Bauern, die jeden Nachmittag Unterricht gaben. Mir war der Sinn des Ganzen bis eben verschlossen geblieben.

Chance schaute sie an, als sie so dalag. »Häßlich«, meinte er.

»Wie ich dir schon sagte«, murmelte ich.

»Und nun?« Chance fragt mich das immer dann, wenn ich keine Ahnung habe, was kommt. Ich schüttelte den Kopf, legte die Finger auf die Lippen, aufmerksam darauf achtend, was Wafnor tat. Kraftströme schüttelten die hellen Blätter über uns. Dieser Lärm mußte von dem Waffenträger stammen. Ich konnte spüren, wie Wafnor suchte, dann hörte man ein lautes: »Uff!«, als ob jemand grob zusammengequetscht wurde. Ich fühlte ein Schütteln in meinem Kopf, hörte dann Wafnor vergnügt grumbeln: »Festgeklemmt. Hab ihn zwischen zwei Ästen erwischt, und nun steckt er fest!« In einem der Baumwipfel begann es zu wippen, während Wafnor fröhlich weiterbrummte: »Geht nicht mehr vor und zurück. Dämlicher Waffenträger …«

»Puh!« sagte ich, der ganzen Sache irgendwie leid. »Halt die Pferde, Chance! Ich klettere hoch.«

Der Waffenträger hing an einem übel lädierten Bein kopfüber in der Astgabel eines hohen Baumes. Wafnor half mir, einen Ast beiseite zu schieben, damit der Spieler auf den mit Laub bedeckten Waldboden fallen konnte, was nicht gerade sanft geschah. Dort lag er neben der Hexe, beide abgehalfterte Spieler von geringer Bedeutung, nicht mehr jung, nicht eben wohlgenährt. Die Vorstellung, sie umzubringen, mißfiel mir. Sie waren keine großen Talente. Ich sagte etwas Derartiges zu Chance.

»Irgendwie sehen sie mir nicht nach Huld aus. Er würde mehr Verstand haben, als solche armen Würstchen hinter mir herzuschicken.«

»Kann gut sein, Bursche. Vielleicht sind sie aber auch Versuchskaninchen für die beiden vor uns gewesen, Handlanger, die prüfen sollten, ob man sich an dir die Pfoten verbrennt.«

Diese Bemerkung war nicht von der Hand zu weisen. Ich entwarf mit Didir eine Möglichkeit, die beiden am Leben zu lassen, etwas, das sie vielleicht in ihre Köpfe hineinpflanzen konnte und das sie dazu trieb zu verschwinden. Nach einer Weile rappelten sich die Hexe und der Waffenträger auf, klopften sich den Staub von der Kleidung und humpelten südwärts, wo das Pferd der Hexe stand. »Sie werden glauben, irgendwohin zu gehen, wo sie andere ihrer Gruppe treffen«, flüsterte Didir. »Diese Vorstellung hält ein oder zwei Tage lang an, aber bis dahin werden sie weit weg von uns sein.«

»Nun ja«, sagte ich, »wir könnten ja in einem großen Kreis südlich reiten, das würde uns um die beiden vor uns herumführen. Sie wären dann hinter uns…«

»Junge, Junge«, stöhnte Chance, »umrunde sie, und sie sind hinter dir. Häng einen Unterherold ab, und er findet dich. Was willst du damit erreichen?«

Ich seufzte, zog meine Stiefel hoch, schaute in den Himmel, sog an einem Zahn. Er hatte recht. Es war nicht einfach, einen Unterherold ›abzuhängen‹, und der Trick, die beiden anderen nach Süden zu schicken, würde niemanden lange täuschen. Außerdem stellten die beiden vor uns, falls Chances Vermutung stimmte, die wirkliche Bedrohung dar und waren von einem ernstzunehmenden Gegner geschickt. Je mehr ich darüber nachdachte, desto mehr fragte ich mich, ob Huld dahintersteckte. Es sah nicht nach Huld aus, aber ohne Zweifel war Huld jemand, mit dem man über kurz oder lang rechnen mußte. Ich schlug Chance kräftig auf die Schulter. »Recht hast du, Bruder Chance. Also, wenn schon zurück auf die Straße, dann rasch! Sollen sie sich doch wundern!«

Und auf ging es. Der Unterherold und der Oberexaminierer hatten sich nur wenig vorwärts bewegt, das Pferd des Waffenträgers am Zügel. Ich zog ein erbärmliches Schauspiel ab, indem ich so tat, als würde ich mich von jemandem, der irgendwo im Gebüsch versteckt lag, verabschieden. Mochten sie es auch nicht glauben, so verwirrte es sie vielleicht ein bißchen.

Wir waren eine wandelnde Domäne; das Spiel war nicht verknüpft. Die zwei Männer vor uns vereinten fünf Talente in sich und nicht gerade die geringsten. Das erinnerte mich an meinen eigenen ausgelaugten

Zustand, und ich holte Shattnir herbei, fühlte, wie die Wärme der Sonne sich in meinem Innern aufzubauen begann. Möglich, daß ich alles benötigte, was ich nur kriegen konnte. Die beiden vor mir konnten so abgehalftert sein wie die beiden, die wir gerade besiegt hatten, aber sie konnten ebensogut der wirkliche Feind sein, der echte Gegner, das Wahre Spiel. Und wenn, was dann? Was würde ich dann am liebsten machen?

»Meine Herren!« hatte Spielmeister Gervaise oft gesagt. »Wenn ihr draußen in der Welt mit dem Wahren Spiel konfrontiert werdet, erinnert euch daran, was ihr gelernt habt. Ruft euch die Regeln ins Gedächtnis. Vergeßt sie auf eigene Gefahr.« Nun denn, während dieser langsamen Annäherung hatte ich Zeit, mir die Regeln ins Gedächtnis zu rufen.

Das Spiel war auf zwei Arten angesagt worden. Einmal durch die Hexe, indem sie daran dachte, dann durch den Waffenträger, der so seltsam ritt. Die Hexe würde vielleicht ohnehin daran gedacht haben, weil es ihr gerade einfiel, aber der Waffenträger ritt einzig und allein auf so eigenartige Weise, um Aufmerksamkeit zu erregen. Also war die Ankündigung an jemanden gerichtet, der sie mit den Augen sehen konnte, aber nicht LESEN. Demnach hatten sie die Ankündigung an einen Wandler gerichtet – der ich schließlich ja auch zu sein schien.

Nun war der Waffenträger verschwunden. Sie konnten daraus schließen, daß ihr Gegner, der Wandler, seinen Zug gespielt hatte. Sie wußten, daß ich im Spiel war. Ich wußte, daß sie im Spiel waren, weil Didir es in den Gedanken der Hexe GELESEN hatte. Aber *sie* wußten nicht, daß *ich* wußte, was die Hexe gedacht hatte. Also …

»Ich habe verdeckte Spiele noch nie gemocht«, beschwerte ich mich bei Chance. »Sobald ich auf der dritten oder vierten Stufe bin, von dem, was ich weiß und was die anderen wissen, verliere ich den Faden.«

»Schau mal, Bursche. Sie wissen, daß du ein Wandler bist. Sie erwarten das. Sie haben vielleicht *gesagt* bekommen, daß du noch etwas anderes bist, aber niemand weiß genau, was, also sind sie nicht auf alles gefaßt. Sei einfach originell und überraschend. Mein Großvater, der Schauspieler, pflegte das zu sagen. Originell und überraschend.«

»Folge den Regeln«, seufzte ich wieder. Die Regel sagte, nimm den Unterherold zuerst, weil er die Fähigkeit hat, im Bruchteil einer Sekunde seinen Standort zu wechseln und weil man Gefahr läuft, ihn mit einem Messer hinter sich stehen zu haben, noch ehe man tief Luft holen konnte. Zwei der Spielfiguren von Barish und ich selbst hielten eine kleine Konferenz ab und warteten dann auf die nächste Straßenbiegung. Es wäre vielleicht schneller gewesen, Hafnor, den Portierer, zu verwenden, doch ich hatte mich noch nie von einem Ort zum anderen portiert. Der Gedanke daran verursachte mir so etwas wie Seekrankheit. Davon abgesehen kannte ich das Gebiet vor mir nicht, und diejenigen mit diesem Talent vermögen sich nur an Orte zu blitzen, die sie sich bildlich vorstellen können. Was ein weiterer Grund für die beiden war, vor uns zu reiten. Sie erinnerten sich an den Weg, den sie gekommen waren, aber wir kannten nicht die Stelle, wo sie sich befanden. Nein, ich würde Tamor und Didir verwenden. Die beiden kannte ich gut. Und natürlich Shattnir, um mich mit Kraft zu versorgen, sie zu speichern, wie Shattnir es bereits die ganze Zeit schon tat. Es war schon fast Abend, als die Straße vor uns endlich so aussah, wie ich es mir vorstellte.

Rechts und links von uns erhoben sich dichte kleine Wäldchen, dunkle Stämme, immer noch halb maskiert mit vertrocknetem Laub. Sie boten nicht viel

Sicht, nicht mehr als ein paar Schritte. Gerade vor uns führte die Straße um eine große steinige Lichtung herum und wandte sich dann nach links. Kurz bevor die Reiter vor uns diese Stelle erreichten, begannen Chance und ich ein Gespräch, das alsbald zu einem lauten Streit wurde, wobei Chance mich überdröhnte. Der alte Halunke... Er brauchte sich vor seinem Großvater, dem Schauspieler, nicht zu verstecken. Sobald die beiden vor uns außerhalb unserer Sichtweite waren, schnappte ich die Figur von Tamor und flog aus meinem Sattel, schnell wie eine Eule durch die Bäume hindurch, während Chances Stimme sich hinter mir weiter in leidenschaftlicher Debatte erhob. Von Zeit zu Zeit antwortete eine leisere Stimme, die zwar auch Chance gehörte. Doch die beiden vor uns hatten sicher keine Veranlassung, zu vermuten, daß sie nicht Peter, dem Wandler, gehörte, der hinter ihnen ritt.

Ich mußte sie abfangen, ehe sie Gelegenheit hatten, Verdacht zu schöpfen. Die Bäume standen dicht, zu dicht, um schnell zu fliegen, aber ich erreichte den Straßenrand nur wenige Schritte hinter den beiden. Ich zog mein Messer, schleuderte es und warf mich im selben Augenblick hinterher, mich mitten in der Luft wandelnd. Der Unterherold ging zu Boden, aufgespießt, gerade als ich mit meinen *Pombi*-Krallen den Examinierer aus dem Sattel riß. Ich ließ ihn zappeln, während ich bedrohlich in sein Gesicht sabberte. Er schrie noch ein bißchen, dann wurde er ohnmächtig. Wenigstens sagte Didir mir, daß er wirklich ohnmächtig geworden sei, in der Annahme, ich würde ihn verschlingen. Shattnir zog sämtliche Kraft aus ihm heraus, die er noch hatte, und dann fesselten wir ihn, nachdem wir seine Taschen durchsucht hatten. Ich fand den Gegenstand beinahe sofort. Es war eines jener Gefüge aus glitzernden Kugeln und Drähten, wie

Nitch sie in der Schulstadt in meine Jacke eingenäht hatte und wie Rätsel mir vor Bannerwell gezeigt hatte. Es sah dem Gegenstand ähnlich, den Huld in der Höhle, wo die Körper lagerten, gegen mich verwendet hatte, oben im Norden. Geformt war es wie eine Kappe oder eine Kapuze, mit einem Riemen, mit dem man es unter dem Kinn festzurren konnte.

»Was bewirkt das?« fragte Chance.

Didir forschte in dem Bewußtsein des Examinierers, gerade als ich sagen wollte, ich wüßte es nicht. Der Mann bewegte sich unruhig. Sie ging nicht sanft mit ihm um. Ich wiederholte Chance, was Didir mir sagte.

»Es bewirkt Gehorsam«, sagte ich. »Wenn sie es mir auf den Kopf gesetzt und den Riemen befestigt hätten, würde ich alles befolgt haben, was sie befohlen hätten.« Ich stand eine Weile nachdenklich da und bat Didir dann, weiter zu forschen. Wußte der Mann, wer ihn geschickt hatte? Wohin hätten sie mich gebracht, wenn ich erst einmal ›gehorsam‹ gewesen wäre?

Flüsternd sagte sie mir: »Es gibt ein paar Ruinen nahe dem Fluß, der das Land der Unveränderlichen begrenzt. Alte Ruinen. Nördlich von hier. Dorthin hätte er dich gebracht.«

Oh, diese Gegend kannte ich. Dort hatte ich die Spielfiguren von Barish gefunden. Dazzle, Borold und Seidenhand hatten sich dort aufgehalten. Ja, ich würde dorthin gehen. Das wirkte auf jeden Fall originell und überraschend.

»Setz ihm die Kappe auf«, bat ich Chance. »Ich zieh mir die Kleider des Unterherold an.« Ade, du schöner Fellmantel und Tierkopfhelm! Beides hatte ich bei dem wilden Flug durch den Wald verloren. Ich zog den Unterherold aus und legte seine Kleidung an, voller Mitleid mit ihm. Ich hatte ihn nicht töten wollen. Das Messer hatte sich im Flug gedreht. Als ich fertig angezogen war, trug ich ihn in den Wald und legte ihn in eine Vertiefung, über die ich Laub breitete, ehe wir wegritten.

In kürzester Zeit waren drei Männer unterwegs: ein Oberexaminierer, sehr still, die seltsame Kappe unter seiner Lederkleidung verborgen, ein Unterherold, dem die Kleidung nicht richtig paßte, und ein bäurischer Diener, der hinter ihm herritt und zwei Pferde am Zügel führte.

»Bleibt es dabei, daß wir nach Xammer gehen?« fragte der Diener, leise vor sich hin summend.

Der Unterherold, also ich, nickte schweigend. Wir würden tatsächlich nach Xammer gehen, um Seidenhand dort zu treffen, und von dort aus würden wir weiterreiten zu jenen Ruinen, die ich schon einmal besucht hatte. Hinter uns im Wald lag der echte Unterherold als Nahrung für die Ameisen, und vor uns lag Nahrung zum Nachdenken. Ich hoffte nur, daß ich keine Verstopfung davon bekäme.

2

Xammer

ALS WIR IN DIE STADT XAMMER HINEINRITTEN, spielte jeder von uns eine kleine Rolle. Chance mimte den trauernden Diener, mit allem Können, das ihm zur Verfügung stand. Der Oberexaminierer, die seltsame Kappe auf dem Kopf, spielte sich selbst, aber nur mit soviel Einsatz, wie wir ihm befahlen. Ich, Peter, spielte die Rolle des Unterherolds und bemühte mich nach besten Kräften, wirklich untröstlich darüber zu erscheinen, daß ich Peter, den jungen Spieler, unvorhergesehenerweise bei einem unglücklichen Zusammentreffen auf der Landstraße getötet hatte. Falls wir beobachtet wurden, mochte dieses kleine Theaterstück die Beoachter noch weiter verwirren. Am Stadtrand nahmen wir uns ein Zimmer in einem Gasthof. Ich wechselte Aussehen und Kleidung und schlich mich fort. Beim besten Willen war mir nichts eingefallen, womit ich den Besuch bei Seidenhand in Gestalt eines Unterherolds hätte rechtfertigen können. Chance blieb glücklich und zufrieden, mit genügend Wein und einem bereitwillig seinen Erinnerungen lauschenden Publikum versorgt, zurück. Er hätte lediglich glücklicher sein können, wenn die lustige Witwe aus Thrisp anwesend gewesen wäre, also brauchte ich mich nicht zu hetzen.

Das traf sich gut, denn die Stadt Xammer dürfte einzigartig unter den Schulstädten sein, und es waren eine Menge interessanter Dinge zu sehen.

In Xammer gibt es keine Festivalhallen. Vorboldhaus ist ein Schulhaus, das sich auf die Erziehung der Töchter von Mächtigen spezialisiert hat, Töchter von Königinnen und Magierinnen, die zu höchstem Rang aufgestiegen sind, Töchter bedeutender weiblicher Waffenträger und Tragamore. In Vorboldhaus bringt man ihnen bei, ihr eigenes Spiel zu spielen, das Spiel des Überlebens und der Fortpflanzung. Für sie gibt es keine Festivals, um durch namenlose Bauern geschwängert zu werden oder zufällig Kinder zu gebären. Nein, diese Jungfrauen stellen die Prämien für Bündnisse dar und sind innerhalb der Mauern von Vorboldhaus so gut geschützt, als lebten sie in einer von Drachen bewachten Burg.

Alles das wußte ich bereits, denn es war damals, bevor Seidenhand hierhergeschickt wurde, darüber gesprochen worden. Ich hatte mir aber nicht vorstellen können, was es bedeutete und daß es Xammer so einzigartig machte. Überall erblickte ich Läden und Geschäfte mit luxuriösen Artikeln, mit denen das Schulhaus versorgt – und die an die Besucher der Stadt verkauft wurden. Überall erblickte ich Gasthöfe, doch keine dieser schäbigen Herbergen, die man sonst am Wegrand findet, sondern gepflegte Häuser, deren vornehmliches Ziel es war, prunkvoll zu wirken. Überall erblickte ich Besucher, hochrangige Spieler, die beim Betreten der Stadt unter Todeseid schwören mußten, hier kein Spiel zu spielen. Überall bemerkte ich deshalb auch falsche Höflichkeit und verschleierte Bösartigkeit, als Spieler mit Hilfe von Herolden, die nicht FLIEGEN durften und einer bestimmten Sorte Bauern, die sich Unterhändler und Schiedsmänner nannten, versuchten, ihre Ziele zu verfolgen. Niemals zuvor hatte ich Menschen soviel reden hören, nicht einmal in Himaggerys Audienzhalle.

Ich war beschlagen genug gewesen, mich angemessen, das heißt, ein bißchen aufgedonnert und angeberisch zu kleiden und wurde deshalb einigermaßen höflich empfangen, als ich am Schulhaus vorstellig wurde. Das Haus besaß ein großes, elegantes Eingangstor, das in einen sonnigen Hof führte, in dem eine Katze und ihre Jungen unablässig zwischen Blumenkübeln tollten. Ich hatte erwartet, ins Schulgebäude gebracht zu werden, wurde aber statt dessen in ein kleines Empfangszimmer abseits des Hofes geführt und gebeten zu warten. Das Warten wurde mir erleichtert, weil eine hübsche Dienerin erschien, die Wein und Gebäck brachte, wobei sie sich absichtlich viel Zeit ließ, um mit mir zu flirten. Es machte uns beiden gleichermaßen Spaß, soviel, daß ich es fast bedauerte, als ich Seidenhands Schritte auf dem Mosaikfußboden hörte. Allerdings bedauerte ich es nicht mehr, als ich sie sah.

Sie war – noch immer Seidenhand, ja, aber gleichzeitig noch etwas mehr. Zuerst dachte ich, sie hätte sich irgendwie GEWANDELT, um so hübsch zu werden, doch dann sah ich, daß es nur an dem bißchen zusätzlichen Fleisch lag, das ihre Gesichtzüge glättete und ihre Arme und den Hals rundlicher machte, an dem bißchen mehr Schlaf in einem weichen Bett anstatt des harten Erdbodens, den wir während unserer Reise geteilt hatten, an weniger Sorgen, Kummer und Streß, an etwas mehr Seide auf der Haut, die sich vorher am rauhen Stoff der Reisekleidung gerieben hatte. Seidenhand scherte sich nicht um die Dienerin – und ich auch nicht –, sondern stürzte ohne Umschweife in meine Arme, gerade als sei ich ein verlorengeglaubter Liebster. »Peter«, sagte sie, »wie freue ich mich, jemanden von zu Hause zu sehen! Wie geht's Himaggery? Ist der Schwimmteich im Obstgarten schon fertig? Ist dein *thalan* immer noch in der Leuchtenden Domäne? Wie geht's deiner Mutter? Ich habe gehört, daß Windlow …« Plötzlich weinte sie an meinem Hals. Ich konnte die warme, prickelnde Nässe der Tränen spüren.

Es kam mir vor, als seien zwei Jahre ausgelöscht, und wir befänden uns just auf dem Weg von den Ruinen, wo ich sie kennengelernt hatte, zur Leuchtenden Domäne. Mühsam murmelte ich: »Du hast dich überhaupt nicht verändert, Seidenhand«, während mein Körper und mein Geist von dem heftigen Gefühl heimgesucht wurden, daß sie sich völlig verändert hatte, eine andere geworden war. Natürlich lag das weniger an ihr, doch das merkte ich erst später.

Sie wollte wissen, ob ich allein unterwegs war, und ich erzählte ihr, daß Chance und ein anderer Reisegefährte im Gasthof warteten, ohne aber weitere Erklärungen dazu abzugeben. Dann fragte sie, ob ich im Gästehaus der Schule übernachten wollte, und wir beratschlagten uns darüber. Ich murmelte etwas von der Sicherheit dieses Ortes, und Seidenhand warf mir einen schrägen Blick zu, einen Blick, den ich nur zu gut von früher kannte.

»Ich merke schon, daß du etwas auf dem Herzen hast, Peter. Hör zu, einen geschützteren Ort wie das Gästehaus dieser Schule wirst du weit und breit in keiner Domäne oder Umgebung finden. Du kannst dir überhaupt nicht vorstellen, wie hervorragend wir hier gegen Spione geschützt sind. Gut? Willst du dein Gepäck selbst holen oder soll ich jemanden schicken?«

Meines Erachtens war es das beste, sich hin- und herzuschleichen und Chance alles selbst zu erzählen. Es war gut, daß ich mich so entschied, denn der Obereximanierer war in eine Art Trance verfallen, und Chance konnte ihn nicht mehr dazu bringen, sich zu bewegen oder zu sprechen. Wir nahmen die vermaledeite Kappe von seinem Kopf und legten ihn ins Bett, zusammengekrümmt, in seiner sitzenden Haltung verblieben. Ich wies Chance an, ihn zu fesseln und ihm einen lockeren Knebel zu verpassen, wenn er das Zimmer verließ, nur für den Fall, daß der Bursche wieder zu sich kam, ansonsten aber die nächsten zwei, drei Tage, bis ich aus Vorboldhaus zurückkehrte, nach eigenem Gutdünken zu verbringen. »Sag jedem, der fragt, daß dein Unterherold Durchfall hat«, schlug ich vor, »und wenn sich dieser Bursche hier die nächsten Tage nicht rührt, bitte ich Seidenhand, ein Auge auf ihn zu werfen.« Ich hätte natürlich auch Dealpas herbeiholen können. Niemand konnte so gut heilen wie sie, aber sie war eine derartig tragische und leidende Persönlichkeit, daß ich sie aus Mitleid schlafen ließ. Der Mann atmete normal, und sein Herz schlug regelmäßig. Ich ging davon aus, daß ein Tag mehr oder weniger ihm keinen weiteren Schaden zufügen würde, wenn er nur genug Wärme und Ruhe bekam.

Dann kehrte ich zum Schulhaus zurück, wo ich ein Zimmer im Gästehaus vorfand und wo ein Diener bereitstand, mir beim Auspacken, Waschen, Bügeln oder was immer ich wünschte, zu helfen. Ich war froh, Kleidung mitgebracht zu haben und dankte Mavin nachträglich dafür, daß sie mich dazu gedrängt hatte. Ich hatte vorgehabt, überhaupt keine mitzunehmen. Der Diener wies mich darauf hin, daß das Essen in der Halle beim Abendläuten beginnen würde und zog sich dann zurück. Ich genoß mein Bad, lauschte dabei auf die Musik, die vom Hof heraufklang, und versuchte, die verstörenden Gefühle zu vergessen, die Seidenhand erweckt hatte. Nach dem Bad lehnte ich mich aus dem Fenster und schaute den Musikern zu. In Vorboldhaus waren Künstler, Musiker und Dichter aus allen Domänen und Gegenden des Landes versammelt. Eine repräsentative Gruppe von ihnen hatte sich unten im Hof zusammengefunden, alle schienen damit beschäftigt, ihre Künste vorzuführen. Die Dichter trugen ihre traditionellen Bänderumhänge, was sie ein bißchen wie Schuljungen während der Festivalzeit aussehen ließ, wenn auch verzierter und großartiger. Über Musiker und Künstler streiten sich die Geister. Manche sagen, daß sie TALENTE besitzen, andere behaupten, es handle sich um bloße Fähigkeiten. Auf jeden Fall standen sie in der Schulstadt unter keinem Bann wie die alltäglicheren Talente. Sie durften einsetzen, was immer sie in einer Schulstadt oder anderswo für nötig hielten, und es war nicht üblich, ein Spiel gegen sie auszurufen.

Genau unter mir wiederholte ein Musiker immer wieder kurze Phrasen einer Melodie, während ein Dichter dazu sprach, und auf der gegenüberliegenden Seite des Hofes deklamierte ein anderer Dichter ein langes Poem, Vers um Vers, während ein Musiker es mit Musik untermalte. Offenbar war für den Abend ein Liederwettbewerb angekündigt – mit einem Thema, das Spielmeisterin Vorbold selbst am Abend zuvor bestimmt hatte. In Mertynhaus, wo ich aufgewachsen war, hatten wir solche Dinge als Kinkerlitzchen betrachtet, und ich beabsichtigte schon, Seidenhand damit aufzuziehen, hatte da allerdings die große Halle noch nicht gesehen.

Sie lag in dem Bereich, den Gäste betreten durften, und es gab einen offiziellen, prachtvollen Eingang für Gäste und einen noch prachtvolleren, der ins Schulhaus selbst führte. Ich fand den für mich vorgesehenen Platz und lehnte mich zurück, um das Geschehen ringsum zu betrachten, das viel von einem Festival oder Basar an sich hatte. Fast alle Gäste waren männlich. Viele waren aus eigenen Beweggründen hier, andere agierten als Unterhändler. Die Gegenstände, um die sie feilschten, saßen an anderen Tischen, auf steinernen, mit Ebenholz bedeckten Estraden, junge, in Seide und fließenden Samt gekleidete Frauen, mit einer Spielmeisterin an jedem Tischende. An einem Tisch in meiner Nähe saß Seidenhand. Leicht hätte ich über die schimmernden Haarschöpfe hinweg ihren Blick erhaschen und ihr zuwinken können. Es lag aber etwas in der Atmosphäre um mich herum – obwohl ja alles heimlich ablief, nur aus Flüstern, verstohlenen Blicken und Seufzern bestand –, das einen Wink unpassend erscheinen ließ. Ich begnügte mich mit einem leichten Lächeln und einer Verbeugung. Im übrigen trug ich ziemlich kostbare Kleidung und ein Gesicht, das nicht ganz das meine war. Ich hatte Seidenhand davor gewarnt, in dieser Öffentlichkeit ihre Bekanntschaft mit mir zu offen zu zeigen. Sie verbeugte sich ebenfalls, doch meines Erachtens kühler als nötig.

Die Abendunterhaltung begann mit einem Willkommensgruß von Spielmeisterin Vorbold – Königin Vorbold, die die Krone einer Herrscherin, aber ziemlich veränderte Kleidung trug. Als ich mich umschaute, bemerkte ich, daß sämtliche Frauen des Schulhauses duftige Untergewänder unter den Roben aus schwererem Stoff trugen; daß sämtliche dieser jungen Frauen, die in einem Alter waren, da sich Talente zeigen, die entsprechenden Helme, Kronen oder Symbole trugen, diese aber in Größe und Ausmaß auf die Stufe bloßer Ornamente reduziert. Der schwere silberne Flügelhelm eines Dämons wurde nur noch durch einen schmalen Reif mit Fledermausflügeln dargestellt, zart wie Blattrispen. Ich sah die gespickte Krone einer Magierin, die zu einem winzigen Kopfputz wie dem einer Puppe geschrumpft war, und die Faltermaske einer Seherin, die nur noch aus einer mit Federn geschmückten Brille bestand, die die Aufmerksamkeit des Betrachters auf die hübschen Augen der Trägerin lenkte. Es schien, als versuchte man an Stelle der Talente die Trägerinnen derselben in den Vordergrund zu rücken.

Offenbar war das in diesem Hause üblich. Warum fielen mir plötzlich die geweihten Monster ein, die Mavin und ich in den Höhlen der Zauberkünstler gesehen hatten? Rührte es von dem gleichermaßen leeren Ausdruck in den Augen her? Ich konnte der Gedankenverbindung nicht ganz folgen.

Der Liederwettbewerb begann, einer trat gegen den anderen an, die Musiker spielend und singend, während die Dichter zu ihren Füßen saßen. Nach dem Ende jedes Liedes klopften die Tafelnden mit ihren silbernen Kelchen auf den Tisch, um ihren Beifall zu bekunden, und das Preisgericht – ein Tisch älterer Spielmeisterinnen – besprach sich untereinander. Ich hörte eine der Phrasen, der ich von meinem Zimmer aus erlauscht hatte, jetzt in ein komplettes Lied hineingewoben. Der Sänger war jung und gutaussehend, seine Stimme hoch und rein. Ich dachte an die Sänger unter den Zauberkünstlern, verschüttet nun unter den eingestürzten Bergen, und Melancholie überkam mich. Das Lied war ohnehin dazu angetan, Melancholie zu erzeugen. Der Sänger beendete es mit einem verhallenden Saitenklang und wurde mit lautem Klirren der Kelche auf Holz belohnt. Er erhielt den Preis. Sein Lied war das traurigste des Abends gewesen. Sämtliche Damen waren davon begeistert.

Nach dieser Unterhaltung trat eine Pause ein, während der die jungen Frauen zwischen den Tischen umhergingen, um mit den Gästen zu plaudern. Ein elegantes junges Mädchen bahnte sich den Weg zu dem Tisch, an dem ich saß. Ihr Körper wiegte sich wie eine Weide im Wind, ihre Gewänder wallten, auf ihrem Gesicht lag die lächelnde Leere, die ich zuvor bereits bemerkt hatte. Sie war anscheinend nur an dem hochgewachsenen frostigen Magier interessiert, der bei uns saß. Er fragte sie höflich, was sie studiere.

»Ach, das!« Sie verzog die Lippen. »All das Zeug

über Vergängliche und Beständige, und ich kann's einfach nicht behalten! Grad denke ich noch, jetzt weiß ich es, doch schwupps – ist es verschwunden, wer weiß wohin!«

Der Magier lächelte, erwiderte aber nichts. Ich sagte, um das Schweigen zu überbrücken: »Mein früherer Spielmeister gab uns eine Regel mit auf den Weg, um sich leichter erinnern zu können. Wenn sich ein Talent beständig zeigt, wie zum Beispiel bei einem Herrscher oder einem Magier, dann ist der Spieler einer der wichtigeren Beständigen.« Das Mädchen lächelte, und ich fuhr fort: »Diejenigen, deren Talent nicht jederzeit, aber immer überwiegend aus sich selbst vorhanden ist, zum Beispiel Seher oder Schildwächter, gehören zu den geringeren Beständigen.«

Sie neigte den Kopf neckisch zur Seite und schaute hoch in das Gesicht des Magiers, der immer noch schwieg. Ihre Lippen schürzten sich zu einem kleinen Kuß. »Und die Vergänglichen? Wie lautet ihre Regel?«

»Die Spieler, die ihr Spiel und ihre Kraft von anderen holen können, nennt man die wichtigeren Vergänglichen«, sagte ich. »Zum Beispiel Dämone, die die Gedanken anderer LESEN, aber nicht ständig. Und dann gibt es noch die geringeren Vergänglichen, deren Wert einzig daraus besteht, von anderen Spielern benutzt zu werden. Talisman, zum Beispiel. Oder Totem.«

»Aha. Aus Eurem Mund klingt das äußerst reizvoll.« Sie schaute wieder zu dem Magier hoch, nachdem sie mir einen raschen ironischen Blick zugeworfen hatte, und dieser Blick enthielt alles, was ich bis dahin nicht verstanden hatte. Es stimmte überhaupt nicht, daß sie sich nicht erinnern konnte oder daß sie sich für das Thema nicht interessierte. Sie *kannte* sich aus, möglicherweise besser als ich, aber man hatte ihr beigebracht, es nicht zu zeigen. Ich sah, wie ein kleines sardonisches Lächeln über das Gesicht des Magiers huschte und wandte mich verärgert ab. Es besteht wirklich wenig Unterschied, dachte ich, zwischen den geweihten Monstern der Zauberkünstler und denen hier. Ich fragte mich, wie Seidenhand sich zu so etwas hergeben konnte, was immer es auch sein mochte. Vielleicht hatte ich später Zeit, sie zu fragen, aber inzwischen war die Pause vorüber, und der Sieger des Abends beglückte uns mit einem weiteren Lied.

Er stand zwischen uns, lächelnd, gelassen, ohne das Instrument zu berühren, bis endlich völlige Ruhe eingetreten war. Als er dann die Saiten berührte, klang es, als erwecke er den Ton eines klagenden, hohen Windes, der meine Aufmerksamkeit auf ihn lenkte und mich dazu brachte, meine Augen weit zu öffnen. Er sah mich an, während er, langsam näher kommend, sang:

»Wand'rer in Waenauge,
lausche dem Wind,
wenn er vom Riesen aus Schatten singt,
der frei, doch gefangen,
nicht lebendig, noch tot,
das Land durchmißt in schrecklicher Not.«

Der Wind ertönte wieder, ein kaltes Klagen der Luft. Der Sänger stand nun dicht bei mir, seine Stimme so leise, als sänge er nur für mich allein.

»Wo Einöde herrscht,
wo kein Strauch noch Baum,
wo Wegweiser zerfallen und der Pfade kaum,
bei stürzendem Fels,
in Schluchten tief,
dort, Spieler, ist der Ort, zu dem der Wind dich rief.«

Dann ging er weg, summend zwischen den Tischen hindurch. Die Musik erinnerte mich an Nacht und Glocken – als klänge aus Höhlen ein fernes, leises Weinen. Der Sänger stand jetzt neben Seidenhand.

»Wand'rer in Bleer,
der Wind weint bang,
von fern klingt Schattenvolks Flötenklang.
Wo Krylobos tanzen
und der Gnarlibar sich vereint,
dort, Spieler, begreif, warum der kranke Wind weint.«

Er sah hoch und suchte wieder meinen Blick.

»Berge höhnen und spotten,
doch in felsigen Grotten
verbirgt sich, o Zaub'rer, ein gefährliches Spiel.
Und einer geht weit übers Land und singt:
›Heiler, Heiler, heil den Wind‹.«

Die Musik verklang wie Wind, der ersterbendes Rascheln im Laub zurückläßt. Einen Augenblick lang trat Stille ein, dann klirrten vereinzelt Kelche auf den Tischen. Das Lied hatte keinen Anklang gefunden. Sofort griff der Sänger in die Saiten und stimmte ein schwungvolles Tanzlied an, dessen Kehrreim jeder kannte. Binnen weniger Augenblicke hatte buchstäblich jeder im Saal das Lied des Windes vergessen, falls sie es überhaupt richtig gehört hatten, jeder außer Seidenhand, mir und einer jungen Frau, die neben Seidenhand saß und mich nun mit einem Blick völligen Begreifens ansah. Sie hatte große dunkle Augen unter geraden Augenbrauen, ein blasses Gesicht mit einem leicht entrückten Ausdruck und einen zusammengepreßten Zug um die Mundwinkel wie jemand, der gewohnt ist, sich zum Schweigen zu zwingen.

Auch mir hatte das Lied nicht gefallen, obwohl ich nicht hätte sagen können, warum. Der ganze Abend hatte bei mir nichts bewirkt außer Reizbarkeit und Verwirrung. Als Seidenhand später im Gästehaus in mein Zimmer trat, war die Irritation immer noch da, und ich überfiel Seidenhand damit, ohne zu merken, was ich tat. Ich sprach über das Mädchen, das an unseren Tisch gekommen war, darüber, was ich an ihr für ›unehrlich‹ hielt. Seidenhand war anderer Meinung.

»Ach, Peter, du erwartest wirklich zu viel. Wer war an deinem Tisch? Lunette von Pouws? Dachte ich mir. Ihr Bruder will ein Bündnis mit den Schwarzen Basilisken in Breem schließen. Deshalb möchte er bei Burmor von Breem Interesse für Lunette wecken. Sie ist kein Dummkopf. Ein Talent scheint sich bei ihr zu offenbaren, das gut zu den Basilisken passen würde; nichtsdestotrotz möchte Burmor sicher niemanden in seiner Domäne haben, der es ihm an Betörung gleich tun kann. Also spielt sie das Närrchen vor denen, die er geschickt hat, um sie abzuschätzen. Was sollte sie sonst machen? Auf ihre Ehre und ihr Talent, das noch nicht ganz bewiesen ist, pochen und dadurch ihrem Bruder Kummer und Ärger bereiten? Wenn sie nach Burmor geht, wird sie als Zeichen des Bündnisses beider Domänen Wert besitzen. Sie wird geschützt sein und Zeit haben, ihr Talent zu entwickeln.«

Dieser Einwand überzeugte mich nicht gerade, und das sagte ich auch im Zusammenhang mit den geweihten Monstern, die ich im Berg der Zauberkünstler gesehen hatte. »Auch sie werden dazu erzogen, passiv zu sein oder werden in den gräßlichen Laboren so verändert, daß sie nichts anderes sein können. Auch besteht ihr einziger Zweck nur darin, Söhne zu gebären…«

»Du erinnerst dich vielleicht daran«, entgegnete sie, »wie Windlow uns einmal von den Regeln des Spieles erzählte? Wie diese Regeln ursprünglich als Schutz geschaffen wurden; wie sie langsam wichtiger wurden als das, was sie beschützten sollten; wie die Regeln zum Spiel selbst wurden? Nun, diese Regeln sind von Männern gemacht, Peter. Lunette hat beschlossen, für ihre eigene Sicherheit und Gerechtigkeit innerhalb des Spieles zu sorgen. Es ist ihre Entscheidung.«

Sie war so verärgert über mich, daß ich es für klüger hielt, das Thema zu wechseln. »Wer war denn dieser Spielmann, der den Preis gewonnen hat? Habe ich es falsch verstanden oder sang er wirklich nur für dich und mich allein?«

»Jinian, eine meiner Schülerinnen, meint dasselbe. Er hat dieses Windlied bereits vorher gesungen. Es scheint mich zu verfolgen, wohin ich auch gehe, im Obsthain, im Garten. Der Sänger heißt Rupert von Theel, und er ist ziemlich bekannt. Als ich gestern badete, vernahm ich: ›Hör den wilden Wind klagen, den kranken Wind stöhnen! Besitzt der Wind Muskeln und Sehnen? Hat er Auge, Hand oder Beine zum Gehen? Heiler, Heiler, versuch zu verstehen.‹ Es versetzte mich derartig in Wut, daß ich mich nackt aus dem Fenster beugte und ihm befahl, in meiner Hörweite nicht weiter ›Wind‹ oder ›Heiler‹ zu singen.«

»Heute abend sang er ›Heiler‹, aber auch ›Spieler‹«, bemerkte ich. »Er hat es sowohl für dich als auch für mich gesungen.« Wir überlegten ein bißchen hin und her. Was bedeutete es eigentlich? Ein Lied … Seine Bedeutung lag für uns darin, daß es uns beide und Windlows Prophezeiung in einen Zusammenhang brachte. Während ich darüber nachgrübelte, zog ich Seidenhand in meine Arme. Sie seufzte an meiner Schulter, und wir saßen lange so im Kerzenschein und Sternenlicht, in unsere eigenen Gedanken versunken. Als sie sich mir schließlich entzog, begann ich ihr zu erzählen, was mich eigentlich nach Xammer getrieben hatte.

So erfuhr Seidenhand alles über die Blauen und über Windlows Blauen, womit sie nun die einzige Person außer mir war, die davon wußte, der erste Mensch außer mir, der von dem Kummer darüber erfuhr.

»Ich nehme den Blauen in die Hand«, flüsterte ich, »und dann erscheint Windlow in meinem Innern, ein freundlicher Besucher, leise, aber hartnäckig. Er kämpft, Seidenhand. Ich spüre, wie er kämpft. Er bewohnt meinen Geist wie ein Mann ein fremdes Haus – nein, ein fremdes Arbeitszimmer, in dem sich nichts an dem gewohnten Platz befindet. Ich spüre, wie er nach Worten sucht, die er nicht findet, nach Erklärungen für Dinge, die dort nicht vorhanden sind – Verbindungen und Inhalte, die für Windlow in seinem fleischlichen Dasein alltäglich waren, die er aber in mir nicht findet. Er kämpft, und es ist, als beobachte man, ohne ihm helfen zu können, wie er langsam ertrinkt.«

»Dich trifft keine Schuld«, tröstete sie mich. »Du hast es nicht getan.«

»Nein«, stimmte ich zu. Und doch hatte ich meinen Teil dazu beigetragen. »Wenn ich ihn nicht nehme, ruht er eingekerkert in dem Blauen, ein lebendiger Geist, eingesperrt wie der Geist in deinen Schülerinnen, den sie verstecken müssen, um sich zu schützen. O Seidenhand, das Schlimmste ist, wenn ich für ihn lesen soll.«

»LESEN? Wie ein Dämon?«

»Nein, nein. Bücher. Das heißt, ein Buch. Er möchte, daß ich ihm aus dem kleinen Buch vorlese, das er das *Onomasticon* nennt, immer und immer wieder. Als ob darin etwas stünde, das er wissen muß, aber nicht finden kann. Ach, er ist so freundlich, sanft, aber ich fühle seinen Kummer wie einen Peitschenschlag.«

Worauf sie wieder in meine Arme sank, diesmal um mich zu trösten, und wir lagerten auf der breiten Bank unter dem Fenster und starrten zu den Sternen hoch, bis wir einschliefen. Als ich aufwachte, steif und zerschlagen, war es Morgen, und Seidenhand war verschwunden. Ich begab mich zu dem Bedürfnishäuschen, das hinter dem Gästehaus lag. Was für ein dämlicher Platz! In der Leuchtenden Domäne befanden sich die Toiletten neben unseren Zimmern. Rupert, der Sänger, war dort, und ich entschloß mich, etwas über das Windlied herauszufinden, vielleicht zu verstehen, warum es mich so verstörte.

»Ich interessiere mich für das Lied, das Ihr gestern gespielt habt«, sagte ich höflich. »Das Lied über den Wind.«

»Besser Ihr interessiert Euch dafür als ich, Spieler«, antwortete er mit einer Grimasse. »Was würde ich darum geben, dieses Lied vergessen zu können!«

Ich heuchelte Erstaunen, und er gab ein kurzes barsches Lachen von sich, ohne jede Spur von Erheiterung. »Ich habe es zum ersten Mal in der Minchery in Leamer gehört. Dort ist es für Künstler möglich, bereits von Kindesbeinen an zu üben, und jährlich findet ein Liederwettbewerb statt, bei dem sich viele von uns versammeln, als Vorbild für die Schüler, aber auch, um als Preisrichter zu wirken. Dort hört man stets neue Lieder, manche von Schülern geschrieben, oder welche, die aus den Ländern im Norden mitgebracht werden. Viele dieser Lieder klingen düster, geheimnisvoll, denn das mögen die Schüler besonders. Dieses Windlied war eines davon. Ich hörte es und habe seitdem vergebens versucht, es wieder zu vergessen. Ich ertappe mich dabei, daß ich es beim Essen singe, wenn ich bade, sogar wenn ich…« Er zeigte hinter sich zu dem Bedürfnishäuschen.

»Und die Gegenden, die in dem Lied erwähnt sind? Waenauge? Die Einöde von Bleer? Wo befinden sich die?«

»Mhm.« Er wirkte irritiert. »Ich weiß nicht, ob es sie

überhaupt gibt, Spieler. Ich dachte, sie seien erfunden. Möglicherweise existieren sie ja, aber ich kenne sie nicht.« Er lächelte und verbeugte sich. Ich lächelte und verbeugte mich. Wir gingen auseinander. Meines Erachtens hatte er mir alles erzählt, was er wußte. Angesichts dessen, wie mir selbst das Lied durch den Kopf ging, konnte ich mir gut vorstellen, daß es ihn verfolgte.

Als ich Seidenhand später am Morgen traf, fragte ich: »Gibt es eine Kartographiererin an eurer Schule?«

»Spielmeisterin Joumerie«, entgegnete sie. »Eine gute Spielmeisterin. Waffenträgerin. Eine schwierige Person.«

»Schwierig oder nicht, ich möchte sie gern treffen.«

Und das tat ich auch, und zwar am Nachmittag in meinem Zimmer im Gästehaus, denn es war Männern nicht gestattet, das Schulgebäude zu betreten. Da man die Mädchen wegen ihres vergänglichen Wertes so hoch schätzte, waren alle Maßnahmen ergriffen worden, damit dieser Wert nicht vorzeitig abhanden kam.

Ich fragte die Spielmeisterin, ob sie eine Gegend kenne, die man Bleer nannte oder eine, die Waenauge hieß. Auch, ob sie Leamer kannte oder ein Gebiet, in dem Geschöpfe lebten, die *Krylobo* oder *Gnarlibar* genannt wurden. Ich hätte gehört, behauptete ich, daß *Gnarlibare* hoch im Norden lebten, es könnten aber auch nur Gerüchte gewesen sein.

»Bleer, Bleer«, murmelte sie zu sich selbst und strich, wie zur Unterstützung beim Denken, über den beachtlichen Schnurrbart auf ihrer Oberlippe. Sie war groß, größer als viele Männer, und ihr Gesicht trug den entschlossenen Ausdruck eines Menschen, der sich kein X für ein U vormachen ließ. »Ja. Ich erinnere mich an etwas Derartiges ...«

»Vielleicht eine bergige Gegend«, schlug ich vor. In

dem Lied waren Berge, Steine, ein Abgrund und Gefälle erwähnt gewesen.

»Interessiert nicht, Spieler«, sagte sie schroff. »Abgesehen von den Gebieten um das Stürmische Meer und den See Yost sind praktisch alle Gegenden und Domänen gebirgig. Ihr seid doch schon gereist! Das muß Euch doch aufgefallen sein. Wie viele Ebenen habt Ihr kennengelernt?«

Ich mußte zugeben, daß es nur wenige gewesen waren. Das Tal von Bannerwell war recht flach, wie auch die Täler, die in das Lange Tal im Südwesten mündeten. Außer diesem fiel mir noch das weite Hochland ein, das über dem Fluß Haws und südlich der Feuerhügel und Schlaizy Noithn lag. Davon erzählte ich der Spielmeisterin nichts, aber es erinnerte mich an etwas anderes. »Schattenmenschen!« sagte ich. »Wie heißt die Gegend, in der die Schattenmenschen angeblich hausen?«

»Nennt mir eine Gegend, in der sie angeblich *nicht* hausen«, erwiderte sie. »Sie leben hoch im Norden und Westen, in den südlichen Gebirgen unterhalb der Hohen Domäne, in der Gegend um das Gebiet des Großen Drachens herum weit östlich von hier. Nein, das hilft Euch auch nicht weiter, Spieler. Laßt mir etwas Zeit, ich werde mich darum kümmern. Der Name Bleer hat irgendeine Erinnerung bei mir wachgerufen. Ich habe ihn schon mal auf einer Karte gesehen.« Ich erinnerte mich auch irgendwie an ihn, aber ich wußte beim besten Willen nicht, wo ich ihn gehört hatte. Hätte ich die richtige Frage gestellt, ich hätte raschere Antworten bekommen.

Wie dem auch sei, Spielmeisterin Joumerie kam am Abend des selben Tages wieder, um zu sagen, daß sie die Gegend gefunden habe.

»Die Einöde von Bleer«, teilte sie mir mit und leckte sich dabei die Lippen, als schmecke sie den Ort, »liegt im Norden. Ein Hochland, mit den Schluchten des Grauwasser auf der westlichen Seite, dem großen Tal des Flusses Reave auf der östlichen, wo auch Leamer oder Leamers, wie man es manchmal nennt, liegt. Falls Ihr vorhabt, dort hinzugehen, empfehle ich Euch die Straße nach Betand zu nehmen und von dort aus die östliche Route über den Grauwasser. Es gibt eine hohe Brücke bei Kiquo, die einzige im Umkreis von vielen Meilen. Oder den Fluß Reave entlang, der bis Reavebrücke schiffbar ist, oder sogar bis Leamer bei Hochwasser. Von dort aus führen Wege ins Hochland.«

»Welche Spiele, Spielmeisterin?« fragte ich. »Gibt es dort Schwierigkeiten zu erwarten? Welche Domänen sind tätig?«

Sie schnaubte. »Vorsichtig, wie? Ihr seid zu jung, um so vorsichtig zu sein. Meine jüngsten Karten zeigen nichts Besonderes. Das Gebiet des Feuerdrachen liegt nördlich des Flusses Reave, aber es gibt dort im Augenblick keine Spiele, und es werden auch keine erwartet. Wer weiß aber schon, welche verdeckten Spiele im Gange sein mögen? Oder Intrigenspiele oder Spiele aus Verzweiflung?« Ihr Blick war durchdringend wie der eines Speckstreifengeiers. »Wenn Ihr so vorsichtig seid, Bursche, wäre es das beste, Ihr trätet in mein Schulhaus ein, um zu lernen, wie man sich verstellt, wie die Mädchen hier.«

Ich lief rot an. Sie marschierte zur Tür, daß der Boden unter ihr erbebte. An der Tür blieb sie stehen und sagte freundlicher, weil sie gemerkt hatte, daß sie mich ziemlich getroffen hatte: »In Xammer gibt es einen Kartographierer, in der Straße der Künstler. Sein Name ist Yggery. Er ist vertrauenswürdig, so weit man das als Kartographierer sein kann, womit ich sagen will, daß er keine Dinge einzeichnet, von denen er weiß, daß sie falsch sind oder Sachen wegläßt, die er genau kennt. Es bedeutet allerdings, daß seine Karten leerer sind als die meisten anderen. Wenn Ihr aber vermögend genug seid, kauft eine Karte von ihm, bevor Ihr in den Norden reist. Und falls Ihr Seidenhand mitnehmt (denn ich kann an euer Nasenspitze ablesen, daß Ihr das vorhabt), kümmert Euch gut um sie. Sie hat mehr an Spielen erlebt als viele von uns und sich selbst in der Sorge um andere fast aufgerieben.«

Bis zu diesem Augenblick hatte ich wirklich nicht daran gedacht, Seidenhand mitzunehmen. Ich hatte angenommen, sie wolle Vorboldhaus nicht verlassen. Um dies zu prüfen, fragte ich sie und war überrascht, sie sagen zu hören, daß sie sowieso in den Norden gehen wolle.

»Ich begleite Jinian, meine Schülerin«, erklärte sie. »Und ich muß einige Zeit aus Vorboldhaus fort. Es gibt einige hier, die ihre Augen von den Schülerinnen weg zur Spielmeisterin wenden, und ich habe das … ziemlich satt.«

»Bist du belästigt worden?« Ich war wütend und deshalb so offen. Ich hätte es besser wissen sollen, denn sie lachte mich aus.

»In Vorboldhaus? Sei nicht närrisch. Natürlich nicht… Mir wurden hin und wieder Anträge übermittelt, und ich mußte mir einige Abgesandte um der lieben Diplomatie willen anhören. Die Angebote waren teilweise recht… schmeichelhaft.« Sie verfiel in Schweigen, dachte an etwas, das sie nicht mit mir teilen wollte, und fuhr dann fort: »Falls jemand Schmeicheleien schätzt… Ich weiß, daß ich keine schätze, und ich nehme an, du hast dich auch nicht verändert.«

Der Ausdruck auf ihrem Gesicht, mit dem sie das sagte, war wie einer, den sie auch im Klassenzimmer benutzen mochte, wachsam, behutsam, höflich, forschend. Ich konnte fast hören, wie sie zu ihren Schülerinnen sagte: »Nun, meine jungen Damen. Falls jemand Schmeicheleien schätzt…« Der bloße Gedanke brachte mich zum Kichern.

Seidenhand starrte mich einen Augenblick lang an, als hätte ich den Verstand verloren, dann fing sie auch zu kichern an. Es endete damit, daß wir uns vor dem Feuer auf dem Teppich rollten, die Köpfe auf verschiedene Körperteile gebettet, während wir uns darüber unterhielten.

»Ich hörte mich wohl ziemlich schulhaushaft an, wie?« fragte sie. »Na ja, Spielmeisterin zu sein, bringt das wohl mit sich. Ich bin zu jung dafür. Ich bin schließlich erst einundzwanzig. Viele meiner Schülerinnen sind älter als ich.« Sie hielt diese Bemerkung sicher nicht für wichtig, aber für mich war sie wie eine Erleuchtung. Erst einundzwanzig. Ich war siebzehn, beinahe achtzehn, und sie war nur vier Jahre älter? Ich hatte an sie immer wie an eine… na ja, ältere Schwester gedacht. Plötzlich wurde mir klar, daß mein Kopf auf ihrem Schenkel lag und mein Puls sich beschleunigte. Hastig richtete ich mich auf und warf sie dabei unsanft von mir ab.

»Los«, sagte ich übereifrig in dem Versuch, das Zittern meiner Hände zu verbergen, »wir müssen anfangen, zu planen. Ich werde von hier aus zu den Ruinen gehen, wo ich dich damals zum ersten Mal traf, weil die Männer, die mich unterwegs überfielen, mich dorthin bringen wollten.«

»Dindindaroo«, sagte sie, im Feuerschein wie eine Eule blinzelnd. »So heißen oder hießen sie. Dindindaroo, der Ruf des *Fustigars.* Man sagt, der Ort sei früher von Unveränderlichen bewohnt gewesen.«

»Wirklich? Und warum verließen sie ihn?«

»Ich glaube, wegen einer Überschwemmung. Und einem Sturm, der das umliegende Land verwüstete. Wie dem auch sei, die Stadt wurde vor drei Generationen, ungefähr vor achtzig oder hundert Jahren aufgegeben. Wir fanden oft Bücher und Schnitzwerke, wenn wir dort waren. Himaggery sprach davon, einmal eine Gruppe Ranzelmänner dorthin zu schicken, um das ganze Gebiet durchsuchen zu lassen, tat es aber nie.«

»Die Unveränderlichen haben also in Dindindaroo gelebt... Jedenfalls braut sich dort etwas zusammen, und ich muß in der Gestalt des Unterherolds hin, um herauszufinden, was passiert. Danach, falls es dann immer noch kein Lebenszeichen von Quench gibt, steht eigentlich der Idee, mit dir nach Norden zu gehen, nichts im Wege. Windlow hat uns beide zusammen dort GESEHEN, und das Lied hat uns auch dorthin gewiesen. Laß uns also gehen.«

Sie stimmte zögernd zu. »Ich muß Jinian an den Hof des Drachenkönigs im Feuerdrachengebiet bringen. Er und eine andere Herrscherin, Königin irgendwer – ich habe ihren Namen vergessen –, haben dort eine Regentschaft errichtet, eine Königsdomäne. Da der König keine Schwestern hat, also auch keine *thalani,* baute er seine Spielstrategie um Söhne herum auf, doch diese sind inzwischen fast alle im Spiel verbraucht worden. Es ist nur noch ein einziger übrig, in der Schule einer Schulstadt, in Havadhaus, soviel ich weiß. Den König verlangt es nach Kindern, um die verlorenen zu ersetzen.«

Dunkel erinnerte ich mich daran, den Namen schon einmal gehört zu haben. »Soso. Die Königin ist also gestorben. Oder ist sie im Spiel verbraucht worden?«

»Gestorben. Zu viele Geburten in zu kurzer Zeit, sagen manche. Nun verlangt es ihn nach einer kräftigen jungen Spielerin, die ihm Söhne schenken kann.«

»Und die ebenfalls an zu vielen Geburten zugrunde gehen wird?«

Sie warf mir ein geheimnisvolles Lächeln zu. »Nein. Unseren Schülerinnen passiert so etwas nicht. Wir mögen sie vielleicht verdecktes Spiel lehren, Peter, aber wir lehren sie auch, es zu überleben und ihre Kinder ebenso. Jinian wird nicht zu viele Kinder zur Welt bringen.«

Ich drang nicht tiefer in das Thema ein, dachte aber mit einem kleinen Stich im Innern an das Mädchen, das mir jenen langen, verstehenden Blick beim Abendessen zugeworfen hatte. Sie hatte nicht ausgesehen, als ließe sie sich ohne Murren in ein solches Leben schikken. Na ja. Wer konnte es schon wissen?

»Es wird ein paar Tage dauern, bis ich mit Jinian reisefertig bin«, fuhr Seidenhand fort. »Du hast deine eigene Route vor dir. Wie wollen wir denn unsere gemeinsame Reise später verbinden?« Sie schaute mich an, offen und voller Hoffnung im Feuerschein. Ich hätte ihr sogar eine gemeinsame Reise zu den Sternen versprochen, und sie schien es zu ahnen, denn sie schürzte spöttisch die Lippen. Ich deutete eine endgültige, unwiderrufliche Ergebung an, und wir verbrachten den Rest des Abends damit, über andere Dinge zu sprechen. Ich glaube, jeder von uns beiden dachte damals, daß wir ein Paar würden. Nein. Sie dachte es, und ich hoffte es. Wir unternahmen aber nichts in dieser Richtung – außer die Sterne zu betrachten. Wir dachten, wir hätten genügend Zeit vor uns, und es fiel uns kein Grund ein, warum diese Zeit eines Tages verronnen sein sollte. Ich kann mich noch immer an ihre Gestalt im Licht des Kaminfeuers erinnern, die eine Hälfte ihres Körpers in honigwarmem Glanz erhellt, die andere halb im Schatten.

Der Morgen sah mich also im Gasthof bei Chance wieder. Der Oberexaminierer hatte sich etwas erholt. Er konnte sich aufsetzen, wenn man es ihm sagte, außerdem laufen, essen und seine Notdurft verrichten. Er tat allerdings nichts, ohne daß man es ihm sagte, und die seltsame Kappe hatte nur einen einzigen Tag auf seinem Kopf gesessen. Als Didir seinen Geist durchforschte, fand sie nur Leere. »Als wohne niemand darin«, sagte sie. Ich bedauerte, daß wir ihm das Ding aufgesetzt hatten. »Die Wirkung wäre vielleicht nicht so schlimm gewesen«, flüsterte sie, »wenn er die Kappe nicht so lang getragen hätte.«

Das dachten wir auch. Meine Angreifer würden nicht gewollt haben, daß ich jeden Funken Verstand verlor. In dieser Verfassung wäre ich ihnen nicht mehr von Nutzen gewesen. Ich hätte nicht einmal mehr als Köder dienen können. Nein, der Oberexaminierer hatte sich schlichtweg in seiner eigenen Falle verfangen, aber ich bedauerte trotzdem zutiefst, daß sein Verstand gestorben war, während sein Körper weiterlebte.

Bevor wir Xammer verließen, begaben wir uns in die Straße der Künstler, um die Karte zu kaufen, wie Spielmeisterin Joumerie es vorgeschlagen hatte, außerdem zur Spielgildehalle, um einen Tragamor anzuheuern. Seidenhand hatte die wenigen Blauen, die es in Vorboldhaus gab, einpacken lassen und zum Gasthof geschickt. Der Tragamor, eskortiert von einem Waffenträger, verschwand mit ihnen und einer Nachricht von mir in Richtung Leuchtende Domäne.

»Ich gehe nach Norden«, schrieb ich, »und halte unterwegs bei den Ruinen von Dindindaroo. Von dort aus reise ich zu den Unveränderlichen, um die Nachrichten, die Himaggery mir anvertraut hat, zu überbringen, und dann die Große Straße nach Norden hoch in das Gebiet des Feuerdrachens, und zwar in der Gesellschaft von Seidenhand. Nachrichten für mich können in den Spielgildehallen, die auf dem Weg liegen, hinterlegt werden. Laßt es mich wissen, falls Ihr Quench oder Huld aufspürt. Ich habe etwas Seltsames gefunden, das Quench sicher interessieren wird.« Damit meinte ich natürlich die Kappe, die von einem Zauberkünstler oder *Technik* angefertigt worden war oder ich wollte nicht mehr Peter heißen. Ich versiegelte den Brief, öffnete ihn dann aber noch einmal und fügte einen Nachsatz hinzu: »Mit den herzlichsten Gefühlen für Mavin Vielgestalt und Mertyn, meinen *thalan.*«

Insgeheim dachte ich, um wieviel leichter es mir fiel, herzliche Gefühle für die beiden zu empfinden, wenn ich so weit von ihnen entfernt war.

3

Dindindaroo

ALS WIR AUS XAMMER HINAUSRITTEN, trug ich wiederum die Gestalt des Unterherolds. Er war ein Mann mit tiefdurchfurchtem Gesicht gewesen, da er ständig finster dreingeblickt hatte, runden kräftigen Wangen und Augenbrauen, die sich über seiner Nase hochwölbten und ihm den Ausdruck falscher Besorgtheit verliehen. Es war kein Gesicht, das mir gefiel oder auf dem leicht ein Lächeln erschien, und nach einer Weile sagte Chance mir, ich solle aufhören, solche Grimassen zu schneiden und mir etwas Bequemeres für unterwegs aussuchen. »Du kannst immer noch düster dreinblicken, wenn wir bei den Ruinen sind, Bursche«, sagte er. »Nur wegen mir brauchst du dich jetzt unterwegs nicht so anzustrengen.« Der Obereximanierer gab keinen Kommentar ab. Wir mußten ihm immer noch sagen, wenn er trinken oder zum Pinkeln in die Büsche gehen sollte, aber Didir meinte, daß tief in ihm wieder Anzeichen von Persönlichkeit aufzutauchen begännen. Augenscheinlich hatte die teuflische Kappe das gleiche getan, was auch ein teuflischer Dämon hätte tun können, nämlich sämtliche gewöhnlichen Verbindungen in einem Gehirn auszulöschen, ohne daß eine Spur davon zurückbleibt. Mein Gewissen nagte immer noch an mir. Es gab schlimmere Dinge als den Tod, und dies mochte eines davon sein.

Als meine Züge sich wieder zu meinem eigenen Gesicht glätteten, wurde die Reise angenehmer. Die Ruinen, Dindindaroo, lagen nicht weit von Xammer entfernt, nicht mehr als einen kurzen Tagesritt. Außer uns waren noch viele andere unterwegs, durch das immerwährende Kommen und Gehen nach und von Xammer, nicht nur von Bündnisjägern, sondern auch von Kaufleuten, für die Xammer ein profitabler Zwischenaufenthalt und ein bequemer Ort war, wertvolle Güter für die Verschiffung weiter nördlich einzukaufen. Eines Tages würde auch ich nach Norden gehen, entschied ich, und mir die Dschungelstädte anschauen. Im Augenblick vergnügten Chance und ich uns damit, Spieler, die uns begegneten, zu erkennen. Ich sah einige Drachen, die flatternden Umhänge mit Mustern aus Flügeln und Flammen bemalt, die Brustwehren aus Feder im Windzug aufwirbelnd. Sie nickten uns zu, als sie vorbeiritten, rasch irgendwohin nach Norden, vielleicht in das Gebiet des Feuerdrachen, das bekannt dafür war, von Himmelsschlangen bevölkert zu sein. Eine Menge exotischer Spieler waren unterwegs. Ich sah ein Phantom, grau und blau, das Visier facettenhaft wie einen Edelstein, und einen hellgelben Trillerer, der uns im Vorbeireiten einen Gruß zuschmetterte, dessen Über- und Untertöne unsere Pferde erzittern und sämtliche *Fustigare* in den Wäldern im Umkreis aufheulen ließ. Wir begegneten einer Truppe braungekleideter Holzfäller, einem in den Hidamanbergen weitverbreiteten Talent, wo sie geschätzt werden, um Glutherde aufzuspüren und Feuer zu bekämpfen. Sie besitzen die Gabe, vorherzusagen, wo ein Feuer entstehen wird und können die Erde bewegen und Gegenfeuer entfachen. Allerdings hatte ich einmal von einem Holzfäller gehört, der seine Truppe die halbe Bergkette hinuntergehetzt hatte, um ein Feuer zu verfolgen, das er GESEHEN hatte, das aber versehentlich von seiner Truppe selbst verursacht wurde, nachdem sie angekommen waren. Selbst der alte Windlow hatte gesagt, daß SEHEN nicht sehr verläßlich war, und ich nahm an, daß es einen Großteil

Geschwafel beinhaltete. Vielleicht zögerte ich wegen dieser Meinung auch, Sorah zu rufen, denn ich hatte das Gefühl, daß sie mir deshalb nicht besonders wohlgesonnen sein würde.

Wir sahen einen Thaumathurgen, einen Feuertänzer und einen Salamander und erreichten dann gegen Abend die Straßengabelung, von der ein verschlungener Pfad nach Dindidaroo führte, ein Pfad, der mit Gestrüpp überwachsen war und wirkte, als hätte ihn seit langer Zeit niemand mehr benutzt. Ich wollte Dindindaroo nicht in der Dämmerung erreichen, obwohl Didir in meiner Tasche sagte, sie entdecke keinerlei Gedanken weit und breit. Also schlugen wir unser Nachtlager auf. Chance, der schwachsinnige Obereximanierer und ich, der kochte. Chance vergnügte sich damit, den Obereximanierer Feuer anzünden und Holz sammeln zu lassen. Ich glaube, er machte ein Haustier aus dem armen Geschöpf. Es tagte kaum, da waren wir bereits wieder auf den Beinen und ritten im frühen Licht den Pfad entlang, wobei ich meinem Gesicht sorgfältig Ähnlichkeit mit dem Unterherold verlieh. Ich spürte aber, wie diese Ähnlichkeit schon wieder schwand, noch bevor wir sahen, daß es in den Ruinen von Menschen wimmelte. »Unveränderliche«, sagte Chance, und ich wußte sofort, daß er recht hatte. Nun, Rätsel war möglicherweise bei ihnen, und er kannte Chance, so war es vielleicht nicht schlimm, daß ich mein eigenes Gesicht nicht verbergen konnte. Am besten ging ich also als ich selbst und erzählte einen Teil der Wahrheit.

Die Männer, die in den Ruinen arbeiteten, hatten Abschnitte mit Pflöcken und gespannten Seilen markiert, gruben emsig und transportierten Erde in großen Karren hinweg. Wir hielten etwas entfernt und warteten, daß man auf uns aufmerksam würde, bis ein Mann den Hügel hinabstieg, der sich die Stirn wischte und mir irgendwie bekannt vorkam. Als ich ihm sagte, wer ich sei, schien er etwas verblüfft und warf mir einen außerordentlich neugierigen Blick zu, den ich darauf zurückführte, daß er den Besuch eines Spielers nicht erwartet hatte. Ich strengte mich besonders an, höflich zu wirken, stieg vom Pferd und vermied außergewöhnliche Geräusche.

»Ist Rätsel da?« fragte ich. »Ich habe für ihn eine Nachricht aus der Leuchtenden Domäne.«

Der Mann ging zu dem Grabhügel zurück, wobei er mich über die Schulter hinweg auf eine Art beäugte, die mich unangenehm an die Haltung des Waffenträgers erinnerte, der vor uns hergeritten war. Doch das Gefühl verging, als Rätsel selbst aus einem versteckten Winkel herbeikam, innehielt und mich eingehend aus nächster Nähe betrachtete, als könne er nicht glauben, was er sah.

»Peter? Du? Im Gewand eines Unterherolds? Was, was bedeutet das?«

Ich ersparte ihm eine weitere Verwirrung, wollte auch nicht, daß er anfing, über meine vorhandenden oder nichtvorhandenen Talente nachzudenken. »Wir kamen unterwegs in Schwierigkeiten«, sagte ich. »Unter den Angreifern befand sich ein Unterherold. Er ist jetzt tot, der arme Kerl, und ich habe seine Kleider angezogen, um diejenigen zu verwirren, die ihn angeheuert haben. Wer immer es auch war, er müßte hier sein. Das sagte dieser Oberexaminierer.« Ich zeigte auf den Mann und erklärte sein Desinteresse an dem, was um ihn herum vorging. »Im Augenblick ist er von keinem großen Nutzen. Er trug eine Art Kappe in seiner Tasche, ähnlich den Sachen, die Ihr mir in Bannerwell gezeigt habt. Tja, wir setzten sie ihm auf, und das hatte diese seltsamen Auswirkung …«

Rätsel nickte und nickte bei allem, was ich sagte, das Gesicht ausgesprochen verbissen und angespannt, ein

Ausdruck, den ich mir durch mein plötzliches Erscheinen in der Kleidung eines anderen Talents erklärte. Wie dem auch sei, er riß sich zusammen und fragte mich, was mich hergeführt habe. Ich wiederholte, was ich gerade erklärt hatte, daß ich erwartete, hier die Verschwörer gegen mich zu finden. »Waren keine Spieler hier, Rätsel? Habt Ihr irgend jemanden herumstreichen sehen?« Worauf er murmelte, er sei zu beschäftigt gewesen, um irgend etwas zu bemerken.

Es war offensichtlich, daß er beschäftigt war, so gab ich ihm die Nachricht von Himaggery (die etwas mit der Suche nach Quench zu tun hatte, bei der Himaggery von einigen Unveränderlichen unterstützt wurde), und sagte, ich würde für den Fall, daß Himaggery sich bei mir melden sollte, für ein paar Tage in der Nähe mein Lager aufschlagen. Und endlich schüttelte er sein Unbehagen, durch was immer es auch verursacht sein mochte, ab, und wurde gastfreundlich.

Ich fragte ihn, was sie da eigentlich taten, und er bot uns Tee an, während er erklärte. »Bei uns wird es immer beengter, Peter. Unsere Ratsmänner haben entschieden, daß wir unser Gebiet erweitern sollten, und diese Gemäuer hier markieren die südliche Grenze des Landes, das unsere Vorfahren einst bewohnten. Sie nannten es Dindindaroo, nach dem Geräusch der *Fustigare,* die in den Schluchten und Wäldern hausen. Mein Großvater war damals unser Führer. Wir haben vor, erneut hier zu siedeln.«

»Wäre es nicht einfacher, am Rande der Ruinen zu bauen? Warum das ganze Gegrabe?«

Er räusperte sich und schluckte eine Weile, bevor er antwortete. »Oh, hier könnten sich möglicherweise Gegenstände befinden, die für unsere Historiker und Archivare von Interesse sind. Wir hielten es für eine gute Idee, uns ein bißchen Zeit für die Bergung dessen zu nehmen, was vielleicht von früher übrigblieb.« Dann wechselte er das Thema. In meinen Ohren klang seine Erklärung dürftig. Sie sahen nicht aus, als bargen sie irgendwas. Sie suchten nach etwas Bestimmtem. Chance zog mich beiseite, um mit mir unter vier Augen zu sprechen.

»Hier scheint kein Spieler zu sein, mein Junge, niemand, der dir ein Leid zufügen kann. Scheint so. Doch nichts hält jemanden davon ab, in der Nacht zu kommen, und auch wenn wegen dieser Unveränderlichen hier kein Talent eingesetzt werden kann, so gibt es doch immer noch Messer und Pfeile, die ziemlichen Schaden anrichten können. Ich bliebe lieber unauffällig.«

Ich schloß mich seiner Meinung an. Wir verabschiedeten uns von Rätsel und ritten gen Osten. In der Deckung der Bäume angekommen, bestand Chance darauf, daß wir einen großen Kreis ritten, der uns westlich wieder an die Ruinen heranführte. Wir fanden eine kleine Höhle, die gut verborgen unter herabgestürztem Gestein lag, und nachdem wir diese Stelle gefunden hatten, verlangte Chance, daß Didir Ausschau halten sollte, ob jemand in der Nähe herumstrich. Sie berichtete lediglich über die Gedanken der Vögel und anderer wilder Tiere, und ich dachte insgeheim, daß Chance zu ihnen gehörte, so beunruhigt wie er war. Er belehrte mich eines Besseren.

»Ich habe einen Verdacht«, sagte er, als wir es uns heimisch gemacht hatten. »Wir kamen zu den Ruinen, um denjenigen zu finden, der gegen dich spielt, Peter. Keiner war da, außer Rätsel und seinen Unveränderlichen. Was also, wenn Rätsel nicht dein Freund wäre? Was würden wir dann denken? Wir würden denken, daß er derjenige sei, der dieses Spiel in Gang gebracht hat. Meine Frage ist, woher wissen wir, daß er nicht derjenige ist?«

»Rätsel? Lächerlich.«

»Ach, wieso? Ich wage zu behaupten, daß diese Unveränderlichen eigene Gründe und Ziele haben. Kannst du dir keinen Grund denken, warum er vielleicht gern hätte, daß du ruhig und gehorsam seinen Willen erfüllst, daß du ihm in irgendeiner Weise nützlich bist?«

Ich konnte mir keinen Grund denken. Ich versuchte es. Rätsel kannte mich als Nekromanten. Für was konnte er mich verwenden wollen, was ich ihm nicht auch liebend gern freiwillig erfüllt hätte, wenn er mich darum gebeten hätte? Ich überlegte sämtliche möglichen Kombinationen und Bündnisse und seltsamen Verbindungen, die Huld einschlossen, Prionde, den Rat, Quench, die *Techniks,* Rätsel, sogar unbedeutende Spieler wie Laggy Nicker und seinesgleichen. Mir fiel nichts ein. Ich sagte es. Chance war damit nicht zufrieden.

»Nun ja, nur weil uns nichts dazu einfällt, heißt das ja noch lange nicht, daß es nicht wahr ist. Stimmst du mir soweit zu, Bursche?« Ich sagte, ja, ich stimme ihm soweit zu. Er fuhr fort: »Also sei vorsichtig mit dem, was du sagst. Erzähl nicht alles, was du weißt, über die Ziele unserer Reise und unsere Gründe dafür. Sag, daß wir Seidenhand zu dieser Feuerdrachendomäne begleiten, weil du und sie – ja, sag ihm das.«

In den Ländern des Wahren Spieles war es klug, nicht zu viel Vertrauen zu haben. Das einzige, was mich störte, war die Vorstellung von Rätsel als einem Spieler. Weil er kein Talent besaß, hatte ich erwartet, daß er von einfachem Gemüt sei. Als ich das zu Chance sagte, verbesserte er mich mit johlendem Gelächter.

»Draußen auf See, Junge, wo ich viele Jahre verbrachte, bewies sich ein Mann durch das, was er tat, nicht durch das, was sein Mund über ihn plapperte.

Ein Mann konnte ein Teufel sein oder ein guter Freund, und manchmal das eine oder ein anderes Mal das andere. Manche Spieler sind ehrliche Seelen. Ich habe keinen Zweifel daran, obwohl sie die Macht hätten, alles zu sein, was ihnen beliebt, ohne jemandem Rechenschaft darüber ablegen zu müssen. Andere Spieler sind bösartig wie Teufel. Ich bezweifle also nicht, daß auch die Unveränderlichen ihre Guten und ihre Schlechten haben, ihre Schwierigen und ihre Simplen. Gut für dich, das auch anzunehmen.«

Und damit ließ er mich liegen, aufgewühlt durch das Puzzle, aber zu erschöpft, um lange wach zu bleiben. Am nächsten Morgen kehrten wir nach Dindindaroo zurück, um zu sehen, ob eine Nachricht von Himaggery gekommen war und um uns von Rätsel zu verabschieden, denn wenn er das war, was er vorgab, nämlich ein einfacher, anständiger Mann, würde er freundlicher von mir denken, wenn ich höflich zu ihm war. Und wenn er es nicht war – auch gut. Wir fanden ihn in einem Erdloch, das Gesicht blaß und enttäuscht, und er legte ein Unbehagen an den Tag, als er mich sah, daß ich dachte, Chance könnte vielleicht doch recht haben. Ich ließ mir nichts anmerken. Rätsel hatte keinen Anlaß, etwas anderes anzunehmen, als daß wir immer noch beste Freunde seien.

»Was macht Ihr denn da, Rätsel?« wollte ich wissen. »Wühlt Euch in die Erde wie ein *Grol* … habt Ihr etwas verloren? Oder gefunden?« Im Augenblick, als ich es sagte, merkte ich, daß es sich bei dem Loch, in dem sich Rätsel befand, offenbar um dasselbe handelte, in das ich vor etlicher Zeit gefallen war und in dem ich die Spielfiguren von Barish mitsamt dem Buch, das Windlow *Onomasticon* nannte, gefunden hatte. Ich reichte Rätsel die Hand, um ihm herauszuhelfen, und er blinzelte mich an, Staub von seiner Jacke klopfend.

»Ich dachte für eine Weile, wir hätten etwas Wertvolles entdeckt, von meinem Großvater hier zurückgelassen«, schwatzte er los. »Die Einwohner dieses Ortes flohen, sie ließen alles zurück. Viele kamen um, die Flut, der Sturm …«

»Wonach genau sucht Ihr denn?« fragte ich, ganz höfliches Interesse, die Stimme bar jeglichen Argwohns. »Würde es Euch helfen, die Toten hier zu erwecken und sie zu fragen?« Aha, dachte ich. Wenn du nicht willst, daß ich erfahre, was du hier tust, wirst du dieses Angebot bestimmt ausschlagen.

Aha, sagte eine leise Stimme in meinem Kopf. Wenn Rätsel gewollt hätte, daß du die Toten hier erweckst, ohne zu begreifen, was du tust, wäre es dann nicht vorteilhaft gewesen, dich diese seltsame Kappe tragen zu lassen, die der Oberexaminierer bei sich hatte? Hmmh? Chance warf mir einen Blick zu, und ich wandte mich ab, als Rätsel vehement den Kopf schüttelte und nein sagte, nein, der einzige, der Bescheid gewußt hätte, sei sein Großvater, und der wäre ganz woanders gestorben, weit weg von hier, und außerdem sei es zweifelhaft, daß ein Spieler die Toten der Unveränderlichen rufen könne. Ich nickte zustimmend, obwohl ich insgeheim dachte, ich könnte es, wenn ich wollte. Was immer es auch war, das sie immun gegen Talente machte, ich wettete, daß es mit ihrem Tod verschwand.

Ich schüttelte den Kopf, für diejenigen, die dabeistanden. »Es hätte auch wenig Sinn, Rätsel. Je länger sie tot sind, desto weniger erinnern sie sich ans Leben. Sie hungern danach, je älter sie werden, aber sie erinnern sich immer weniger. Wann geschah die Katastrophe?«

Ungefähr vor achtzig Jahren, vermutete er. Sein Vater sei damals ein junger Mann gewesen.

»Da habt Ihr aber lange Zeit verstreichen lassen,

bevor Ihr mit der Suche angefangen habt«, sagte ich, triefend vor Freundlichkeit und Interesse. »Eine ziemlich lange Zeit.«

Er murmelte etwas in seinen Bart. Ich glaube, der Sinn war, daß er auch früher gesucht hätte, wenn er früher davon erfahren hätte. Und das sagte mir einiges. Rätsel hatte erst kürzlich davon erfahren. Nun, ich war nicht der Mensch, der ihn ins Schwitzen bringen wollte, indem ich noch lange hier herumhing. Es gab bessere Wege herauszufinden, was ich wissen wollte. Außerdem war ich in seiner Gegenwart ohne Talent und hatte nur einen einzigen Mann an meiner Seite. Es war vielleicht ungefährlicher, sich anderswo aufzuhalten. Ich gab Rätsel die Hand und sagte ihm Aufwiedersehen. Den Oberexaminierer ließ ich in seiner Obhut zurück.

»Er wird für Euch graben, wenn Ihr ihm eine Schaufel in die Hand gebt«, sagte ich. »Und falls ein Spieler vorbeikommt, der ihn kennt, wäre ich Euch dankbar, wenn Ihr mich davon benachrichtigt.« Ich wollte nicht, daß Rätsel ahnte, daß ich ihn irgendwie verdächtigte. In Wahrheit war ich mir noch gar nicht darüber im klaren, *daß* ich ihn irgendwie verdächtigte. Ich dachte nur, daß Chance um vieles klüger war als ich und daß es klüger von mir wäre – sehr viel klüger, vorsichtiger zu sein. Wenn ich mich nur später auch daran erinnert hätte …

Schweigend ritten wir fort, beide unseren eigenen Gedanken nachhängend. Nach einer Weile wandte ich mich zu Chance und sagte: »Eigentlich glaube ich es nicht.«

»Na, dann eben nicht«, erwiderte er. »Aber sei klug genug, so zu handeln, als ob.«

»Du weißt, wonach er gesucht hat.« Es war eine Feststellung, keine Frage.

»Vermutlich nach diesen Sachen, die du gefunden

hast. Mir ist aufgefallen, daß du sie ihm nicht angeboten hast.«

»Mir ist aufgefallen, daß er sagte, sein Großvater habe sie zurückgelassen. Wie kamen sie in seinen Besitz? Und warum hat Rätsel erst kürzlich von ihnen erfahren? Denn ich wette meinen verlorenen Fellmantel, daß er es noch nicht lange weiß.«

Chance zuckte die Achseln, brummte etwas in sich hinein. »Wissen andere Unveränderliche auch davon?« fragte er schließlich. »Oder nur Rätsel allein? Was ist mit seiner Familie?«

»Er hatte nur eine einzige Tochter«, antwortete ich. Eine lange Pause trat ein, so bedeutungsschwanger, daß ich mich nach Chance umdrehte. Seine Augen ruhten heiß und brütend auf mir. »O nein,« sagte ich. »Ich will nicht.«

»Sie liegt hier in der Nähe begraben«, bemerkte er. »Beinahe in Sichtweite der Ruinen.«

»Ich kann es nicht«, erwiderte ich knapp. Das war die Wahrheit. Ich konnte nicht einmal daran denken, den Geist von Tossa zu erwecken. Ich hätte mich dabei wie ein Ghul gefühlt, und das sagte ich auch.

»Ich habe nicht gesagt, du sollst sie mitnehmen«, entgegnete Chance mit leichtem Vorwurf. »Ich sagte nicht, du sollst sie herumschleifen.«

Ich schluckte die Übelkeit herunter, die mir bei dem Gedanken aufstieg. Ghuls erweckten bestimmte, erst kürzlich verstorbene Tote und machten aus ihnen eine Art gehorsame Diener des Schreckens, eine Sache, an die ein anständiger Nekromant nicht einmal denken würde. Es gab andere, die auch Geister erweckten – Thaumaturgen zum Beispiel oder Wiederkehrer. Oder Knochentänzer. Falls es stimmte, was der alte Windlow mir erzählt hatte, besaß die Hälfte aller Spieler in irgendeiner Form das Talent des Totenerweckens. Die Hälfte aller Spieler teilten sich dieses *eine* Talent. Falls es stimmte, war es aber kein Talent, das üblicherweise in der Art und Weise benutzt wurde, wie Ghuls und Knochentänzer es benutzten, und ich fühlte mich allein bei der Vorstellung beschmutzt.

»Nein«, sagte ich. »Sie starb, ohne zu wissen, daß sie starb, Chance. Oft wissen die Toten nicht, daß sie gestorben sind, bis wir sie erwecken.« Im gleichen Augenblick dachte ich an Windlow, und der Magen krampfte sich mir vor Schreck zusammen, dann unterdrückte ich den Gedanken entschlossen. »Die sehr alten Toten sind bloß Staub; sie haben ihr Leben vergessen und besitzen nur eine Gier, die von dem Vorgang des Erweckens hervorgerufen wird. Über diese Toten fühle ich nicht so. Aber die kürzlich verstorbenen – o Chance, mit denen steht es anders. Tossa würde begreifen, daß sie tot ist, und es würde ihr weh tun.«

Die Erinnerung an Mandors Geist war noch frisch in mir. Ich wappnete mich, so unnachgiebig wie nötig sein zu müssen, aber Chance sagte nur: »Na gut, dann müssen wir uns eben etwas anderes ausdenken. Wie steht's mit jemandem, der ungefähr achtzig Jahre tot ist?«

»Keine Ahnung«, erwiderte ich.

»Meinst du, du könntest einen Unveränderlichen erwecken?«

»Du denkst an Rätsels Großvater? Rätsel sagte, er läge nicht hier begraben.«

»Rätsel sagt viel. Ich weiß nicht, ob ich ihm alles glaube.«

Wir ritten weiter, während ich darüber nachdachte. Rätsel war in Dindindaroo am Graben. Er hatte kürzlich herausgefunden, daß etwas in den Ruinen lag, was er – brauchte? Benötigte? Was jemand anderes benötigte? Egal – ihm verlangte so danach, daß er eine Menge Mühsal auf sich nahm, um es zu finden, wenn man es so ausdrücken wollte. Wo hatte er davon gehört und wann? Vielleicht auf dieser Reise nach Norden, die er und ich zusammen begonnen hatten und wo er dann gerade vor Betand nach Osten abgebogen war? Oder in seiner Heimat? Ob jemand es ihm erzählt hatte? Wenn ja, wer? Oder hatte er alte Notizen gefunden?

Nach einer Weile unterbrach Chance diesen Gedankengang. »Diese Unveränderlichen sind eigentlich genau wie der Rest von uns. Sie trinken und sie reden. Reden, wenn sie ein bißchen angeheitert sind. Bauern reisen durch ihr Land. Du und ich, wir können dort auch reisen.«

Womit es natürlich bereits entschieden war. Allerdings würden wir uns als Bauern verkleiden müssen. Rätsel kannte mich nur als Nekromanten, das nahm ich jedenfalls an. Chance und ich waren bereits früher zusammen im Land der Unveränderlichen gesehen worden, aber nur kurz. Also angenommen, wir reisten als Bauern, geschäftlich. Welche Art von Geschäften? Ich gab die Frage an Chance weiter.

»Nun ja, als du mich in dieser Stadt Xammer mir selbst überlassen hast, Junge, so einfach ohne Hallo, Aufwiedersehen, Wie-hat's-Abendessen-geschmeckt, da habe ich mir ein Spielchen oder zwei gegönnt.«

»*Chance!*«

»Na, na! Gemach, mein Junge… Ein friedliches Spielchen unter ehrlichen Leuten macht immer Spaß. Wie dem auch sei, ich habe das ein oder andere kleine Teilchen gewonnen. Ein Stück Gold, einige Schmuckstücke, Plunder und Krimskrams. Dachte, ich könnte es profitabel verscheuern, oben im Norden.«

»Also *das* befindet sich in deinen Satteltaschen! Ich dachte, du hättest ganz schön viel Gepäck, dafür daß du kein Lastpferd hast.«

Er nickte selbstzufrieden. Ich wußte nie, was Chance

mehr erfreute – ein Karten- oder Würfelspiel zu gewinnen, eine Frau zu treffen, die gut kochen konnte oder einen Weinkeller ausfindig zu machen, der von einem erstklassigen Kellermeister zusammengestellt worden war. Was die Welt auch sonst anbot, er wählte immer eines oder mehrere dieser drei Dinge aus.

»In diesen Taschen steckt genug, um uns ungehinderten Zugang zu verschaffen. Falls du dein Gesicht verändern und auf diese schwarzen staubigen Klamotten verzichten kannst. Es wäre sicher auch nicht verkehrt, die Pferde zu wechseln. Wie es vielleicht gar nicht weit von hier möglich ist ...«

Es war möglich, mit Chance als Händler. Er verließ mich mit meinem hübschen großen schwarzen Pferd am Zügel und kehrte mit einer hochbeinigen Mähre zurück, die eine ungewöhnlich gelbe Farbe hatte und höckrige Hufeisen, wie sie am Fluß Dourt verwendet werden. Jedenfalls hatte mir das Yarrel erzählt. Es war kein unauffälliges Tier. Chance hatte aber noch ein Lastpferd bei dem Handel herausgeschlagen und während seiner Abwesenheit etwas mit seinem Gesicht angestellt, seine Wangen ausgestopft, um sie dicker erscheinen zu lassen, und sein Haar gefärbt. Er sah wie jemand anderes aus, und es fiel mir leicht, mich in eine jüngere Version von ihm zu verwandeln. Als wir mit diesen Veränderungen fertig waren, wandten wir uns westlich, um den Grenzfluß zum Land der Unveränderlichen zu überqueren. Wir hatten beschlossen, als Vater und Sohn Smith aufzutreten, und Chance wies mich an, ein Stückchen hinter ihm zu reiten und auf meine Manieren meinem alten Herrn gegenüber zu achten, was ihn beim Aussprechen so amüsierte, daß er sich fast verschluckte.

Also hockte ich in dieser Nacht in einer Taverne und bekam eine Unterrichtsstunde in müßigem Gerede. Chance sprach vom Meer, von Pferden, vom Handel im allgemeinen und von den Gütern, die er in Xammer aufgelesen hatte, und von den jungen Frauen dieser Stadt und anderswo – und wie die Welt sich verändert hatte, aber nicht zu ihrem Besten, und von einem eigenartigen Wein, den er einmal in Morgenberg an der Südlichen See probiert hatte, und von einem alten Freund aus Vesterstadt, und von einem Mann, den er gekannt und der früher in Dindidaroo gelebt hatte.

»Oh, da sieht man, wie faustdick Ihr lügt«, sagte ein Alter und suckelte ein Glas starken dunklen Bieres, das Chance ihm in die Hand gedrückt hatte. »Falls Ihr wirklich so jemanden kennen würdet, wäre er alt wie ein Stein. Dindindaroo ist seit hundert Jahren eine Ruine.«

»Nicht hundert«, warf ein anderer ein. »Nein, Dindindaroo war eine Ruine zur Zeit des Vaters meiner Mutter, als meine Mutter ein Mädchen war, und das ist keine hundert Jahre her.«

»Ach, du bist ja selbst alt wie ein Stein«, behauptete der erstere. »Obwohl du den Mädchen nachläufst wie ein Ganter den Gänschen, die du ohnehin nie einholst, es sei denn, die Welt friert zu, und Barish kehrt zurück. Wenn es nicht hundert Jahre waren, dann aber so gut wie.«

»Ach, kommt«, sagte Chance. »Der Mann, den ich kannte, war wirklich sehr alt. Alt und grau wie ein Baum im Winter. Aber er sagte, er wäre dabei gewesen, als die Mauern dort fielen, dabei wie das Eis, der Wind und die sieben Teufel. Hat einige Leute unter sich begraben, die Ruine. Sagte er jedenfalls.«

»O ja! Allerdings … Ziemlich viele Leute.«

»Auch den Großvater vom alten Rätsel, wie ich hörte«, sagte Chance. »Das hat mir der Bursche jedenfalls erzählt.«

»Ja, das habe ich auch gehört. Er war bereits draußen, außer Gefahr, dann hielt ihn plötzlich nichts davon ab, zurückzugehen, weil er irgend etwas vergessen hatte, und dann stürzte alles zusammen. Verschüttet, sagten sie. Verschüttet, als die Flut kam, und niemals hat man wieder etwas von ihm gesehen – oder von diesem Kontrack. Ach, manche machen schon seltsame Sachen!«

»In der Tat«, stimmte Chance ein und nickte mir über sein Bier hinweg zu. Worauf ich auch nickte und zustimmte, daß manche in der Tat seltsame Dinge machen.

»Was war es eigentlich, weshalb er zurückging?« fragte Chance nebenbei, als täte es nichts zur Sache.

»Wer weiß? Wer weiß?« murmelte der zweite Alte, der durch die ungewohnten Mengen Freibier inzwischen immer angeheiterter wurde.

»Seinem Kontrack«, sagte der geschwätzige andere Alte. »Das hab ich jedenfalls gehört. Wegen dem Kontrack von damals, mit Barish. Den haben sie doch in Dindindaroo gehütet. Karten und Bücher und Kontracks, um sicher zu sein, bis Barish wieder zu ihnen zurückkommt. Deshalb ...« Und er rülpste leise in sein Glas, bevor er Chance hoffnungsvoll ansah, der eine weitere Runde spendierte und das Thema wechselte. Ein Streit entspann sich daraufhin, ob Salamander wirklich feuerfest seien. Danach hörte man ein Menge Sätze über die hundert Teufel und die sieben Höllen, und danach gingen wir zu Bett, um uns in der Dunkelheit zu unterhalten.

»Also ist er doch hier gestorben. Es macht mir nichts aus, ihn zu rufen, Chance. Ich kannte ihn nicht, und er ist gute achtzig Jahre tot, aber Dorn selbst könnte ihn nicht rufen, solange diese Unveränderlichen hier sind. Sie müssen alle verschwinden.«

»Werden sie auch«, sagte Chance, »wenn sie erst hören, daß die Sache, die sie suchen, woanders ans Tageslicht gekommen ist.«

»Woanders?«

»Ziemlich weit weg von hier. Überlaß das mir, Peter. Wir verbringen noch eine Nacht hier.«

So war es. Mit noch mehr Bier und noch mehr Gerede, aber diesmal zog Chance den Kreis von Bekannten weiter, so daß sich noch mehr Zuhörer versammelten, um zu hören, was er sagte. Der Abend wurde später ausgelassener, die Stimmung stieg, und als der Lärm einmal kurz verstummte, warf Chance seinen Köder aus.

»Richtig seltsam, daß Ihr gestern ausgerechnet Dindindaroo erwähnt habt«, sagte er zu dem Alten an seiner Seite.

»Seltsam? Wirklich? Ich? O – o ja. Wer sonst … Was war seltsam?«

»Nun ja, nur daß ich in Morgenberg einen Mann traf, ungefähr vor einem Jahr, und er erzählte mir, daß er in den Ruinen um Dindindaroo nach Schätzen gegraben hätte.«

Rufe ertönten, allgemeines Interesse wurde laut. Chance wandte sich mir zu, wie zur Bestätigung, und ich sagte: »O ja, Vater, ja … Sagte, daß er Schätze ausgrub und sie nun teuer verkaufen will.«

Chance nickte, schwieg, wartete. Fragen kamen. Was hatte der Mann gefunden? Smith, Vater und Sohn, wußten es nicht. Etwas Kleines, Wertvolles, nahmen sie an. Etwas Wundervolles und Seltenes, denn der Mann war ein berühmter Händler für solche Sachen. Alte Sachen, höchstwahrscheinlich. Dann, als das Interesse auf dem Höhepunkt war, lenkte Chance die Unterhaltung auf ein anderes Gleis. Ich sah, wie zwei Männer in dunklen Umhängen sofort danach den Raum verließen, und als ich zum Fenster ging, um etwas Luft zu schnappen, hörte ich Hufgeklapper, das sich nach Süden entfernte.

Wir schliefen jene Nacht noch dort, verließen am

nächsten Morgen das Land der Unveränderlichen und ritten in aller Öffentlichtkeit ostwärts zur Großen Straße, die nach Norden führte. Einmal außer Sicht, verschwanden wir im Wald und ritten wieder den weiten Kreis, der uns in den Schutz der Bäume nahe der Ruinen von Dindindaroo brachte.

Wir spähten hinüber, ich mit meinen Wandleraugen, scharf wie die eines Speckstreifenfalken, und Chance mit einem Seemannsglas, das er bei sich trug. Ganz eindeutig, dort waren zwei Männer in dunklen Umhängen, die sich mit Rätsel unterhielten, alle drei auf einem Hügel zusammengestürzter Steine und aufgeworfener Erde stehend. Rätsel gestikulierte, als wäre er in großer Aufregung, Besorgnis. Sein Gesicht war weiß vor Ernüchterung. Nach einer Weile setzten sich alle, und gegen Mittag waren sie zu einem Entschluß gekommen, denn eine ganze Reihe Unveränderlicher brach auf in Richtung ihrer Heimat, während andere, Rätsel unter ihnen, südlich ritt. Er war auf dem Weg nach Morgenberg, und es würde ein langer, mühsamer Weg werden.

Wir warteten bis zum frühen Abend, bis die Sonne im Westen lange goldene Speere über den Steinhaufen warf, und dann gingen wir in die Ruinen und durchquerten sie. Durch das eifrige Graben schien einiges verändert. Doch die halbzerfallenen Mauern, in deren Schutz Dazzle und Borold den Tanz des Feuers beobachtet hatten, waren noch da, ebenso der schmale hohe Fensterspalt, in den ich mein Hemd gehängt hatte, damit es wie ein Geist aussah. Ich stand da, schaute darauf, mit jenem tiefen braunen Gefühl, gemischt aus Staub, Rauch und Kummer, das ebenso bohrend wie süß und kaum zu ertragen ist. Dann riß ich mich zusammen und nahm Dorn in die Hand.

»Also, Peter«, sagte er zu mir in meinem Kopf. »Hier liegen viele Tote. Möchtest du, daß wir sie alle erwecken?« Er wußte, was ich wollte, aber er war immer höflich, benahm sich wie ein Gast. Indem ich es ihm erläuterte, machte ich es mir auch noch einmal klar. »Ein Name«, sagte er. »Hast du vergessen, den Namen des Mannes herauszufinden?«

Ich stieß einen Fluch aus, angewidert von mir selbst. Wenn wir hier einen einzelnen aus der versammelten Menge herausziehen wollten, war ein Name nötig, denn wir wußten nicht genau, wo er lag. »Wie war sein Name?« knurrte ich Chance zu. Und er antwortete, weich wie Pudding: »Rätsel, natürlich, wie sein Enkel.« Damit begnügten wir uns.

Ich begann die Toten um uns herum zu spüren, sie zu fühlen, ihre schwelgerische Ruhe. Sie lagen friedlich in der langen trägen Hitze des Sommers und der langen trägen Kälte des Winters, dem alterslosen Wehen des Windes und dem hohen Schrei des Falken hoch in der Luft. In ihnen bewegten sich Blätter, tanzten Wellen des Flusses. In ihnen hatte Kummer keinen Platz; die Zeit für Kummer war mit dem Wechsel der Jahreszeiten und dem Fallen der Blätter verschwunden. »Eine Schande«, sagte Dorn, »diese Ruhe zu stören.«

Trotzdem rief er den Namen Rätsel in die Stille hinaus, bewegte die Hände auf und nieder, und schließlich sahen wir, wie sich ein kleiner staubiger Wirbelwind aus dem Zerfall vor uns erhob, drehend, kreiselnd, mit einem leisen Geräusch im Zwielicht. Durch diesen wirbelnden Staub fiel Sonnenlicht, verwandelte ihn in Gold, so daß wir einer goldenen Säule gegenüberstanden gleich einem Phönix, denn diese Spieler wirbeln in Flammen auf und werden verbraucht, bevor man sie wiedererweckt.

Wir fragten und fragten. Diese Erscheinung war nicht so alt wie die, die wir in den Höhlen von Bannerwell erweckt hatten, also hatten wir kein Monster aus Staub geschaffen, das nach Leben hungerte. Sie war aber auch nicht erst kürzlich gestorben wie Mandor, also gab es kein Leid, an das sie sich erinnerte. Trotzdem schien sie abgeneigt, mit uns zu sprechen, weigerte sich, erweckt zu werden. Ich war drauf und dran, aufzugeben, als ich Didir hörte, ungefragt – aufgeregt? Nein. Eher ungestüm – »Laßt mich mal.« Sie griff in die wirbelnde Wolke und schien dort endlose Zeit herumzustöbern, als LÄSE sie, knüpfe feinste Verbindungen aus glitzerndem Staub.

Dann nahm die summende Wolke die Gestalt eines Mannes an, eine wabernde Gestalt, immer noch zögernd, aber Rätsel nicht unähnlich, die auf etwas schaute, was ich nicht sah.

»Ich sehe Dorn«, sagte das Phantom. »Barish versprach uns Immunität, Spieler. Er versprach es, aber Dorn hat mich von den Toten erweckt. Nun, ich habe ja auch mein Versprechen gebrochen, den Eid, den ich Barish schwor. Unbeabsichtigt, unklug. Vergebt und laßt mich gehen …«

Chance und ich schauten uns rasch und verblüfft an. So etwas hatten wir nicht erwartet. Ich stotterte, versuchte eine Frage zu formulieren, die uns Klarheit verschaffen konnte. »Rätsel, erzählt uns von dem Versprechen, das Ihr Barish gegeben habt.«

»Barish … Barish. Er schenkte uns Schutz vor eurer Macht, Spieler, uns und unseren Kindern, für immer, Schutz für alle Zeiten, sagte er. Und dafür müssen wir seinen Körper bewahren und die Körper seiner Spieler, dort im Norden, im Norden in der Einöde, im Norden im Hochland, wo die *Krylobos* wachen. Wir müssen auf den Zauberer aufpassen und auf des Zauberers elf. Aber er ging fort und kam nicht wieder. Ich brachte die Spielfiguren hierher, Barishs Buch, dachte, ich könnte ihn irgendwo finden, ihm alles wiedergeben, aber dann kam die Flut, und ich starb …« Die Gestalt verschwamm, wurde wieder zu der summenden Wolke. Betend, flehend drang die Stimme aus ihr: »Der Kontrakt gebrochen, alles unbeabsichtigt … und Barishs Versprechen auch gebrochen, denn ich bin von Dorn erweckt worden, zur Strafe für meine Schuld. Oh. Vergebung. Laßt mich in Frieden ruhen …«

Es war nicht meine Stimme, die antwortete und auch nicht Dorns. Ich dachte, es sei Didir, war aber nicht ganz sicher. »Euch ist vergeben, Rätsel, treuer Freund. Geht und ruht in Frieden.«

Die Wolke löste sich sofort auf und verschwand. Die Sonne sank hinter die wellenförmige Linie des Horizonts. Dunkelheit fiel über den Gräberhügel, und im Wald heulte ein *Fustigar*, dem ein anderer jenseits des Flusses antwortete. Ein Stern blinkte mir zu, und ich bemerkte, daß ich ihn durch Tränen sah. Etwas war geschehen. Ich war nicht sicher, was oder warum, und die Spieler in meiner Tasche wußten es ebensowenig. Es war, als ob sie und ich einem Gespräch aus einer anderen Zeit gelauscht hätten, einer Sache, die vertraut und fremd zugleich erschien, vertraut, weil unausweichlich, und fremd, weil ich sie mit nichts in Verbindung setzen konnte, was ich kannte. Chance blickte mich ziemlich besorgt an, und ich sah ihn kopfschüttelnd an, außerstande zu sprechen.

»Also«, sagte er, als ich ihn hören konnte, »was ging da vor?«

Ich versuchte, es ihm zu erzählen. Alles was ich herausbrachte, war, daß die Antwort auf alle unsere Fragen in der Einöde von Bleer liegen mußten.

»Rätsels Großvater brachte von dort einige Dinge hierher«, sagte ich.

»Meines Erachtens wäre es besser, wenn wir nicht immer um den heißen Brei herumredeten«, erwiderte Chance nachdenklich. »Hör auf, ›Dinge‹ zu sagen. Was hierhergebracht wurde, waren diese kleinen Spieler, die du gefunden und das kleine Buch, das du Windlow gegeben hast.«

»Ich habe es bei mir«, sagte ich. »Vielleicht brachte er aber noch mehr hierher.«

»Einerlei. Was verlorenging, waren die Spieler und das Buch. Hat dieser Rätsel sie wohl gestohlen?«

»Nein!« Ich war schockiert. »Nein. Er sollte sie behalten. Behalten, sicher aufbewahren – sie und die... Körper.«

Das Licht, das mich dann verschlang, schien die ganze Welt zu erhellen, aber es befand sich nur in meinem Kopf. Die Körper. Didirs Körper. Dort oben im Norden, auf sie wartend. *Sie.* Sie hatte ich in meiner Tasche, nicht einfach einen Blauen, nicht einfach eine Spielfigur, sondern eine Person, die wartete... auf Auferstehung? Erwachen? Tamor, dort oben im Norden. Tamor, der mein Leben mehr als einmal gerettet hatte. Und die leidende Dealpas. Und Trandilar. O Götter des Spieles! Trandilar! Üppig wie eine quellende Wolke und voll angestauter Energie, betörende, erotische Trandilar! Und Dorn. Dorn, der beinahe wie ein älterer Bruder in meinem Kopf war, dort im Norden, auf Erneuerung wartend.

Und während dieser Teil von mir dachte, ja, o ja, sie müssen gefunden und erweckt werden, sagte ein anderer Teil – nein. Nein. Sie gehören mir, mir. Meine Macht stammt von ihnen. *Meine* Talente. Ich werde sie nicht aufgeben. Und der erste Teil von mir zog sich zurück, als hätte eine Schlange in mir mich selbst gebissen, daß ich aufjapste und an der Übelkeit würgte, die mir die Kehle hochstieg. Ich kämpfte, während Chance mich schüttelte und energisch wissen wollte, was mit mir los war, was passiert sei. O Götter des Spiels, was war bloß mit mir los?

Dann irgendwie schaffte ich es, den Konflikt beiseitezuschieben, nicht mehr darüber nachzudenken.

Ich wußte, daß er vorhanden war, aber ich wollte nicht daran denken. Nicht jetzt.

»Rätsels Großvater hatte einen Bund mit Barish geschlossen«, keuchte ich. »Aber Barish verschwand, kam nicht mehr wieder. Also brachte Rätsels Großvater einige Dinge hierher – vielleicht in der Hoffnung, Barish zu finden. Vielleicht, um sie in Sicherheit zu bringen. Aber statt dessen kam die Katastrophe über Dindindaroo.«

Chance war nicht ganz einverstanden. »Der Bund kann nicht nur ausschließlich mit Rätsels Opa geschlossen worden sein.« Ich nickte. Wahrscheinlich nicht. Der Bund mußte mit den Unveränderlichen geschlossen worden sein, Vater auf Sohn auf Enkel, Generation um Generation. Chance fuhr fort. »Wie lange liegen die Körper dort?«

Ich war ängstlich darauf bedacht, nicht nachzudenken, als ich antwortete: »Tausend Jahre, mehr oder weniger. Und frag mich jetzt nicht, wie Barish überlebte oder während dieser Zeitspanne kam und ging, denn ich weiß es nicht. Es bringt nichts, darüber nachzudenken.«

»Also wonach sucht unser Rätsel jetzt? Was will er?«

»Pflicht«, erwiderte ich. »Der Bund. Der Kontrakt. Das Versprechen, das seine Vorfahren Barish gegeben haben. O Chance, ich weiß nicht ... Ich kann mir Rätsel einfach nicht anders als ehrenhaft vorstellen. Es ist zu verwirrend.«

»Na, na, kein Grund, jetzt deshalb so einen Aufstand zu machen«, sagte er und warf mir einen langen prüfenden Blick zu. »Was immer wir auch nicht wissen, wir wissen jedenfalls mehr als vorher.«

»Nicht genug«, jammerte ich und dachte an die unzähligen Fragen, die ich dem Geist hätte stellen können. Ich konnte ihn nicht noch einmal rufen. Hätte es auch nicht getan. Jemand hatte ihm Absolution erteilt, und diese würde ich nicht zurücknehmen wollen. Ich fühlte, wie mir Tränen über die Wangen liefen.

»Vielleicht nicht genug«, stimmte Chance bei. »Aber jedenfalls mehr.« Er entfachte ein Feuer und gab uns heiße Suppe, dann etwas Wein, und erzählte eine schier endlose Geschichte über die Jagd nach einem Seeungeheuer, während der ich einschlief. Als ich morgens erwachte, war ich imstande, über die mich verstörende Angelegenheit nicht weiter nachzudenken, und der Tag war scharf umrissen genug, um darin zu leben.

4

Die Grosse Strasse nach Norden

Ich erzählte Chance von dem Sänger, der Seidenhand und mir in Xammer das Lied vom Wind gesungen hatte. Ein bloßes Lied schien ein unvernünftiger Grund zu sein, die nördlichen Gebiete erforschen zu wollen, und ich hoffte, Chance, der keine Gelegenheit ausließ, seine unverblümte Meinung über Unvernunft im allgemeinen loszulassen, würde das auch so sehen. Das würde mir einen Grund liefern, nicht zu gehen, doch ich fragte mich damals nicht, warum ich einen solchen Grund wünschte. Statt dessen schob ich Ausflüchte vor. Himaggery und Mavin bräuchten mich, sagte ich zu mir selbst, während ich darauf wartete, daß Chance etwas sagte, das meine Meinung untermauerte.

Doch er sagte bloß: »Wie kommst du darauf, daß der Sänger für dich sang?«

»Weil er vom hohen Norden sang«, sagte ich ohne nachzudenken. »Und in der Leuchtenden Domäne sagte mir ein Seher, meine Zukunft läge dort… mit Seidenhand.« Ich sagte nicht, daß der Seher Windlow gewesen war.

»Also, das macht dann zwei«, sagte Chance. »Und Rätsels Opa macht drei. Erinnere dich, was ich immer sage – einmal ist die Sache selbst, zweimal ist etwas Außergewöhnliches, aber dreimal bedeutet Spiel.«

Ich erinnerte mich. Es war stets einer von Chances Lieblingssprüchen gewesen, besonders wenn ich als

Kind eine Unart mehr als zweimal verbrochen hatte. »Wessen Spiel? Wer will mich nach Norden ziehen?«

»Tja, Bursche, es gibt *ziehen*, und es gibt *schieben*. Der Geist beklagte den Verlust dieser Dinge, die du bei dir trägst. Und vielleicht beklagen diese Dinge, die du bei dir trägst, den Verlust ihrer Körper. Ich würde das tun, wenn ich sie wäre. Vielleicht möchten sie, daß du dorthin gehst, woher sie kommen.«

Chance war also keine Hilfe, nicht im geringsten. Das Messer meines Gewissens drehte sich, und die Schlange der Schuld wand sich unter ihm. War es möglich? Konnten sie mich, ohne daß ich es bemerkte, schieben? Ich versuchte, es zu verneinen. »Sie müßten dazu mein Gehirn benutzen, Chance. Sie sind nur – wie sagte der alte Manacle? – Muster von Persönlichkeiten. Sie sind das, was sie waren, als sie geschaffen wurden. Didir ist immer dieselbe. Sie benutzt meinen Verstand, meine Erinnerungen, um damit zu denken, aber sie nimmt diese Erinnerungen nicht mit zurück in den Blauen. Sie verbleiben in meinem Geist, nicht in ihrem. Was ich vergesse, daran kann auch sie sich nicht mehr erinnern. Sie könnten nicht ziehen oder schieben, ohne daß ich es wüßte!« Obwohl ich das sehr überzeugt sagte, war ich mir nicht sicher. »Und ich weiß nicht, ob Seidenhand und ich wirklich aus diesem Grund nach Norden gehen sollten. Es könnte ausgesprochen gefährlich werden.«

Er schaute mich erstaunt an. »Was höre ich da? Peter redet von Gefahren? Ja, und das Tageslicht ist demnächst lila, und die Seen wimmeln voll gekochter Fische! Ich dachte nicht, daß ich nach Bannerwell noch einmal so etwas zu hören bekäme! Wenn wir nicht hier sind, um Geheimnisse aufzudecken und Antworten auf tiefgründige Fragen zu finden, warum dann?«

»Meine Güte, Chance«, lachte ich unbehaglich. »Du bist ja ein Philosoph.«

»Nein.« Er rieb sich geniert die Nase. »Eigentlich habe ich Mertyn zitiert.«

Ich hätte es mir denken können. O Götter des Spiels, ich konnte dieser Angelegenheit nicht den Rücken kehren, ohne mich entzweigerissen zu fühlen. Ich konnte aber wenigstens so tun, als bliebe ich ganz. Warum nicht der Spur folgen, die vor mir ausgelegt war wie die eines *Bunwits* für einen *Fustigar*? »Kopf hoch und laut geheult«, wie Spielmeister Gervaise zu sagen pflegte. Diese marternden Gedanken wurden unterbrochen.

»Wo willst du dich mit Seidenhand treffen?«

»Sie wird Xammer umgehend verlassen, morgen oder übermorgen. Ich hielt es für besser, nicht so nahe der Leuchtenden Domäne zusammen gesehen zu werden. Wenn uns jemand beobachtet und Schritte gegen uns in die Wege leiten will, wird er eine Weile darüber stutzen. Ich sagte ihr, daß wir sie unterhalb der Teufelsgabel des Flusses Reave treffen würden, bei der Stadt dort. Hier, schau!«

Ich nestelte die Karte heraus, die zu kaufen uns soviel Mühe bereitet hatte, breitete sie auf der Erde aus und beschwerte ihre Ecken mit Steinen, damit sie ausgerollt blieb. Sie war hervorragend gearbeitet, auf feinstem Leder, die Beschriftung so klein und doch so deutlich, wie Behutsamkeit und Übung es nur fertigbringen konnten. Ich fand die Stelle, wo wir uns befanden, zwischen den Ruinen und der Großen Straße, verfolgte dann diese Straße nördlich mit dem Finger bis zu der Stelle, wo sie sich unterhalb der Gabelung des Flusses Reave teilte. Dort war auch die Stadt. Reavebrücke.

»Also«, sagte ich, »wir können verkleidet losmarschieren, auf der Straße oder anderswie; wir können auch als wir selbst gehen, auf der Straße oder anderswie. Du bist der Vorsichtige von uns beiden. Ich überlasse es dir.«

»Dann laß uns weiterhin als Vater und Sohn Smith ziehen«, sagte er. Ich stimmte zu, und wir packten unsere Sachen zusammen, um in nordöstliche Richtung zu reiten, wo sich die Große Straße nach Norden erstreckte.

Der Fluß, den die Unveränderlichen ihre Grenze nannten, kam von dort, und wir folgten ihm durch die Felder und lichten Wälder, die nördlich von Xammer lagen. Vor uns konnten wir die gerunzelten Brauen des Zweikopfgebirges erblicken, zwei Tagesritte entfernt, die die Domäne des Phönix an ihrem Fuße umschlossen. Weiter nördlich ragten die kahlen steinernen Kuppen der Drei Buckel auf, vernebelt vom Rauch der dort ansässigen Gießereien. Ich erinnerte mich an diese beiden Landschaftsmerkmale von meinen Schuljahren her, obwohl ich keines von ihnen näher gesehen hatte als jetzt. Hinter den Drei Buckeln, zwischen ihnen und der aufsteigenden Bergkette der östlichen Gebirge vermutete man eine thandbarianische Domäne, wie Himaggery sie nannte, gebildet von Emphaten, Spiegelmännern, Wiederkehrern ... Ich konnte mich an die anderen vier thandbarianischen Talente aus Himaggerys Index nicht mehr erinnern. Sein Schema gründete zunächst auf allen Talenten, die sich Portieren teilten, dann kamen alle, die Dinge BEWEGEN konnten, dann das LESEN, und so weiter. Ich war mir nicht sicher, ob dieser Index einfacher zu behalten war als derjenige, der jedes Talent einzeln, als einzigartiges, aufzählte. Keines von beiden schien sinnvoller. Immer noch gab es Tausende verschiedener Spieler. Wenn die Talente gleich verteilt wären, meinte Himaggery, dann würde die Hälfte aller Spieler eins von jedem besitzen. Er war auf jeden Fall überzeugt von seinem Schema, und danach gab es sieben thandbarianische Talente, und über tausend, die etwas mit Portieren zu tun hatten. Und keine nekromantischen außer den Nekromanten selbst. Was idiotisch war, denn es existierten nekromantische; Ghuls und Knochentänzer, sogar Ranzelmänner gehörten dazu.

Doch wenn schon… Weil ich aber gerade daran dachte, fragte ich Chance, ob er, im Gegensatz zu mir, jemals einen Spiegelmann gesehen habe, und er schaute mich an, als hätte er in etwas Verrottetes gebissen. »Ja, Junge, aber frag nicht danach. Ich konnte erst eine ganze Weile hinterher wieder ruhig schlafen, und ich lege keinen Wert auf diese Erinnerung.« Aha. Hörte sich interessant an.

Es dauerte keinen Tagesritt bis zu der Stelle, wo die Große Straße über eine lange gedrungene Brücke und den Grenzfluß führte, die an Xammer erinnerte, mit ihrem gebogenen, oben mit runden Metallknäufen versehenen Geländer, das dem der Balkone glich, die ich in der Stadt selbst gesehen hatte. Der Bau der Brücke war zweifellos von dem Magistrat der Stadt veranlaßt worden, um dadurch Durchreise und Handel zu erleichtern. Hinter der Brücke befand sich eine Lagerstelle, mit einer Quelle und Toiletten sowie einem Händler, bei dem man sich mit Proviant und Feuerholz versorgen konnte. Die Nacht war warm, und so kauften wir bereits gegartes Essen und suchten uns ein ruhiges Plätzchen zum Hinsetzen. Da wir absichtlich kein Feuer gemacht hatten, wurden unsere Augen nicht von seinem Schein geblendet, und wir konnten erkennen, wer eintraf. Was kam, war ein Knochentänzer, schwarz und weiß, behelmt mit dem Schädel eines vor langer Zeit ausgestorbenen Tieres. Entweder hatte er seinen Aufmarsch von Skeletten draußen vor dem Lager zurückgelassen oder er führte im Augenblick keine mit sich, wofür ich dankbar war. Knochentänzer besitzen genügend Talente, Nekromantie eingeschlossen, um fleischlose Knochen zu erwecken und sie tanzen zu lassen – oder auch andere Dinge, wenn sie zur

Bösartigkeit neigen. Meistens sind die Bauern in abgelegenen Dörfern ihre Opfer, denen sie die Zukunft voraussagen und mit schrecklichen Dingen drohen. Ich fragte mich, wie sie so etwas tun konnten, ob sie jemals dabei zögerten, ob es vielleicht sogar viele Knochentänzer gab, die ihr Talent einfach nicht ausübten, wie es auch manche Ghuls ablehnten. Der Knochentänzer beunruhigte mich jedoch nicht sehr. Zunächst jedenfalls.

Dann kamen aber drei andere zusammen herein: ein Exorzist, ein Medium und ein Zeitgreifer. Chance holte tief aufseufzend Luft, als die drei den Knochentänzer begrüßten, sich gemeinsam an ein Feuer setzten, sich zusammen unterhielten. »Spiel im Anzug«, murmelte er. Ich war geneigt, ihm zuzustimmen. Warum sonst sollten so viele, die sich mit dem Tod beschäftigten, an diesem Ort versammelt sein?

»Was machen Zeitgreifer eigentlich?« fragte ich. »In die Vergangenheit schauen?«

»Man sagt so«, flüsterte er mir zu. »Genau wie ein Medium. Eine Mischung aus SEHEN und Tote erwecken. So hat man's mir jedenfalls erzählt.«

»Exorzisten auch«, sagte ich. »SEHEN, HEILEN und Tote erwecken. Geister bannen, soweit ich mich entsinne und vielleicht SEHEN, wo ein Geist auftauchen kann, bevor er wirklich beginnt zu spuken. Daß alle drei und ein Knochentänzer hier versammelt sind, heißt, daß jemand etwas Gewaltiges wecken und sichergehen will, daß er es auch wieder bannen kann. Was meinst du?« Die vier nahmen keine Notiz von ihrer Umgebung, aber eine der Gestalten hatte etwas beinahe Vertrautes an sich. War es das, was mir eine Gänsehaut über den Rücken jagte?

»Wünschst du dich fort von hier?« flüsterte ich.

»Genug, um wirklich zu verschwinden«, murmelte Chance als Antwort. Jede Auseinandersetzung war überflüssig. Er erhob sich und verschwand in Richtung Toiletten, nur eine Gestalt in einem fortwährenden Kommen und Gehen. Einen Augenblick später nahm ich den gleichen Weg. Wir trafen uns an der Umzäunung, banden unsere Pferde los und führten sie so leise wie möglich in die Nacht hinaus. Da wir selbst keinen Proviant dabeihatten, war auch nichts ausgepackt worden. Als wir die Tiere weit genug hinweggeführt hatten, damit sie nicht mehr gehört werden konnten, stiegen wir auf und ritten weiter nordwärts, während der gelbe Schein der kleinen Feuer hinter uns in der Dunkelheit verschwand. Ich dachte voller Unbehagen an die Spieler, die wir gesehen hatten, die Art und Weise, wie sie sich bewegt hatten, ihren Gang, die Reihenfolge ihres Eintreffens. Vier. Knochentänzer, Exorzist, Medium und Zeitgreifer. Drei, die SEHEN konnten; zwei, die HEILEN konnten; einer, der Kraft SPEICHERTE; einer, der FEUER entfachte, und alle vier mit dem Talent, Tote zu erwecken. Ich suchte in meiner Tasche nach Dorn und teilte ihm diese Liste mit.

»Wenn diese vier ein Schlachtfeld finden können«, flüsterte er in meinem Kopf, »oder eine Stelle, an der eine große Katastrophe stattgefunden hat und wo viele gestorben sind, und zwar vor nicht allzulanger Zeit, damit die Knochen noch nicht zu Staub zerfallen sind, aber lang genug, damit das Fleisch von ihnen abgefallen ist – nun, wenn ich am SPIELEN wäre, würde ich vermuten, daß diese vier ein riesiges Aufgebot erwecken und damit etwas Übles anstellen werden...« Ich wartete, daß er weiterspräche. Nach einer langen Pause sagte er: »Ein Heiler kann HEILEN. Denk daran, daß ein Heiler auch krankmachen kann. Laß weder das Medium noch den Exorzisten die Hände auf dich legen...«

Bereits in der Schulststadt hatte ich gelernt, daß

es unklug war, sich von denen, die Macht über das Fleisch besaßen – was eine andere Bezeichnung für HEILEN war –, die Hände auflegen zu lassen. Ein Exorzist konnte die Hände auf eine Person legen und einen blutigen Abdruck hinterlassen, indem er an dieser Stelle sämtliche kleinen Äderchen platzen ließ. Man sagte auch, daß ein Medium Tote erwecken und sie auf die Spur eines Menschen hetzen konnte, dem sie dann für alle Zeiten folgten. Ich fragte Chance, ob er das glaubte.

»Tja, es gibt wohl so etwas wie inszenierten Spuk, Bursche. Du hast mir erzählt, daß du in Betand etwas Derartiges zum Schweigen gebracht hast. Und es gibt Geisterspieler.«

»Es wäre wirklich das erste Mal, wenn ich jetzt etwas Gescheites über Geisterspieler zu hören bekäme«, sagte ich mit beträchtlicher Schroffheit. »Windlow erwähnte sie einmal, und ein paarmal habe ich andere davon sprechen hören. Ich habe niemals erfahren, zu was sie eigentlich imstande sind und zu was nicht. Vielleicht hast du ja, weitgereist wie du bist, Antworten auf alle diese Fragen.«

Er wurde sofort sehr würdevoll. »Laß deine Aufregung nicht an mir aus, Junge, nur weil hier auf der Großen Straße nach Norden welche sind, die Tote erwecken können und sie deiner Meinung nach etwas mit dir am Hut haben. Ich hänge bestimmt nicht an die große Glocke, wo du dich gerade versteckst. Ich weiß kein Fitzelchen mehr über Geisterfiguren als jeder andere auch; nur das, was wir alle gehört haben. Wir haben von Dingen gehört, die erweckt wurden, aber nicht mehr gebannt werden konnten. Wir haben von Dingen gehört, die sich gegen diejenigen wandten, die sie gerufen haben. Himaggery würde sagen, gebrauche deinen Verstand, und denke drüber nach, und ich könnte es nicht besser ausdrücken.«

Wenn Chance so beleidigt reagierte wie eben, war es sinnlos, weiter in ihn zu dringen, und deshalb ritt ich beschämt weiter. Der Verstand sagte mir, daß alles, was erweckt wurde, von irgendwoher Kraft sammeln mußte. Der Verstand sagte mir das und ebenso die Erfahrung, denn als Dorn die Toten unter den Mauern von Bannerwell erweckte, hatte ich gespürt, wie die Kraft aus ihm – aus mir – herausgeflossen war. Wenn sie aber einmal erweckt waren, marschierten sie von allein weiter – wenigstens hatten die in Bannerwell es getan. Es war, als zöge man einen Karren den Berg hinauf und gäbe ihm dann oben einen kräftigen Stoß, damit er von allein wieder herunterrollte. Zumindest also unter *bestimmten Bedingungen* bewegten sich Dinge, die erweckt wurden, hinterher allein. Nun, der Verstand hatte mich hier jetzt nicht weitgebracht. Ich würde noch mehr darüber nachdenken müssen.

In der Zwischenzeit waren wir so weit geritten, daß die Domäne des Phönix im Osten vor uns auftauchte. Es war Zeit zur Rast, für uns ebenso wie für die Tiere. Hier und dort erhoben sich in dem flachen Ackerland, das von Hunderten kleiner Kanäle durchzogen wurde, die alle zu der östlichen Gabelung des Flusses Reave hinunterflossen, kleine Hügel, alle mit Bäumen bestanden, Gehölze, die von den Bauern als Brennholzlieferanten übriggelasssen worden waren. In einem dieser Wäldchen suchten wir für den Rest der Nacht Dekkung, banden die Pferde an, damit sie nicht weglaufen und von der Straße her gesehen werden konnten. Ich legte mich voller Vorahnungen und mit einem unbehaglichen Gefühl schlafen. Die Götter des Spiels mögen wissen, was ich träumte, aber am nächsten Morgen hatte ich mich so in meine Decken verwickelt, daß Chance mir heraushelfen muße. Und sie waren schweißdurchtränkt.

Wir frühstückten über einem kleinen Feuer, das

nicht rauchte und rasch verlöscht war, als die ersten Reisenden auf der Straße erschienen. Hinter Farnen versteckt, spähten wir hinunter, während ungefähr eine Stunde verging und das übliche Auf und Ab auf der Straße herrschte – Bauernkarren, eine Herde Wasserochsen, ein Mädchen, das drei Zeller, deren Euter schwer voll Milch schaukelten, an ihren Nasenringen führte. Dann folgten ein Schwarm Reisender aus dem Süden, die alle eilig und ohne einen Blick auf die Umgebung zu werfen, vorbeiritten, dann noch ein paar andere, und dann war eine Weile Ruhe, bevor eine Gruppe Reiter erschien, deren Blick starr nach vorn gerichtet war, als wollte er die Meilen bereits vorauseilen. Dann trat wieder eine Weile Ruhe ein, ehe zwei Männer vorbeipreschten, die hart auf ihre Pferde eindroschen. Und nach ihnen kamen die Knochen.

Es war eine ganze Horde, Hunderte oder mehr, komplette Skelette, die so lose zusammenhingen, daß die Arme und Beine nahezu ein Eigenleben führten und rasselnd hinwegtanzten, nur um sich gleich darauf wieder mit dem Rest zu einem vollständigen Ganzen zu vereinen, die grinsenden Totenschädel hüpfend und auf den Enden der Wirbelsäule wippend, als säßen sie auf Sprungfedern. Hinter diesen klappernden Haufen ritt der Knochentänzer auf einem abgehalfterten schwarzen Pferd, und hinter ihm der Exorzist, der Zeitgreifer und das Medium – nein! Es war überhaupt kein Medium. Die Nacht zuvor hatte ich im Feuerschein nur den grauen Umhang gesehen, dessen Kapuze das Gesicht verborgen hatte. Im Tageslicht glitzerte der Umhang golden spinnwebartig bestickt, und die Kapuze war zurückgestreift und gab den Elsterhelm darunter frei. Ein Ranzelmann – mit den gleichen Talenten wie ein Zeitgreifer, der aber zusätzlich noch LESEN konnte. Ich schärfte meine Wandleraugen, um mehr erkennen zu können, fluchte dann, als ich mehr entdeckte als ich mir lieb war.

»Karl Schweinsgesicht«, sagte ich. »Ein Ranzelmann!«

»Nicht doch!« Chance fummelte mit dem Spähglas, bemüht, es zwischen die Farnblätter zu schieben, ohne uns durch das Rascheln zu verraten. »Wahrhaftig! Aber was stimmt mit ihm denn nicht? Das ist nicht der Karl, den du kennst!«

Ich schaute noch einmal sorgfältiger hin. Es war Karl Schweinsgesicht, außer Frage, aber das Gesicht war ... leer. Bleich. Ausgetrocknet anstatt schweißglänzend, wie ich es gekannt hatte. In diesem Augenblick drehte sich sein Kopf in meine Richtung und gleichzeitig mit ihm jeder Totenschädel in dem endlosen Zug von Knochen. Ohne nachzudenken griff ich nach Didir, fühlte sie in mich fließen und ließ mich selbst hinabsinken wie ein Fisch, auf tiefsten Grund sinken, damit sie mich abschirmen konnte. Durch meine Augen merkte ich, wie sie die Schädel beobachtete, die rastlos hin- und herschaukelten, wie Obst am Stiel, wie die Wurmlöcher ihrer Augenhöhlen mich suchten. Dann wandte sich Karls Kopf wieder nach vorn, und sie bewegten sich weiter, dem Norden zu. Ich bewegte mich weder noch sprach ich, bis sie in der Ferne verschwunden waren und sogar meine Wandleraugen sie nicht mehr ausfindig machen konnten.

»Dieser suchte dich, Peter«, flüsterte Didir. »Suchte dich aus Haß, Bösartigkeit, und weil er dazu gezwungen wurde. Er trägt eine Kappe, wie die, an die du dich erinnerst. Er spürte dich, Peter.«

»Aber er sagte es ihnen nicht«, erwiderte ich verwundert

»Sie sind Idioten«, sagte sie. »Wer immer die Kappe trägt, kann nur noch das tun, was sie befehlen. Sie sagten ihm, er solle dich finden, aber nicht, daß er es ihnen sagen müsse, wenn er dich gefunden habe. Also fand er dich, verlor dich wieder, und fährt mit seiner Suche fort. Ihre Dummheit hat dich gerettet – diesmal.«

»Wer?« Ich atmete schwer.

Sie antwortete nicht. Ich hatte auch nicht daran geglaubt. Karl hatte es nicht gewußt, wer ihn schickte, und jeder Versuch von ihr, einen der anderen zu LESEN, hätte ihnen nur unsere Gegenwart verraten.

»Jetzt sind wir also hinter ihnen«, sagte Chance.

»Hinter *ihnen*«, antwortete ich. »Doch wer weiß, wie viele man noch auf meine Fährte gesetzt hat. Es begann in der Sekunde, als ich die Leuchtende Domäne verließ. Ich bin nicht so dumm, anzunehmen, daß diese Knochenerwecker das Schlußlicht bilden. Irgend jemand hat sich beträchtliche Mühe gegeben.«

»Aha«, machte Chance.

»Huld!« sagte ich. Ich war mir sicher. Das Ganze roch von vorn bis hinten nach Huld, nach seiner Energie, seiner rastlosen Bösartigkeit, nach der Faszination, die die Geräte der *Techniks* auf ihn ausübten. Wer sonst hätte von Mandor erfahren können, daß Karl Schweinsgesicht mein Feind war? Wer sonst könnte von meiner Verbindung mit Seidenhand... *Seidenhand!* »Seidenhand schwebt in großer Gefahr«, sagte ich. »Huld würde die Möglichkeit, sie gegen mich zu verwenden, nicht ungenutzt verstreichen lassen. Er wird sie abfangen, wenn sie Xammer verläßt, da kannst du Gift drauf nehmen. Und sie ahnt von allem nichts!«

»Tja, Bursche, ich würde ihn das nicht tun lassen, wenn ich du wäre.«

Zur Hölle mit diesem Mann. Kein Mitleid. Kein Oweh oder Schreck-oh-Graus, kein aufgeregtes Geschnatter. Nur ein bloßes ›Laß ihn das nicht tun‹. Pah! Xammer lag mehr als ein guter Tagesritt entfernt südlich, und Seidenhand konnte jeden Augenblick die Stadt verlassen. Oder bereits verlassen haben.

»Es gibt da diesen Hafnor«, sagte Chance und beäugte mich mit seinen kleinen Vogelaugen. »Falls du es vergessen haben solltest.«

Verdammt noch mal. Natürlich hatte ich das nicht vergessen. Allerdings wurde mir bei der bloßen Vorstellung bereits flau im Magen. Aufzuhören, hier zu leben. An einem anderen Ort aufblitzen. Dort wieder anfangen zu existieren. Alles in einer Sekunde. Es war schlimmer als die Knochen. Ich fühlte, wie sich meine Eingeweide zusammenzogen und schwankten, als ob ihnen schwindlig würde.

»Einen anderen Weg seh ich nicht«, sagte Chance, mich noch immer anstarrend.

Ohne es wirklich zu wollen, griff ich in die Tasche, um Hafnor zu finden, erkannte ihn auch sofort, weil er mir so unvertraut war. Ich umkrampfte ihn mit der Hand und machte einen tiefen, schmerzenden Atemzug, nur um einen Ausbruch spöttischen Gelächters in meinem Kopf zu ernten. »Ja, und wo befinden wir uns hier?« Ich merkte, wie jemand meine Augen benutzte, meine Nase, meine Zunge, um die Luft zu schmecken, meine freie Hand, um den Boden unter mir abzutasten. Ich sah den Umriß jeden Baumes, die Größe der Blätter, wie sie sich gegen die Sonne abhoben, fühlte die Beschaffenheit des trockenen Grases. »Das ist also hier«, meinte die lachende Stimme. »Und wohin wollen wir?« Ich versuchte, die Sache mit Seidenhand zu erklären, über Xammer zu sprechen, spürte aber als Antwort nur verrücktes, lachendes Nichtverstehen und Ungeduld. »Wo, wo, wo? Welche Mauern? Welcher Geschmack in der Luft? Welche Korridore? Was für Türen führen hinaus? Hinein? Welche Fenster? Vorhänge? Möbel? Was sah man durch die Fenster? Wo, wo?«

Mir fiel bloß das Zimmer im Gästehaus ein, und ich versuchte, mich auf eine Art daran zu erinnern, die Hafnor zufriedenstellen mochte. Plötzliche Erinnerungen kamen an die Oberfläche, Erinnerungen, von denen ich gar nichts gewußt hatte, die Farbe und das Geräusch des Feuers, das Gefühl des wollenen Teppichs unter meiner Hand, der Geruch von Poliermittel auf den Möbeln. Die Erinnerungen stürmten von allen Seiten auf mich ein, und ich ließ Hafnors winzige Figur erschrocken fallen, schwer atmend wie ein überhitztes Pferd. Als ich mich wieder gefaßt hatte und etwas klarer denken konnte, sagte ich zu Chance: »Falls ich verschwinde und nicht zurück bin, bis es dunkel wird, dann geh … dann reite nach Dreibuckel. Trenn dich von diesem gelben Pferd und seinen seltsamen Schuhen. Sag jedem, den es interessiert, daß dieser junge Mann, der bei dir gewesen ist, nach Vesterstadt ging, oder meinetwegen Morgenberg. Du aber gehst nach Dreibuckel und wartest dort, gleichgültig, wie lange ich brauche. Wir werden dich dort treffen, Seidenhand und ich.«

Er widersprach mir nicht, noch machte er viel Aufhebens. Er beobachtete mich nur und nickte, während ich Hafnor wieder in die Hand nahm. Erneut rief ich die Erinnerungen an jenes Gästezimmer herbei und sah, wie sie bildlich vor mir erstanden, eingerahmt wie in einem runden Fenster. Aus dem Augenwinkel sah ich ein anderes Fenster, das in eine durch eine Flamme erhellte Höhle wies, und ein weiteres, das den Dachboden von Mertynhaus in der Schulstadt zeigte, und noch ein anderes, durch das man die langen, halbdunklen Korridore in dem Gebirge sah, in dem die Zauberkünstler ihr Lager gehabt hatten. Ich wirbelte, sah die geöffneten Fenster um mich herum, als stünde ich mitten in einem Schwamm oder einem großen Stück Käse, überall um mich herum Löcher, die zu allen Plätzen führten, an denen ich mich je aufgehalten oder von denen ich gehört hatte. »Wo?« flüsterte Hafnor, und ich wandte mich der Öffnung zu, die das Gästezimmer in Xammer zeigte, trat hindurch und stolperte auf den Vorleger vor dem Kamin, wo ich ausgestreckt liegenblieb.

Nachdem ich zu zittern aufgehört und Zeit gefunden hatte, aufzustehen und mich mit den Händen abzuklopfen – denn ich war immer noch mit den halbgetrockneten Gräsern von jenem Hügel neben der Straße bedeckt, weit weg im Norden –, schlich ich in den Hof hinunter und erschien dort der erstbesten Gestalt von Vorboldhaus, die ich finden konnte. Es war Spielmeisterin Joumerie, die mich neugierig ansah und mir Auskünfte gab, die mir gar nicht gefielen.

»Seidenhand? Ach jeh, Spieler. Sie ist bereits heute morgen mit Jinian, einigen Dienern und zwei Waffenträgern, die sie beschützen sollen, weggeritten, in das Gebiet von König Kelver im Norden. Sie können aber noch nicht weit gekommen sein, jedenfalls nicht so weit, daß Ihr sie nicht einholen könntet, wenn Ihr schnell reitet.«

Ich verabschiedete mich mit ein paar kärglichen Höflichkeitsfloskeln, bevor ich eine stille Ecke suchte, um Hafnor wieder in die Hand zu nehmen. »Was soll ich jetzt machen?« jammerte ich. »Ich muß sie finden, aber ich kenne die Straße nicht genug, um ...«

»Springkröte«, kam die lachende Stimme, die mehr als nur eine Spur boshaften Vergnügens an meiner Verwirrung enthielt. »Springkröte. Schau du nach vorn, so weit, wie es deine scharfen Augen können. Überlaß mir den Rest.« Das taten wir dann auch. Ich blickte die Straße so weit hinunter, wie ich sehen konnte, schärfte meinen Blick aufs Äußerste, spionierte den Ort vor uns aus, die Bäume, die Wasserläufe, was immer auch dort lag, Stück für Stück, und dann *blitzten* wir uns dorthin. Das tat ich wieder und wieder, wobei ich jedesmal die Straße dazwischen genau absuchte, um sicherzugehen, daß wir Seidenhand nicht übersehen hatten. Bis wir den Aufruhr sahen, das Schreien hörten und uns in eine Menschenmenge hineinblitzten, die wild durcheinander rief und zu dem bewußtlosen Körper eines der Waffenträger rannte, neben dem der blutende, möglicherweise tote Körper eines zweiten lag.

Ich schüttelte einen der Umstehenden und verlangte, daß er mir rasch sagte, was geschehen war. Der Mann wies mit zitternden Fingern zum Waldrand. »Ghul«, flüsterte er. »Kam mit einer Horde Toter zwischen den Bäumen hervor. Die Waffenträger versuchten zu kämpfen, aber gegen so etwas kann man sich nicht wehren. Der Ghul holte sich die beiden Frauen. Schleppte sie in den Wald hinein.«

Obwohl offenbar verängstigt, hatte er doch noch genügend Verstand bewahrt. Ich rannte zum Wald, wußte, daß Hafnor mir hier nicht helfen konnte. Großvater Tamor mußte her, der behende Flieger, um mich dorthin zu schwingen, wo ich besser sehen konnte. So war es. Er nahm mich auf wie eine Feder, flog mit mir wie ein niederfahrender Falke, um dorthin und dahin zu spähen, auf die Bewegung der Blätter oder das Rascheln im Unterholz, suchte alles peinlich genau ab, vernahm als Antwort aber nur Stille, worauf er sich langsam westwärts vorarbeitete, ein kleines bißchen schneller vielleicht als ein Mensch rennen kann.

Es war zunächst die Kälte, dann aber Seidenhands Stimme, die mich zu ihnen führte. Der Ghul brachte es genauso wenig wie ich fertig, ihren Redefluß zu stoppen, und ihre Stimme schnatterte energisch, gerade als wüßte sie, daß jemand nach ihr suchte. Wir hielten in einem Baumwipfel, um sie von dort aus zu beobachten. Der Ghul zog beide Frauen vorwärts, an jeder Hand eine, sein Heer von Toten in einem wirren Durcheinander verrotteten Fleisches hinter sich. Ghuls bewegen keine bloßen Knochen; sie besitzen das Talent der BEWEGENS, des KRÄFTESPEICHERS und können Tote erwecken. Wieviel Kraft hatte dieser hier gespeichert? Eine Menge, wie es schien, und er speicherte noch weiter, denn die Umgebung war eisig kalt, als wäre es Winter. Ich hing über ihnen und versuchte, die Entfernung abzuschätzen.

Dann, als er gerade unter mir vorbeikam, fuhr ich herab, im Sturz laut schreiend: »Ghuls Schrecken Neun! Ich rufe Spiel und Zug!«, während ich die beiden Frauen packte und mich mit ihnen wieder nach oben zu einem anderen Baum schwang …

Aber nur, um im nächsten schrecklichen Augenblick zu merken, was ich für ein Dummkopf war, was für ein vollständiger, ungeübter Dummkopf. Ich hatte ein Risikospiel ausgerufen, einen Imperativ, unpräpariert und dämlich wie ich war, und der Ghul würde es nicht überhören. Ich hing oben im Baum, während die beiden Mädchen versuchten, mit den Händen die Äste zu erreichen und sich festzuklammern, als mir die Kraft aus den Armen wich. In der ganzen Umgebung gab es kein Fünkchen Kraft mehr, und ich war schwach … schwach. Ich befand mich in der Domäne des Ghuls, und er hatte die gesamte Kraft bereits an sich gezogen. Kraft, wie ich sie gehabt und großzügig für das *blitz, blitz, blitz* verbraucht hatte, als ich ihnen mit dem Portierer nachjagte, auf dem unbekümmerten Flug, dem leichtsinnigen Niederfahren und Rufen. Jetzt besaß ich gerade noch soviel Kraft, um mich ein paar Schritte weg zu bewegen, nur mich, und dann war Ende. Ich japste, sogar außerstande, nur darüber nachzudenken, was zu tun sei.

Ich sah, wie er seine Kraft sammelte. Er besaß weitaus mehr, als ich vermutet hätte, denn zwei der verwesenden Leichen stolperten zu dem Baum, an dem wir hingen, und begannen ihn zu erklimmen, die geronnenen Augen fest auf uns geheftet. Ihr Klettern sah grotesk aus, und sie verloren Teile von sich, die zwischen kleinen Zweigen und Ästen steckenblieben, aber sie kamen immer näher. Unter ihnen versammelten sich andere, wartend, die lippenlosen Münder in stummem Grinsen und Vorfreude auf die Frucht, die ihnen gleich in Hände und Kiefer plumpsen würde, weit aufgerissen. Ich hörte Seidenhand wimmern, sah Jinian, das Mädchen, auf den Ghul herabstarren, während sich grollende Verwünschungen ihrer Kehle entrangen. Ich hätte am liebsten die Augen geschlossen, halb tot wie ich vor Kälte und Angst war. Ich konnte mich an einen anderen Ort blitzen, mich allein, ohne Bürde. Oder Seidenhand allein ohne mich. Das war alles, und um mich herum war es kalt, kalt…

Der Ghul lachte und kreischte durch den stillen Wald. »Waffenträgers Flug Zehn, törichter Flieger, Waffenträgers Flug Zehn.« Er rief meinen Tod aus und den der beiden, die ich bei mir hatte, und sie wußten das ebensogut wie ich.

Ich überlegte, ob ich noch die Kraft hatte, Seidenhand fortzuschaffen. Meine Hand krampfte sich in meiner Tasche zusammen, einmal, noch einmal, als ich jene andere ungewohnte Gestalt zwischen meinen Fingern spürte. Buinel. Feuerentfacher. Er flog in meinen Kopf wie ein Vogel in ein unbekanntes Nest, drehte und wendete sich nervös. Ich spürte die tausend Fragen, die er auf den Lippen hatte, ahnte die langatmige Rede, die er gleich halten würde. Ja, etwas in mir erkannte ihn, erkannte ihn als denjenigen, den Windlow Buinel, der Flatterer, genannt hatte.

Der Ast unter meinem Fuß schwankte. Ich schaute hinab und direkt in das Antlitz einer der Leichen, die gerade eine nur halb mit Fleisch bedeckte Hand auf meinen Stiefel legte. Ich stieß heftig mit dem Fuß nach ihr, und das Ding stürzte hinab, während Jinian neben mir durchdringend schrie.

»Buinel«, rief ich stumm. »Feuer. Oder wir sterben, Ihr sterbt, wir alle sterben. Für immer.«

»Wer?« wollte er aufgeregt wissen. »Wer spricht? Mit welcher Befugnis? Was ist das für ein Ort? Wer ist dieser Ghul? Welches Spiel?«

»Buinel!« schrie ich aus Leibeskräften, worauf sich Schwärme von Vögeln aus den Bäumen ringsum erhoben. »Wenn Ihr kein Feuer auf den Ghul loslaßt und auf alle Leichen in diesem Baum, sind wir tot – und Ihr mit uns.«

Irgend etwas geschah. Vermutlich war es Tamor, das Muster von Tamor, obwohl es auch Hafnor gewesen sein könnte. Eines der Muster in meinem Kopf formte einen Befehl, sagte irgend etwas Schroffes und Bestimmtes zu dem Muster Buinels, und der Baum hinter dem Ghul ging in Flammen auf, von oben bis unten, wie eine Fackel. Der Ghul drehte sich um. Er war überrascht, aber nicht so überrascht, daß er nicht damit begonnen hätte, Kraft aus der Hitze der Flamme zu ziehen. Im selben Augenblick lag Shattnir in meiner Hand und speicherte aus derselben Quelle. »Mehr«, forderte ich. »Beim Eis und Wind und den sieben Teufeln, Buinel, mehr Feuer! Verbrenn diese Leichen zu meinen Füßen.« Inzwischen hatte sich nämlich ein weiterer Leichnam zu mir hochgearbeitet und faßte mich an. Die Fleischfetzen, die an der Kreatur hingen, fingen zu rauchen an, die Knochen selbst zu glühen, und sie fiel schweigend hinab, während mehr Bäume explosionsartig im Feuer barsten. In der Zwischenzeit kämpften Shattnir und der Ghul um die verfügbare Kraft. Es war alles andere als gemütlich.

Der Ghul suchte mit dem Ruf: »Verbündete! Verbündete!« das Prasseln und Röhren der Flammen zu durchdringen. Ich glaubte, die Trompete eines Herolds von irgendwoher zu hören, und als ich mich umwandte, erhaschte ich einen plötzlichen Lichtreflex, aber ich wußte nicht genau, wo, und ich konnte auch nicht warten. Ich hatte inzwischen genügend Kraft gesammelt, um die beiden Frauen hochzuheben und mit ihnen wie eine verkrüppelte Fledermaus durch den dichtstehenden Wald hinwegzuflattern, wobei ich gegen Äste stieß und über Zweige rutschte, immer auf der Suche nach Wasser. Hinter mir hörte ich den Ghul schreien, und ich murmelte: »Ghuls Schrecken Zehn« in mich hinein. »Spiel und Zug.« Ich hatte niemals vorgehabt, als Waffenträgers Flug Zehn in einem unbekannten Wald zu sterben, von Leichen aufgefressen. Aber es hatte nicht mehr viel dazu gefehlt.

Wir fanden ein Inselchen in einem Teich, und Seidenhand heilte dort unsere Verbrennungen. Ich sammelte noch mehr Kraft und begann zu SUCHEN, während sich das Feuer immer heißer und großflächiger in alle Richtungen ausdehnte. Der Fluß im Süden würde es stoppen, und im Osten lagen nur ebene Felder, aber es würde sich weit nördlich und westlich vorfressen, falls nicht ein paar vernünftige Tragamore Wolken herbeischafften und über ihm auswrangen. Ich allein konnte dabei nichts ausrichten und hätte es auch ohnehin nicht getan, denn ich wollte gern sehen, wer vor den Flammen wegrannte. Zweimal erblickte ich den Lichtschein, aber ich entdeckte keinen Menschen. Wer immer es gewesen sein mochte, er war fortgeflogen. Schließlich gab ich es auf und kehrte zu den beiden Frauen zurück.

Sie hatten hinter einem umgestürzten Baum ein Lager aus Gras hergerichtet. Wir lagen alle drei im Schein der späten Nachmittagssonne darauf und ließen uns von ihr beruhigen. Später dachte ich, wie seltsam es gewesen war, daß ich überhaupt nicht gefragt hatte, welches Talent das Mädchen, Jinian, besaß. Seidenhand hatte es in meiner Hörweite nie erwähnt. Falls Jinian irgendeine Art Kopfschmuck besessen hatte, war dieser während des Angriffs verlorengegangen. Auf jeden Fall fragte ich nicht danach, und sie erzählte es nicht von selbst. Sie bat mich um mein Messer, weil sie eine Falle aufstellen wollte, aber ich sagte ihr, daß ich für eine Mahlzeit sorgen würde, bevor ich sie verließe und unsere weitere Reise arrangierte. Das tat ich, indem ich mich in einen *Pombi* verwandelte und ein paar stupiden Hühnern den Garaus machte, die von ihrem Bauernhof weg in den Wald gelaufen waren, um hier zu brüten. Während sie über der Flamme brutzelten, besprachen wir die weiteren Möglichkeiten. Ich konnte nach Xammer zurückkehren, Pferde und Vorräte besorgen, eine Ersatzkutsche, sogar Wächter und Diener. Wir entschieden uns aber dagegen. Statt dessen nahm ich, nachdem wir gegessen hatten, eine halbwegs alltägliche menschliche Gestalt an und begab mich fort, um eine Niederlassung zu finden, wo man Tiere und Proviant kaufen konnte.

Der Rest war eigentlich nur ermüdendes Feilschen, Handeln und dieses und jenes Besorgen, das natürlich nicht vorhanden war, weil es bis jetzt keiner verlangt hatte oder weil es zu nichts paßte, was vorhanden war. Der Abend wurde zur Nacht, die Nacht zum Morgen. Es war bereits Mittag des folgenden Tages, ehe ich Jinian und Seidenhand aus dem Wald herausführen konnte, um ihnen zu zeigen, was ich zustandegebracht hatte.

»Bei den Schmerzen von Dealpas«, sagte Seidenhand zurückweichend. »Noch nie im Leben habe ich ein solches Klappergestell auf Rädern gesehen.«

Ich nickte befriedigt. Das Fuhrwerk sah aus, als fiele es jeden Augenblick auseinander, was aber nicht passieren würde, denn ich hatte bestimmte Teile persönlich repariert. Die Zugtiere sahen aus wie Wasserochsen, obwohl man ihre reinrassige Abstammung gut und gern infrage stellen konnte. Sie waren groß, häßlich und wirkten zu zäh, um Jäger zu verlocken, aber auch zu kräftig, um Diebe in Versuchung zu führen. Die Innenausstattung des Fuhrwerks glich dem Rest und war langweilig und häßlich.

»Den will bestimmt niemand«, meinte Jinian. Ich warf ihr einen raschen Blick zu und dachte, wie schade es war, daß sie derart unscheinbare Züge hatte, da sie doch so scharfsinnig war. »So ist es«, sagte ich. »Nun müssen wir noch dafür sorgen, daß uns auch niemand will.«

Ich glaubte, daß wir erfolgreich waren. Die Zeit würde es zeigen, die Gelegenheit beweisen, aber wir hatten die Umstände unserer Reise mehr als nur ein bißchen verändert. Niemand würde sich für den alten Mann oder die beiden Vetteln an seiner Seite interessieren. Alle drei hatten schmutzige Gesichter und ein zahnlückenhaftes Grinsen. Die Zähne der Mädchen waren mit Teer geschwärzt; eine Armeslänge entfernt wirkte es, als fehlten sie ihnen. Als der Abend jenes Tages kam, nachdem ich Chance verlassen hatte, befanden wir uns erneut auf der Großen Straße nach Norden, allerdings nur ein bißchen weiter nördlich der Grenzbrücke. Mit einem Blick zurück seufzte ich. Wir hatten viel Zeit und Mühe aufgebracht, um ein winziges Stück Weg hinter uns zu bringen, und immer lagen zwanzig Meilen zwischen uns und Dreibuckel.

Eine Genugtuung erlebte ich jedoch. Der Zwischenfall mit dem Ghul hatte mich fest und endgültig davon überzeugt, daß Huld dahintersteckte. Die frühere Episode mit der Hexe mochte vielleicht auf Rätsels Initiative erfolgt sein, aber Huld war es, der Knochentänzer und Ghul auf meine Fährte gesetzt hatte. Er hatte einmal, in den Eishöhlen, einen falschen Zug gegen mich gemacht. Dort hatte er Nekromant Neun ausgerufen, konnte seinen Zug aber nicht gewinnen. Diesmal war er entschlossen, ihn zu gewinnen, ihn auf eine Art und Weise zu gewinnen, die ich nicht mißverstehen konnte, indem er Ghul und Knochentänzer, Ranzelmann und Exorzist benutzte – allesamt nekromantische Talente. Ich hatte die Toten gegen Mandor ins Feld geführt; nun würde er die Toten gegen mich einsetzen, um mich selbst zu Tode zu bringen. Er hatte mich zuvor unterschätzt und jetzt schon wieder, wenn auch nicht mehr so sehr. Vielleicht wußte er aber immer noch nicht genau, was ich war und was ich konnte.

Es war selten, daß Spieler viele Talente gut ausüben konnten. Manchmal werden Kinder geboren, die, sobald sie die Pubertät erreichen, Teile verschiedenster Talente zu haben scheinen. Oft entwickeln sie sich zu unfähigen Schwachsinnigen, die in der Sonne sitzen und allein spielen, unaufhörlich einen Stein auf den anderen BEWEGEN oder gerade eine Handbreit über dem Erdboden schweben oder sich über winzige Distanzen um einen Kreis herumportieren und dabei laut juchzen. Vier oder fünf verschiedene Talente zu besitzen, scheint offenbar zerstörerisch zu wirken. Minery Mindcaster wurde manchmal als Zwillingstalent bezeichnet. Was wir über Talente lernen, bringt es mit sich, daß wir jemanden wie sie leichter als eine Kombination aus Unterherold und Afrit betrachten denn als eine Person, die einfach sieben verschiedene Talente besitzt. Jemand wie ich, der zwischen allen elf Talenten auswählen konnte, würde von jemandem wie Huld nicht als Möglichkeit einkalkuliert werden. Noch nicht. Zuerst hatte er mich als Nekromant kennengelernt, und bei dieser Erkenntnis war es einige Zeit geblieben. Vielleicht wußte er, daß ich ein Wandler war, aber ich glaube es eigentlich nicht. Er hatte gesehen, wie ich durch die Eishöhlen flog. Hatte er geglaubt, daß es sich dabei um meine eigene Fähigkeit handelte oder einfach, daß ein irgendwo lauernder Tragamor mich BEWEGT hatte? Als ich die Barriere vernichtete, die Huld vor den Ausgang gebaut hatte, ahnte er, daß ich es selbst getan hatte – oder vermutete er, daß ein Magier daran beteiligt gewesen war? Falls er annahm, ich sei es gewesen, würde er mich für ein Afrit halten, denn dieses waren die Talente des Afrits.

Er war jedenfalls kein Narr. Man konnte ihn vielleicht eine gewisse Zeit lang in die Irre führen. Sein Knochentänzer und sein Ranzelmann hatten mich auf der Straße nicht gefunden. Sein Ghul war tot. Trotzdem war Huld ein unerbittlicher Feind, der von Mal zu Mal schlauer und stärker wurde. Konnte ich wirklich meine gesamten Talente dort oben im Norden lassen und ihm mit nichts in den Händen gegenübertreten... mit nichts als mir selbst? Ich wimmerte tief in mir und duckte mich, bis ich mir schließlich selbst zuwider war. In Bannerwell war ich mutiger gewesen als jetzt, und ich stellte fest, wie leicht ein kleiner Geschmack von Macht einen einigermaßen vernünftigen Menschen packen und eine winselnde, kriechende Kreatur aus ihm machen konnte.

Beispiele aus dem von Windlow benutzten Index

	Portierertalente (Beispiele): Unterherold	Kirchenmann	Trugbild	Erzengel	**Tragamortalente:** Ausplauderer	Hebammen	Herolde	Holzfäller	Triller	Ghul	Knochentänzer	Afrit
TELEPORTATION Macht über die Fortbewegung										•	•	•
TELEKINESE Bewegen von Gegenständen												
TELEPATHIE Macht über die Gedanken	•					•		•			•	
FLIEGEN Macht über die Lüfte												
BETÖRUNG Beherrschen		•		•				•				
MAGIE Kräftespeichern										•	•	•
FEUERENTFACHER Macht über die Flamme		•							•			
WANDELN Macht über die Form			•				•					•
HELLSEHEN Macht des Hellsehens	•			•	•	•						
HEILEN Macht über das Fleisch			•		•	•	•	•	•	•	•	•
NEKROMANTISCH Macht über den Tod	•	•	•	•								

Dämonische Talente:											
Ranzelmänner			•						•		•
Aufseher			•	•		•					
Basilisk			•		•			•			
Waffenträgertalente:											
Drachen				•			•	•			
Eisdrachen				•		•		•			
Prophet				•			•		•		
Betörung:											
Talisman					•	•					
Thaumaturg					•			•		•	•
Feuertänzer					•		•			•	
Hellebardist					•		•				
Priester/Hexe					•	•	•				
Händler					•				•		
Magische Talente:											
Phönix						•	•	•			
Oneiromant						•			•		
Derwisch						•		•		•	

	Schildwächtertalente: Salamander	Schildwächtertalente: Starrer	Schildwächtertalente: Exorzist	Wandlertalente: Empath	Wandlertalente: Spiegelmann	Wandlertalente: Wiederkehrer	Hellseherische Talente: Zeitgreifer	Hellseherische Talente: Medium	Heilen: Trauerer
TELEPORTATION Macht über die Fortbewegung			•			•	•	•	•
TELEKINESE Bewegen von Gegenständen			•	•				•	•
TELEPATHIE Macht über die Gedanken		•			•		•	•	
FLIEGEN Macht über die Lüfte	•			•	•	•			
BETÖRUNG Beherrschen	•	•	•						
MAGIE Kräftespeichern									
FEUERENTFACHER Macht über die Flamme									
WANDELN Macht über die Form									
HELLSEHEN Macht des Hellsehens									
HEILEN Macht über das Fleisch									
NEKROMANTISCH Macht über den Tod									

5

Dreibuckel

Ich habe gesagt, daß das Land östlich des Stürmischen Meeres flach sei. Es war immer noch genauso flach und unbelebt, als ich es das zweitemal innerhalb weniger Tage durchquerte. Die Geschwindigkeit der Wasserochsen wäre ungefähr eine Meile pro Stunde gewesen, wenn sie sich beeilt hätten, was sie aber nur gegen Abend taten, wenn es kühl wurde und sie Wasser rochen. Ich hatte sowohl Jinian als auch Seidenhand beigebracht, wie man sich durch bestimmte Reime oder Lieder schützen konnte, falls irgendein Dämon oder ein anderer Spieler, der LESEN konnte, vorbeikäme. Ich selbst reiste, gleichfalls aus Vorsicht vor einem solchen Ereignis, als der alte Globber. Und tatsächlich, kurz vor der Abenddämmerung des zweiten Tages ritt ein Dämon vorbei. Soweit ich erkennen konnte, warf er uns nicht einmal einen Seitenblick zu. Wir waren wirklich völlig unansehnlich.

Bald begann uns die Langeweile zu quälen. Am Nachmittag des zweiten Tages begannen Seidenhand und Jinian, sich gegenseitig ihre Meinungen und Gefühle über die Angehörigen meines Geschlechts anzuvertrauen, und ich fühlte mich abwechselnd gebauchpinselt und durch ihre Offenheit peinlich berührt. Schließlich wurde mir das Ganze so unangenehm, daß ich eine Möglichkeit suchte, das Thema zu wechseln. In meinem Hinterkopf schwirrte seit Tagen bereits eine Idee herum, und ich dachte, das kleine Buch, in das Windlow soviel Hoffnung gesetzt hatte, würde sie vielleicht einfangen helfen.

»Jinian«, sagte ich, als die beiden einmal kurz Luft holten, »ich habe hier etwas, was ich gerade studiere, ein kleines Büchlein. Würdest du mir daraus vorlesen?« Sie stimmte zu, aber ich merkte, daß die Frage sie überrascht hatte. Ich wühlte das *Omnasticon* hervor und gab es ihr. Ich hoffte, seinen Sinn begreifen zu lernen, wenn ich eine andere Stimme daraus vorlesen hörte, Jinian also, und wenn sie müde wurde, Seidenhand.

»Von Anfang an?« Sie zögerte, nach kurzem Überfliegen der Seiten, ohne dabei einen Sinn entdeckt zu haben.

»Egal wo«, erwiderte ich. »Vom Anfang, oder aus der Mitte. Ein alter Freund von Seidenhand und mir meint, es läge ein tiefer Sinn in diesem Buch. Ich habe bis jetzt keinen Schlüssel zu seinem Verständnis gefunden. Vielleicht schaffst du es für mich.«

Sie begann zu lesen. »Wenn der Zauberer das neunte oder zehnte Mal wiederkommt, wird es viel zu tun geben.« Sie starrte auf die Seite und wandte sich dann zu mir. »Welcher Zauberer?«

»Barish vermutlich«, sagte ich. »Du kennst doch diesen Spruch, genau wie ich. Die Leute sagen: ›Wenn Barish wiederkommt.‹ Ein komischer Kauz auf dem Markt sagte einmal, er würde seine Preise erst bei der zwölften Wiederkehr von Barish senken.«

Jinian nickte nachdenklich und las weiter. »Je mehr Macht diese Spieler haben, desto korrupter werden sie… doch immer noch werden in jeder Generation welche geboren, die ein Gespür für Gerechtigkeit und das Richtige haben… so wenig, im Vergleich zu den übrigen. Ich wollte, es wären viele!« »Und ich auch«, sagte Jinian. »Ich wollte, es gäbe mehr wie dich, Peter, und Seidenhand, und weniger solche wie diesen Ghul.«

Ich glaube, ich wurde rot, gewahr meiner eigenen

Kämpfe, das Richtige zu erkennen und zu tun. Götter des Spiels! Es ist nicht schwer, das Leben aufs Spiel zu setzen, wenn man nichts hat, für das es sich zu leben lohnt, aber es kommt einem sehr schwer an, wenn das Leben süß ist. Ich versuchte Seidenhands Blick zu erhaschen, in der Hoffnung, sie schaue mich zärtlich an, aber ihre Augen waren geschlossen, und ihr Atem ging so gleichmäßig, als schliefe sie. Jinian fuhr zu lesen fort, ohne etwas zu merken.

»In der Zwischenzeit werden Festivals den jungen Menschen Gelegenheit zur Fortpflanzung bieten... Schulhäuser sie beschützen... Ich fürchte, an der Basis haben sie alle den Bezug zur Wirklichkeit verloren. Sie züchten in den Höhlen Monster und kommen nicht mehr ans Tageslicht...

Ich habe einige von der eingeborenen Bevölkerung dieser Welt getroffen. Wie dumm anzunehmen, hier gäbe es keine! Sie haben uns bis jetzt in diesem kleinen Gebiet unbehelligt gelassen, aber das wird bestimmt nicht immer so sein...

Ich habe diesen großen Plan in Gang gebracht... über tausend Jahre... Jahrhundertelanger Vertrag zwischen uns und dem Volk, das wir geschaffen haben, uns zu beschützen...«

»Lies das letzte noch mal«, sagte ich zu Jinian.

»... über tausend Jahre zur Ausführung. Er wird von unzähligen günstigen Gelegenheiten abhängen, der Gnade und der Unterstützung durch das Schicksal und durch diejenigen, die in dieser Welt schon lebten, bevor wir kamen, und von dem Bestand des jahrhundertelangen Vertrages zwischen uns und dem Volk, das wir geschaffen haben, uns zu beschützen.«

»Überhaupt nicht pompös«, sagte ich in dem Versuch, geistreich zu klingen. »Himmel, hat der Mann sich ernst genommen!«

»Welcher Mann? Wer hat das geschrieben? Zuerst

dachte ich, es wäre gedruckt, wie andere Bücher, aber das hier hat jemand ganz klein mit der Hand geschrieben, in altertümlichen Buchstaben. Hier und da ist es auch verschmiert, als sei der Schreiber müde gewesen oder verwirrt.« Sie warf mir das Buch zu, wies mit dem Zeigefinger darauf, und ich sah, was sie meinte. Mit der Zeit war die Tinte verblaßt und das Papier vergilbt, und das Ganze wirkte monochrom und verblichen. Ihre Frage rief einen flüchtigen Gedanken in mir wach, der aber am Rand meines Geistes verblieb. Es war zu spät; wir waren alle zu erschöpft. Im Dämmerlicht konnte ich kaum den Weg vor mir erkennen, geschweige denn die Seiten des Buches.

»Ich glaube, Barish schrieb es«, sagte ich. »Eine Art Tagebuch? Warum ein solches Tagebuch aber so ungeheuer wichtig sein soll, entzieht sich meiner Vorstellungskraft. Windlow, der Seher, hat nach diesem Buch jahrzehntelang gesucht und immerfort darin gelesen, nachdem er es gefunden hatte, um – ja, was eigentlich hat er gesucht? Und gerade jetzt suchen die Unveränderlichen offenbar nach diesem Buch. Und möglicherweise sind sie nicht die einzigen. Ja, es muß ein sehr wichtiges Buch sein. Dessen bin ich mir sicher. Wenn ich nur wüßte, warum. Ich dachte, die Worte aus deinem Mund zu hören, würde mir helfen, aber die Erleuchtung will nicht kommen ...«

Und während Seidenhand döste, erzählte ich Jinian alles, was ich über dieses Buch wußte oder vermutete, und über die Spielfiguren von Barish. Die klugen, forschenden Fragen, die sie stellte, erinnerten mich sehr an Himaggery in seinen Glanzzeiten. In der Dunkelheit leuchtete ihr Gesicht bleich und durchscheinend, von einer Art romantischem Schleier verhangen, und ich erinnerte mich, daß ich vor kurzem noch gedacht hatte, daß sie nichtssagend aussähe. Doch wie sagte Chance immer? In der Dunkelheit wirkt jedes Schiff stabil? Nun, sie schien stabil genug zu sein, ob dunkel oder hell.

»Windlow sagte, daß die Worte über die Jahrhunderte hinweg ihre Bedeutung geändert hätten«, erzählte ich. »Er meinte, wenn wir die Worte begriffen, dann wüßten wir auch, was die Dinge einst bedeuteten – oder umgekehrt. Er erwähnte zum Beispiel, daß in diesem Buch das Wort ›Festival‹ eigentlich ›Gelegenheit zur Fortpflanzung‹ bedeutete, und er hielt das für sehr wichtig. Ich weiß nicht, weshalb.«

Sie war eine ernsthafte kleine Person, sehr bedächtig und aufmerksam. Wenn sie etwas abwog, erschienen zwei schmale Linien zwischen ihren Augenbrauen, und ihr Mund zog sich nach unten, als kaue sie an dem Gedanken. Ich hätte am liebsten gelacht, als ich sie, mit dem Schmutz auf ihrem Gesicht und ihren geschwärzten Zähnen, so ernsthaft nachdenken sah, gerade als ob sie vergessen hätte, wie sie aussah. Seidenhand vergaß es nie. Jedesmal, wenn sie erwachte, ließ sie eine mißgelaunte Bemerkung darüber fallen.

»Es ist doch so, daß mächtige Spieler sich wenig um das Leben anderer kümmern«, sagte Jinian schließlich. »Das wissen wir ja alle. Es gehört zum Spiel. Wenn wir also keine Schulhäuser hätten, würden die jungen Menschen, die noch ohne Talent sind oder diejenigen, die noch nicht wissen, wie sie ihr Talent einsetzen können, in großer Zahl in Spielen verbraucht werden. Wenn sie aber immerfort in Schulhäusern eingesperrt wären, könnten sie keine Kinder bekommen. In Vorboldhaus wurde uns gelehrt, daß es für Frauen am einfachsten ist, Kinder zu bekommen, wenn sie jung sind – ich meine die Frauen, nicht die Kinder. Wenn die Frauen also jung sind, leben sie in Schulhäusern, und wenn sie dann Kinder bekommen sollen, brauchen wir Festivals. Sonst würde es zu wenig Kinder geben, und das wäre das Ende von allem.« Sie seufzte.

»Falls Barish das hier geschrieben hat, sagt er, daß Schulhäuser und Festivals nötig sind, und weiterhin sagt er, daß er selbst beides erfunden hat. Aber – das ist lange her. Es ist ein sehr altes Buch.«

»Sehr alt«, murmelte ich. »Und was war das mit den eingeborenen Bewohnern?«

Sie antwortete eine ganze Weile nichts. Ich dachte, sie wäre eingeschlafen und daß ich das am besten auch tun sollte. Die Wasserochsen trotteten im Sternenschein vorwärts, und wir hatten lange überlegt, ob wir nicht besser anhalten und sie grasen lassen sollten, während wir aßen und schliefen, als Vorbereitung auf den rasenden Galopp in den Morgen hinein – hinter diesem treuen Gespann. Als Jinian schließlich sprach, war es eine Unterhaltung wie im Traum.

»Hast du jemals die Geschichte von dem treuen Hund gehört?« fragte sie. Ich nickte. Kindermädchen erzählten diese Geschichte. »Hast du jemals einen Hund gesehen?«

»Es ist nur ein anderes Wort für *Fustigar*«, erwiderte ich schläfrig.

»Nein«, sagte sie. »In der Geschichte vom treuen Hund wedelt der Hund mit seinem Schwanz, erinnerst du dich? *Fustigar*e können nicht mit dem Schwanz wedeln. Sie haben keinen.«

»Vielleicht gab es eine Zeit, in der sie welche hatten«, wandte ich ein. Ich hatte darüber nie nachgedacht, obwohl die alte Geschichte tatsächlich von einem wedelnden Schwanz sprach. Das war auch der springende Punkt dabei, denn der ganze Spaß für uns Kinder bestand darin, dieses Wedeln durch Wackeln mit unserem Allerwertesten nachzuahmen.

»*Pombis* haben keine Schwänze«, fuhr sie fort. »Aber Katzen. Und Mäuse. Eulen und Falken auch, aber Speckstreifenfalken nicht. Pferde auch. Aber Zeller nicht.«

»Wir auch nicht«, sagte ich.

»Weiß ich. Das ist ja das Merkwürdige, denn ich glaube, wir gehören zu den Katzen, Pferden und dem treuen Hund. Aber wir haben keine Schwänze, im Gegensatz zu ihnen. Auf jeden Fall sieht es so aus, als gäbe es zwei Sorten von Tieren, Vögeln und Geschöpfen, eine, die von hier stammt, und eine andere, die von anderswoher kommt. Ich weiß nicht, zu welcher Sorte wir gehören, zu der von hier oder zu der von anderswoher. Weißt du es?«

Im Berg der Zauberkünstler hatte ich die Antwort darauf gehört. »Wir kommen von anderswoher.« Sie nahm diese Worte, wie fast alles, was ich sagte, gelassen hin. »Die Schattenmenschen sind aber von hier. Und sie haben keine Schwänze.«

»Hast du sie gesehen?« Sie war aufgeregt wie ein Kind, das zum ersten Mal die Festivalkönigin zu Gesicht bekommt. Ich antwortete ihr, daß ich sie gesehen hatte, erklärte, wie sie aussahen, und sie lachte, als ich ihr von ihren Liedern erzählte, ihren Flöten, ihren Tänzen, ihren riesigen Augen und großen Flügelohren, ihrer Vorliebe für Hasen (die Schwänze hatten) und *Bunwits* (die keine besaßen). Ich schilderte ihr ihre Sprache und wie es sich angehört hatte, als sie in den Tälern zwischen den Feuerhügeln »Peter, eter, ter« riefen. Die Wasserochsen hatten am Wegrand, wo ein Wasserlauf in einem kleinen Sumpfloch versickerte, eine verlockende Suhle gefunden und weigerten sich, auch nur einen Schritt weiter zu gehen. Ich schüttelte Seidenhand, um sie zu wecken, und wir zündeten in dem Lehmofen, den ich gekauft hatte, um Essen zu kochen, Kohle an. Irgendwoher nördlich von uns drang ein tiefes Grollen aus der Erde, und wir fühlten die Erschütterungen unter uns. »*Grole*«, sagte Seidenhand. »Hast du je einen gesehen, Peter?«

Ich sagte nein, hätte aber das Röhren in Mertynhaus als Kind oft gehört.

»*Wurstgrole?*« fragte Jinian eifrig, und Seidenhand und ich lachten.

»Nein, Steinfresser. Aus Dreibuckel. Um *Wurstgrole* zu sehen, mußt du hoch nach Leamer gehen, wo die Nüsser leben. Nur Steinfresser machen dieses Geräusch, und es wird hier weit und breit keine *Fustigare* oder *Pombis* geben, denn das Geräusch verjagt sie.«

»Haben sie Schwänze?« Jinian wieder, aber diesmal so schläfrig, daß ich wußte, sie würde die Antwort nicht mehr aufnehmen. Und so war es auch. Kleine seufzende Geräusche sagten mir, daß sie eingeschlafen war. Ich deckte sie zu und ließ sie liegen, wo sie war. Die Erde war mindestens genauso weich wie der Boden des Fuhrwerks, und wahrscheinlich sauberer. Ich wußte nicht, ob Grole Schwänze besaßen oder nicht. Ich glaubte nicht. Beim Einschlafen machte ich eine Bestandsliste aller Tiere mit Schwänzen und dachte dabei, wie seltsam es war, daß ich dies von Jinian gehört hatte, während keiner meiner Spielmeister anscheinend davon gewußt oder darüber nachgedacht hatte.

Am Morgen machten wir uns erneut häßlich und kletterten wieder in den Wagen. Wenn wir die Wasserochsen dazu bewegen konnten, eine gleichmäßige Geschwindigkeit einzuhalten, mußten wir gegen Mittag Dreibuckel erreichen. Ich hoffte, daß Chance bereits sicher dort angelangt war, und ich fragte mich, in welcher Verkleidung wir nachher weiter nördlich reisen sollten, damit die Knochentänzer uns nicht entdeckten. Ich zweifelte nicht daran, daß sie immer noch nach mir suchten, und es war mir noch kein passender Weg eingefallen, diese nach mir gesandten Gehilfen Hulds zu überwinden, um ihn selbst zu finden, der sie geschickt hatte. Auf lange Sicht würde es mir nichts einbringen, gegen Söldner zu spielen. Huld konnte mich durch diese gekauften Männer völlig auslaugen. Der Wagen rollte vorwärts, während mir dies und anderes durch den Kopf ging. Beinahe hätte ich den Troß Skelette vor mir übersehen, aber Jinian stieß mir ihren spitzen Ellbogen in die Rippen und fing an zu singen. Seidenhand stimmte ein, und beide begannen im Takt mit ihrem leisen Singsang mit dem Kopf zu nicken, während ich nach unten tauchte und nach Didir griff, um mich zu schützen.

»Larby Lanooly fuhr zur See«, sangen sie. »Hodihi, hodiheh! Ob er's konnt, der Wicht, kümmert ihn nicht, dort am Steuerrad, auf großer Fahrt! Bravo, Larby Lanooly!« Das Lied hatte mindestens dreißig Strophen und Seidenhand kannte sie alle. Während ich lenkte, Peter in der Obhut Didirs ließ, während Globber die Zügel hielt, kam der Zug Skelette näher, aus Richtung Norden auf uns zu. Dem alten Globber fuhr der Schreck in alle Glieder, wie man auch annehmen konnte. Er schnalzte, stieß einen lauten Ruf aus und lenkte den Wagen von der Straße, beinahe in einen der Kanäle. Dort blieb er und klapperte vor Angst mit den Zähnen, während die Knochen an ihm vorbeitanzten. Die beiden Frauen saßen aneinandergeklammert neben ihm und sangen fast lautlos: »Larby Lanooly ging in den Klee, hodihi, hodihe! War dumm genug, zog selbst den Pflug, dort auf'm Acker, immer wacker! Bravo, Larby Lanooly!«

Mochte Karl Schweinsgesicht vorher auch die seltsame Kappe getragen haben, jetzt trug er sie jedenfalls nicht. Sein Gesicht schien wieder gerötet und schwitzend, und er zerrte wütend an einem Seil, das ihn an dem Mann neben ihm festband. Als sie vorbeikamen, hörte Didir einen der Knochenerwecker sagen: »Wenn du nicht tust, was wir verlangen, Ranzelmann, setzen wir dir wieder die Kappe auf.«

»Ich habe es Euch doch erklärt!« wütete Karl. »Als Ihr mir die dämliche Kappe aufgesetzt habt, habe ich ihn gespürt, dort hinten auf der Straße. Aber ich konnte es Euch nicht sagen. Ihr braucht keine Kappe und kein Seil, um mich zu binden. Bezahlt mich wie jeden anderen auch, und ich werde Peter, die Zimperliese, bis ans Ende der Welt für euch suchen. Ich tu's liebend gern. Ich kann ihn nicht ausstehen.«

»Verdien dir unser Vertrauen, Ranzelmann. Verdien es dir, falls du kannst, und hör auf, dich nachts wegschleichen zu wollen. Und hör jetzt auf, an dem Seil zu zerren, und führe uns zu der Stelle, wo du ihn angeblich gespürt hast.« Und sie gingen an uns vorbei, ohne uns überhaupt eines Blickes zu würdigen. Es dauerte lange, bis Globber seine Sinne wieder soweit beisammen hatte, um die Ochsen auf die Straße zurückzulenken. In der Zwischenzeit war Larby Lanooly vom Bauer zum Kaufmann, zum Bergmann und zum Teufel was auch immer geworden.

»Wenn einer von ihnen Spuren lesen kann«, sagte ich, als die Knochentänzer verschwunden waren und wir weiter nordwärts trotteten, »werden wir sie sicher wiedersehen. Ohne Zweifel hat Chance ziemliche Spuren hinterlassen, als er von dem Wäldchen aus nach Norden aufgebrochen ist.«

»Vor drei Tagen? Bei den vielen Reisenden?« fragte Jinian. »Hat das nicht alle Spuren verwischt?«

Ich biß die Zähne zusammen und versuchte, mich zu erinnern. So weit ich wußte, trug nur das gelbe Pferd diese auffälligen Hufeisen, solche höckrigen, wie sie sie am Fluß Dourt verwendeten, aber das gelbe Pferd konnte längst verkauft oder einfach freigelassen worden sein. »Möglich«, erwiderte ich. »Obwohl ich mich wohler fühlen würde, wenn es inzwischen geregnet und etwas gestürmt hätte.«

»Nun, das kann bald geschehen«, sagte Seidenhand.

»Beobachte den Himmel westlich von uns, wo sich die schwarzen Wolken sammeln. Wahrscheinlich werden wir, noch ehe es dunkel wird, mehr Regen haben als uns lieb ist.«

»Bis dahin sind wir in Dreibuckel«, versprach ich ihnen. Diesen Zeitplan hielten wir auch ein, kamen sogar früher an, denn die Sonne stand erst kurz vor dem Mittagspunkt, als wir die Abzweigung erreichten, die nach rechts zu den drei kahlen Steinhügeln führte, die sich über den rauchenden Schmelzereien erhoben. Steinerne Säulen markierten den Weg, und wir fuhren zwischen Reihen langer flacher Häuser vorbei, in denen sie die *Grole* züchteten. Jetzt, tagsüber, sah man nur ein paar dieser Geschöpfe oberhalb der Erde, die meisten waren tief unten und nagten sich mit ihren steinharten Zähnen ihren Weg durch den Fels, kauten das Gestein zu Kieseln und verstauten es in ihrem endlosen Darm. Nachts verdauten sie es dann, wobei sie ab und zu röhrten, und am Morgen wuschen die Dungsammler den Kies in Sieben nach Eisenpulver und Silberkörnern aus. Nur die Leichtmetalle blieben den *Grolen* selbst, die sich davon ernährten. Im Vorbeifahren bekamen wir lange *Grole* zu Gesicht, die sich über Haufen von Gesteinsbrocken, Knochen und Kohle hermachten. Das waren die Zahnlinge, denen gerade erst die steinharten Zähne wuchsen und die bald zur Arbeit in den Minen befördert werden würden. Zähmer standen neben jedem und strichen mit langen Stöcken, die eiserne Spitzen hatten, über die Kreaturen, wobei sie beruhigende Melodien summten. Mir schauderte. Stellt euch einen riesigen Darm vor, im Durchmesser so breit wie ein Mann hoch ist, so lang wie fünf Menschen, die sich hintereinanderlegen. Ein Dutzend Zähne dazu und keine Augen: Das ist ein *Grol*. Wenn wir aber keine *Grole* hätten, woher bekämen wir dann Metall für unsere Äxte und Waffen?

»Halt an«, sagte Jinian. »Ich möchte einen streicheln.«

Ich hielt erstaunt das Fuhrwerk an, und sie humpelte, die ganze Zeit über ihrer Rolle gemäß, zu einem der Geschöpfe hinüber, um seine riesige Flanke zu berühren. Es half nichts, ich mußte nachkommen und Seidenhand ebenso, um die Haut des Tieres anzufassen, die sich wie Stein anfühlte, und seine Größe zu bewundern. Die Zähmer schienen solches Erstaunen von Reisenden gewöhnt zu sein und schenkten uns fast keine Aufmerksamkeit.

Dann stiegen wir wieder ein, und Jinian überraschte mich abermals. »Du bist doch ein Wandler, stimmt's?« Natürlich, ich hatte ihr ja davon erzählt. »Ich dachte, es wäre gut für dich, wenn du das Geschöpf berührst. So funktioniert es doch, oder? Das habe ich jedenfalls gehört.«

Ach, sie hielt es für gut? Sie mußte etwas von meiner Verwirrung gespürt haben, denn sie errötete und zuckte dann die Achseln. »Falls ich da etwas mißverstanden habe, entschuldige bitte.« Sie hatte nichts mißverstanden. So funktionierte es, jedenfalls war es eine Möglichkeit. Aber sich in so etwas zu verwandeln! Vielleicht konnte man klein anfangen, Stein fressen, ihn in Masse umwandeln und immer so weiter. Ich überlegte mir den Vorgang Schritt für Schritt, verlor mich in Gedanken darin, und lief dann peinlich berührt rot an, als ich Jinians Augen auf mir ruhen sah. Sie wußte nur zu gut, worüber ich nachdachte.

»Kein Grund, sich zu entschuldigen«, sagte ich. »Es ist eine reizvolle Vorstellung.« War es auch. Ich beabsichtigte nicht, jemals so etwas zu tun, aber reizvoll war es.

Die Minen und viele kleine Schmelzereien lagen verstreut in Schluchten und auf Anhöhen um die drei Berge herum, aber Dreibuckel, die Stadt selbst, lag zwischen ihnen wie Kinderspielzeug, das auf einen Teller ausgeschüttet worden war. Ich entschied, nicht so wie wir aussahen in die Stadt hineinzureiten. Statt dessen würden wir ein weiteres Täuschungsmanöver inszenieren. Wir fanden eine Stelle, an der die Straße eine Kurve hinter eine hohe, halbzerfallene Mauer machte, schirrten dort die Wasserochsen aus und jagten sie den Wiesenhang hinab auf eine Reihe Bäume zu, die an einem Flüßchen standen. Dann packte ich den Hammer, den ich genau zu dem Zweck mitgenommen hatte, und schlug das Fuhrwerk in Stücke, von denen ich die Räder abmontierte. An die Mauer gestapelt, sah das Holz genau nach dem aus, was es war, nämlich Feuerholz. Vielleicht würde ein anderer Fuhrmann in seiner Not noch für den einen oder anderen Reifen Verwertung finden. Unsere Lumpen wurden unter dem Wagen vergraben, und wir säuberten unsere Gesichter und befreiten unsere Zähne von dem Teer, ehe wir Dreibuckel betraten, ein Händler mittleren Alters mit seinen beiden Töchtern. Ich hoffte, nicht zu lange nach Chance suchen zu müssen.

Und das mußte ich tatsächlich nicht, wie sich bald herausstellte. Das gelbe Pferd, das ich ihm geraten hatte loszuwerden, sprang in einer Pferdekoppel neben einem Gasthof herum, mit höckrigen Hufeisen und allem Drum und Dran. Chance selbst war am Zechen, die Nase rot und weinselig, in bester Laune und völlig unempfänglich für meinen Ärger.

»Aber, aber, mein Junge, die Knochentänzer sind doch schon lange vor uns verschwunden. Es ist ein gutes Pferd. Kein Grund, es jetzt sofort zu verscherbeln.«

»Sie sind hinter uns, Chance. Hinter uns. Wir sind ihnen begegnet. Karl Schweinsgesicht hat seine garstige kleine Spürnase auf meine Spur gesetzt und sie wieder bis zu dem Wäldchen zurückverfolgt, wo du und ich ihn beobachtet haben. Außerdem *kennt* er dich!«

Ich konnte es ihm nicht klarmachen, bis Seidenhand mit entschlossener Miene nach seiner Hand griff und etwas Kniffliges, Geheimes in seinem Körper anstellte. Ich sah, wie er rot anlief und in seine Augen langsam Klarheit einkehrte. »Oh. O ja, Bursche. Es tut mir leid. Ehrlich gesagt, glaubte ich nicht, daß sie zurückkämen. Und vielleicht haben sie keinen bei sich, der Spuren verfolgen kann.«

»Ranzelmänner können das«, sagte Jinian. »Sie haben diese Fähigkeit. Wir müssen uns rasch etwas überlegen, denn sie können bereits bei dem Wäldchen gewesen sein und heute abend hier erscheinen.«

Seidenhand nickte zustimmend und niedergeschlagen. Ihre Miene wirkte recht angespannt, und kurz überkam mich Mitleid. Der Weg war beschwerlich für sie gewesen. Trotzdem konnte ich ihr nicht helfen, und Chance unterbrach den Gedanken.

»Es ist meine Schuld, also ist es nur gerecht, wenn ich die Sache ausbügle. Ich werde mit dem Tier unter viel Hurrah und Geschrei auf die Straße zurückkehren. Wenn ich weit genug entfernt bin, werde ich es verkaufen und mich nach Reavebrücke durchschlagen. Ihr bleibt alle hier, bis ihr euch erholt habt – Seidenhand braucht einen Nachtschlaf im Bett –, und folgt mir dann nach Norden. Hast du genug Geld, um neue Pferde zu kaufen, Junge?«

Ich verneinte wahrheitsgemäß. Das letzte Geld hatte ich für das Fuhrwerk und die Wasserochsen ausgegeben. So griff er unter sich und gab mir einen Beutel, der wohlgefüllt schien, zweifellos ein Teil seines Gewinns aus Xammer, was er auch nicht abstritt. Er war außerordentlich großzügig in seinem Angebot, und ich wußte, daß er sich schuldig fühlte. In jenem Augenblick war ich nicht in der Stimmung, ihm zu vergeben, obwohl er nicht viel Schaden verursacht hatte, wenn er jetzt nur rasch hinwegritt. Wir hatten uns leise unterhalten, verabschiedeten uns nun so von ihm, wie jeder Reisende es bei einer zufälligen Bekanntschaft unterwegs gemacht haben würde, und begaben uns auf die Suche nach einer Unterkunft. In der Zwischenzeit suchte Chance seine Tiere zusammen und machte sich mit viel Hallotri auf den Weg, um die Aufmerksamkeit auf sich zu lenken.

Was den Rest von uns betraf, so fanden wir zwei aneinandergrenzende Zimmer über dem Stallgebäude und gönnten uns ein Bad in tiefen Blechwannen vor dem brennenden offenen Feuer. Danach, in große rauhe Tücher gehüllt, saßen wir am Fenster, nippten angewärmten Wein und hielten nach dem Knochentänzer Ausschau, in der Hoffnung, daß er nicht so bald käme. Es war schon dunkel, als er erschien, mit seinen Genossen. Sie zogen nicht weiter. Die Knochen ruhten als Haufen neben der Stallwand. Die Einwohner von Dreibuckel verkrochen sich in ihren Häusern. Die Knochenerwecker, Karl Schweinsgesicht bei ihnen, hockten in der Gaststube unten und tranken vergnügt. Wir, Jinian, Seidenhand und ich, blieben oben in den Zimmern, still und unauffällig.

Was mich betraf, so war ich hin- und hergerissen. Einerseits war ich wie eh und je wütend auf Karl Schweinsgesicht, daß er so geruhsam unten in der Gaststube saß, sich bestimmt den Bauch mit Essen und Trinken vollschlug, ohne sich im mindesten verstecken oder herumschleichen zu müssen. Andererseits erinnerte ich mich nur zu gut, wie ich an jenem Baum gehangen hatte, während unten der Ghul nach mir hechelte und ich dem Tode so nahe war wie noch nie zuvor. Ich hatte kein Verlangen nach tollkühnen Taten, jedoch gierte es mich nach Rache gegen Huld und alle seine Untergebenen. Jinian saß mir gegenüber, am anderen Ende des Zimmers, und starrte mich an, während das Feuer in ihren Augen tanzte. Seidenhand schlief. Ich weiß nicht, wie ich auf den Gedanken kam, daß Jinian wußte, worüber ich nachdachte. Ich spürte kein Prickeln in meinen Kopf, als LÄSE mich ein Dämon, und es war bestimmt auch gar keine Art von Gedankenlesen. Ich dachte einfach, daß sie es wüßte. Ganz sicher war ich, als sie sagte: »Mich kennen sie nicht. Wenn sie heute nacht losreiten würden, könnte ich ihnen ein Licht mitgeben, das sie in einen… dunklen Tunnel weist.«

Ich war mir nicht sicher, ob es mir gefiel, daß sie wußte, was ich dachte, aber es würde besser funktionieren, wenn sie half. »Heute nacht wäre geeignet«, stimmte ich zu.

»Man muß sie dazu bringen, bald aufzubrechen«, sagte Jinian. »Vielleicht überzeugt es sie, wenn sie hören, daß das Pferd, dem sie folgen, bald verkauft oder getauscht wird? Wenn sie es von jemand Fremden hören?«

»Jemandem wie dir?«

Sie lächelte. »Oh, ich fürchte mich nicht vor dem Knochentänzer. Ich bin auch nicht hübsch genug, um eine Art von Aufmerksamkeit zu erregen. Ich kann es probieren.«

»Sie könnten dich LESEN.«

»Das bezweifle ich. Ich mache es ganz unauffällig. Aber nicht, bevor du nicht bereit bist. «

Ich dachte darüber nach. »Dann um Mitternacht. Oder früher, falls es so aussieht, als wollten sie sich schlafenlegen.« Insgeheim hielt ich das Ganze für reichlich riskant, aber es war besser als nichts zu tun. Ich schlüpfte durch die Hintertür hinaus, ging die Straßenseite hinunter, die Chance auch genommen hatte, wo ich die Spuren der höckrigen Hufeisen sogar im Schein der Laterne erkennen konnte, die ich mitgebracht hatte. Der Weg machte eine Biegung und stieg hoch zu den Schluchten über der Stadt, sich hinter diesem Hügel und jenem Bachufer entlangschlängelnd. Ich war noch nicht weit gegangen, als ich fand, was ich suchte, eine schmale Stelle, wo der Weg in eine Uferböschung einschnitt. Ich löschte die Laterne und fing mit der Arbeit an.

Dabei stellte ich mir vor, was wahrscheinlich inzwischen unten im Gasthof vor sich ging. Seidenhand schlief friedlich. Jemand in der Stadt mochte sie vielleicht als frühere Spielmeisterin von Vorboldhaus oder als Heilerin kennen. Jinian dagegen war ein unbekanntes Mädchen, ihrer Kleidung nach von Spielergeblüt. Sie würde in die Gaststube gehen, wo der Wirt in seiner Ecke saß, seine Einnahmen zählte und den Mann beobachtete, der Bier und Wein ausschenkte. Sie würde auf einen Augenblick warten, da die Unterhaltung ruhiger wurde, und dann sagen: »Wirt! Der Mann, der heute nachmittag fortgeritten ist, der, dem das hübsche gelbe Pferd mit den höckrigen Hufen gehörte – wißt Ihr, ob er wieder zurückkommt? Er sagte, er wolle das Pferd verkaufen oder tauschen, und ich würde gern mit ihn ins Geschäft kommen.«

Daraufhin würde der Wirt etwas über das Pferd sagen oder über Chance. Sie würden darüber reden, daß er nach Norden geritten sei. Jinian würde Enttäuschung heucheln. »Tja, selbst wenn ich den Mann morgen noch einholen könnte, wird er das Pferd bestimmt bis dahin nicht mehr haben. Nun ja, am besten, ich vergesse das Ganze.« Und dann würde sie wieder nach oben gehen.

Hinten in der Gaststube würde ihr der Knochentänzer Karl Schweinsgesicht etwas zuknurren. Dann, wenn alles so lief, wie ich es geplant hatte, würden sie beschließen, dem Mann und dem Pferd mit den höckrigen Hufeisen hinterherzureiten, um ihn zu fangen, bevor sich die Spur verwischte. Wenn sie sich beeilten – so würden sie sich sagen –, konnten sie ihn fangen, während er irgendwo unterwegs schlief, und vielleicht dadurch Peter ohne viel weitere Mühe auch schnappen. Ich ließ mir dieses Szenario verschiedene Male durch den Kopf gehen und fand es gleichermaßen befriedigend und wahrscheinlich. Die Zeit verstrich. Ich geriet ins Zweifeln und wurde nervös, hörte aber niemals mit der kauenden Arbeit auf, die ich begonnen hatte. Der Mond ritt auf meinem Rücken, gekrümmt wie ein Dolch. Im Dämmerlicht sah ich die Schatten an der Wegbiegung, hörte das Gerassel der Knochen, als sie um die Kurve tanzten. Sie hatten eine Laterne dabei, denn der Knochentänzer führte sie in einer Pfütze gelben Lichts an. Karl trottete mürrisch mit den anderen neben ihm. Plötzlich hob sich sein Kopf.

»Ich LESE ihn«, flüsterte er aufgeregt. »Peter, die Zimperliese. Ich LESE ihn. Nicht weit weg von hier. In der Nähe. Oh, welch ein Dummkopf! So nahe an der Straße zu schlafen. Er ist dicht vor uns.«

»Also dann, geh leise, kleiner Ranzelmann«, kam die geflüsterte Antwort des Knochentänzers. »Am Ende dieses Tunnels verstreuen wir uns und suchen ihn. Dann bekommst du die Bezahlung für deine gute Arbeit, wie versprochen.« Ich sah das Mondlicht in ihren Augen schimmern, verlor es dann, als sie den Tunnel betraten, die Spieler voran, die Knochen hinterdrein.

Erst dann schloß ich mein großes Maul, das mächtige Maul eines *Grols*, und ließ seine Innereien arbeiten. In den zwei Stunden, die verstrichen waren, hatte ich es fertiggebracht, soviel Masse wachsen zu lassen, daß der *Grol* anderthalb mannshoch und neun Meter lang war. Es war ein glaubhafter Tunnel. Einer ohne Ausgang, zum Pech für diejenigen, die ihn betraten.

Ich lag im Mondlicht, ein großer, schwarzer Darm in der Nacht, und grübelte darüber nach, ob ich wegen Karl Schweinsgesicht betrübt war oder nicht. Ich entschied, daß er tot für mich bekömmlicher war als lebend und auf meiner Fährte. Als ich die in den Knochen enthaltenen leichten Metalle verspeist hatte (ein Leckerbissen für *Grole*, die mit ihrem Magen schmeckten, wie ich feststellte), zog ich das Netz und verminderte Masse, hievte mich aber zuerst aus der Einbuchtung auf eine breitere Stelle. Was übrig blieb, war nur ein langgestreckter, entfernt zylindrisch aussehender Haufen Steine und etwas gemahlenes Eisen. Das war's dann also mit Hulds erneutem Versuch, mich zu fangen. Ich war nicht so dumm anzunehmen, daß es der letzte oder der stärkste gewesen sei. Das nächstemal würde es nicht so einfach werden.

Das nächstemal, dachte ich, wird er vielleicht ein Spiel spielen, das ich nicht gewinnen kann.

6

Die Hügel der Grole

Weil Jinian dem Wirt gegenüber bereits erwähnt hatte, daß sie Pferde kaufen sollte, war sie es, die am folgenden Morgen zum Tiermarkt ging, um uns welche zu besorgen. Seidenhand versicherte mir, daß dies in jedem Fall das Klügste wäre, denn Jinian sei am südlichen Flußlauf des Jourt aufgewachsen, wo Pferde Religion und Lebensinhalt bedeuteten. Überall in der Stadt sprach man von dem Knochentänzer, denn Spieler dieser Art tauchten selten in Dreibuckel auf, und Jinian brauchte eine ganze Zeit, um ihr Vorhaben zu erledigen. In der Zwischenzeit beendeten Seidenhand und ich unser Frühstück, und ich zog sie damit auf, miesepetrig und eine schlechte Gefährtin zu sein. Tatsächlich war sie, je länger unsere Reise dauerte, von Stunde zu Stunde stiller und trauriger geworden.

»Ach, Peter«, seufzte sie. »Diese Reiserei ist schlimmer, als ich in Erinnerung hatte. Ich bin an den Luxus von Vorboldhaus gewöhnt. Dort sind die Betten weich, die Zimmer warm. In der Küche steht ein guter Koch, und im Keller liegt ein guter Wein. Es ist ein ruhiges, interessantes Leben, und man braucht nicht zu befürchten, von Ghuls entführt oder von Ungeheuern verfolgt zu werden. Ich bin verwöhnt und nicht mehr bereit, mir an Steinen blaue Flecken zu holen.«

»Komm«, sagte ich, »du wirst dich wundern, wie rasch du dich wieder an das Leben unterwegs gewöhnst.«

Ihrem Lächeln, das sie mir als Antwort schenkte, fehlte die Begeisterung. Sie widersprach mir nicht, aber man konnte deutlich sehen, daß sie mir nicht zustimmte. Ihr Anblick verursachte mir ein kurzes, niederziehendes Gefühl des Verlustes, und ich küßte sie. Sie erwiderte den Kuß, aber er war schwesterlicher als unsere Küsse in Xammer. Ich konnte sie schlecht damit aufziehen, daß sich eine Geliebte anders verhalten würde, denn sie hatte niemals gesagt, daß sie eine sein wollte, also begnügte ich mich damit, ihr einen leichten Klaps auf das Hinterteil zu geben. Sicher nicht der beste Weg, die Tiefe meiner Gefühle zu zeigen. Später dachte ich daran.

Als Jinian mit den Pferden zurückkam, erläuterte sie mir die Tiere in allen Einzelheiten, sprühend vor Begeisterung, mit funkelnden Augen und hoher, aufgeregter Stimme. Sie wies auf ihr dickes Fell hin, das, wie sie sagte, für die Jahreszeit gut sei, und auf ihre gewöhnlichen Hufeisen. »Sie sind stämmig, nicht schnell«, sagte sie, »denn wir werden wahrscheinlich unwegsame Pfade reiten. Was hältst du davon, wenn wir am Knochenfluß entlang nach Reavebrücke reisen? Letzte Nacht, als du … beschäftigt warst, schaute ich mir die Karte an, und wenn wir von Dreibuckel aus über die Hügel nach Nordwesten gehen, kommen wir zur Flußniederung. Von da aus können wir eine kleine Strecke westlich parallel zur Großen Straße reiten, bis wir den Fluß überqueren müssen, um nach Reavebrücke zu kommen.«

Ihr Gesicht war schmutzverschmiert. Der flüchtige Wunsch, es sauberzuwischen, suchte mich heim. Sie schien so begierig zu sein, daß ich dachte, nun ja, warum nicht? Auf der Großen Straße zu reiten, würde einfacher sein, aber vielleicht fielen wir weniger auf, wenn wir uns hintenherum schlugen.

Die Frauen hatten alles, was sie bei sich geführt hatten, durch ihre Begegnung mit dem Ghul verloren, und so mußten wir zunächst Kleidung und Umhänge ersetzen, obwohl Seidenhand meinte, an einem Ort wie Dreibuckel gäbe es überhaupt keine richtige Auswahl. Durch großzügigen Gebrauch von Chances Gewinnen gelang es uns, uns reisefertig zu machen. Als Seidenhand die Pferde sah, rieb sie sich bedauernd den Rücken, und ich wußte, daß sie den Verlust der leichten Kutsche bedauerte, die sie verloren hatten. Ich legte den Arm um sie. »Sei nicht verzagt«, sagte ich. »In Reavebrücke wird es genug Luxus geben. Chance wird wiederum ein Vermögen gewonnen haben, und wir können uns auf seinem Glück ein paar Tage ausruhen.«

Sie lachte. »Wenn Chance gewinnt, hat das mit Glück nichts zu tun. Nein, Peter, so viel macht es mir nicht aus, noch ein paar Nächte auf hartem Boden schlafen zu müssen. Es ist vielmehr dieses eigenartig träumerische Gefühl, das ich habe. Letzte Nacht wachte ich auf und ging zum Fenster, um Luft zu schöpfen, träumte aber nur, daß ich nebelhaft einen Riesen am Horizont vor den Sternen laufen sah, als wandle er am Rand der Welt. Und das Lied des Windes verfolgt mich. Ich kann mich auf nichts konzentrieren.«

Über ihren Kopf hinweg konnte ich Jinian sehen, die uns beobachtete und genau zuhörte. Ich lächelte beide an, in dem Versuch, unbeschwert und sorglos zu wirken. »So ist es eben mit Vorsehungen. In der Leuchtenden Domäne wurde mir vorhergesagt, daß wir in den Norden gehen würden – das Windlied handelt vom Norden –, und in Dindindaroo erzählte mir ein Geist vom Norden. Abenteuerlich und traumhaft, in der Tat! Grund genug, um schlafzuwandeln.«

»Dreimal«, sagte Jinian und überraschte mich mit diesem Echo von Chances Worten. »Dreimal bedeutet Spiel. Wer SPIELT gegen dich?«

Ich schüttelte den Kopf. »Der Sänger hörte das Lied

in Leamer. Vielleicht liegt dort die Wurzel.« Jinian runzelte, als wäre sie den Tränen nahe, die Stirn, und ich konnte mir nicht vorstellen, warum der Gedanke an Leamer sie so unglücklich stimmen sollte. Später fragte ich Seidenhand, und sie antwortete:

»König Kelver wird uns in Reavebrücke treffen. Er wird Jinian von dort aus mit nach Norden nehmen, also kann sie nicht mit uns nach Leamer kommen. Zweifellos ist sie darüber enttäuscht, von dem Geheimnis und seiner Lösung ausgeschlossen zu sein – falls es dort eine gibt.« Sie klang ziemlich kurzangebunden, als wäre es gleichgültig, was Jinian dachte. Für mich war es nicht gleichgültig. Wenn Jinian enttäuscht war, würde ich es auch sein.

Wir ritten durch die Hügel der *Grole* zurück, Meilen sich schlängenden Weges, über den sich mit steinernen Lippen kleine schmale Stollen öffneten. Überall lag Kies, übriggeblieben, nachdem die Männer die Schwermetalle, die von den *Grolen* nicht verdaut wurden, herausgewaschen hatten. Hufe auf Kies ergeben ein unaufhörlich schabendes Geräusch, ein unablässiges Knirschen. Im Tal unten wuchsen nur ein paar schmutzige Bäume, so hoch lagerte die Staubschicht entlang der spärlich plätschernden Wasserläufe. Hin und wieder flatterte ein Vogel mit einem zitternden, pfeifenden Ruf von Baum zu Baum. Die Luft war ruhig, man roch nichts. Männer riefen von einem Berg zum anderen hinüber, das Echo ihrer langgezogenen Rufe verklang in der Stille, während wir halb eingedöst und knirschend vor uns hinritten.

Dann, auf einmal, bewegte sich vom Süden her ein Schatten über uns, eine frostige Dunkelheit, die fast alle Töne und Farben in der Welt auslöschte. Nur noch das Knirschen des Kieses war zu hören, aber weit entfernt, als lägen dicke Schichten Gaze dazwischen. Der

Ruf der Vögel klang wie aus einem Traum. Wir ritten in einer Welt, in der alles weit entfernt war – und ohne Zusammenhang. Irgend etwas ging an uns vorbei, dem Norden zu, und wir hörten ein paar Töne Musik, und eine Stimme in uns sagte: ›Verwandter, hilf mir.‹ Sobald wir diese Worte vernommen hatten, traf uns Luft wie ein Peitschenhieb, und die Stille war verschwunden. Staub wirbelte um uns herum auf und wir husteten, denn die Luft war plötzlich kalt und schmeckte nach Sturm.

Jinian keuchte: »Das war ein wilder, kranker Wind.« Dann beugte sie sich über den Pferdehals und versuchte, den Staub aus der Kehle zu husten.

Uns allen dreien liefen Tränen über die Wangen, alle drei weinten wir wie jeglicher Hoffnung beraubt. Die Stimme, die wir gehört hatten, war ohne Gefühl gewesen, und doch hatten wir eine schreckliche Einsamkeit und Verzweiflung aus ihr herausgehört. Wir brauchten mehr als eine Stunde, um mit Weinen aufzuhören, und ich weinte länger als die Frauen, beinahe, als hätte die Stimme zu mir auf eine andere Weise gesprochen als zu ihnen. Ich war nicht sicher, ob mir diese Vorstellung oder Jinians mitleidiger Seitenblick gefielen. Diese junge Frau schien bereits entschieden zu viel von mir zu begreifen.

Kurz danach brach die Nacht herein, sanft und purpurfarben. Die Vogelrufe machten dem Quaken kleiner Frösche am Wegrand Platz. Ich hörte den Schrei eines Speckstreifengeiers am Himmel, ein Ton wie betäubt vom goldenen Schein der Sonne, die hoch dort oben noch brannte. Der Falke zog weite, funkelnde Kreise, bis die Dunkelheit ihn zu umhüllen begann, und dann war es Nacht, wir konnten nicht weiterreiten. Wir unterhielten uns über die Musik, die Stimme, den Wind.

»Wir müssen vernünftig denken«, murmelte Jinian.

»Die Dinge passieren nicht einfach willkürlich, ohne Grund, ohne einen Sinn im Spiel.«

»Falls es sich wirklich um ein Ding handelt«, sagte Seidenhand, »und nicht um einen Geist ohne Verstand.«

»Ein Geist ohne Verstand, der uns Verwandte nennt?« Jinian, zweifelnd.

»Uns alle oder nur einen von uns?« fragte ich. »Und welchen?«

»Und uns um Hilfe bat«, grübelte Jinian. »Wie könnten wir ihm helfen?«

»Wir können nur abwarten«, sagte ich. Ich zog nicht einmal entfernt in Erwägung, Didir oder einen der anderen zu rufen – nicht einmal Windlow. Ich war mir ganz sicher, daß dieses Ding, was immer es gewesen war, wiederkommen würde, und im Augenblick würde auch die größte Anstrengung, mehr darüber zu erfahren, nutzlos sein. Ich wußte es.

Also aßen wir den Proviant, den man uns in Dreibuckel eingepackt hatte, ließen unsere Gedanken müßig wandern und wurden immer niedergeschlagener.

»Ich habe den ganzen Tag an Dazzle gedacht«, sagte Seidenhand. »Als der Ghul mit seinem Gefolge auftauchte, haben mich die Totenköpfe an sie erinnert. Daran, daß sie möglicherweise noch lebt, dort in den alten Katakomben unter Bannerwell. Aber wahrscheinlich ist sie tot, so jung sie auch war. So wenige von uns werden alt, Peter. Windlow war alt, aber auch er ist fort. Himaggery und Mertyn sind nicht alt. Es gibt so wenig Alte. Ich dachte, ich würde vielleicht alt werden können ...«

Ich versuchte, sie zum Lachen zu bringen. »Wir werden zusammen alt werden, Schatz. Wenn du so alt bist, daß du an einer Krücke herumtaperst, jage ich dich durch die Küche, bis du hinfällst und dich auf dem Teppich rollst.« Offenbar traf ich damit nicht den richtigen Ton, denn ihre Tränen begannen zu fließen, in dem gleichen unaufhörlichen Strom, den wir bereits vor kurzem erlebt hatten.

»Wird je einer von uns so weit kommen? Das Leben in Vorboldhaus ist so angenehm. Muß ich es unbedingt in den Klauen eines Ghuls verlieren oder im Spiel von irgendeinem Waffenträger in den Rücken geschossen werden? Wenn ich an alle diejenigen denke, die ich als Kind kannte ... wie wenig sind davon übriggeblieben. Wie wenig ...«

Daraufhin konnte ich sie nur im Arm halten, bis sie einschlief, mich dann selbst in meine Decken wickeln und das gleiche tun, die ganze Zeit über Jinians Schweigen gewahr, die in ihren eigenen Decken auf der anderen Seite des Feuers lag. Ich wußte, daß sie jedes Wort gehört hatte. Und am nächsten Morgen sagte sie es uns auch.

»Ich wollte nicht lauschen«, sagte sie und wurde ein bißchen rot. »Aber ich habe scharfe Ohren und auch ein scharfes Verständnis für das, was um mich herum geschieht. Wir alle fühlen uns schrecklich traurig, verloren und einsam. Dieses Gefühl begann, nachdem wir gestern diesem Was-auch-immer begegnet sind. Wir sollten nicht den Fehler begehen zu glauben, diese Gefühle kämen von uns selbst.«

In diesem Augenblick klang sie fast wie Himaggery. Ich war erstaunt.

Seidenhand schüttelte sich wie ein Flußtier, das aus dem Wasser steigt, ein heftiges, kurzes Schleudern, um die schwere Nässe abzuschütteln. »Du hast recht, Jinian. Immer gut, wenn die Lehrerin auch einmal etwas von der Schülerin lernt. Ja, es ist zweifellos klug und aufmerksam von dir, und gut, daß du es uns so offen sagst. Ich bin nämlich schon dabei, mich in meinem eigenen Unglück aufzulösen.«

»Du, Peter und ich«, sagte Jinian, schenkte sich mehr

Apfelwein ein und nahm einen weiteren knusprigen Weizenkeks aus dem Korb, »fühlen das Gleiche, aber ich weiß, daß mein einziger Grund zur Traurigkeit darin besteht, daß ihr plant, etwas zu unternehmen, an dem ich keinen Anteil habe, daß ihr ohne mich zu einem Abenteuer aufbrechen wollt. Also, ich habe beschlossen, daß ich euch nicht ohne mich ziehen lassen werde. Ich habe deine Geschichte gehört, Peter, das Buch gelesen, euren Wind gefühlt, die Musik vernommen. Ich weiß von allem genauso viel wie ihr. Ich lasse nicht zu, daß ich ausgeschlossen werde.«

»Aber König Kelver wird in Reavebrücke auf dich warten«, warf Seidenhand ein.

»Wenn schon«, sagte Jinian. »Soll er doch.« Mehr sagte sie nicht dazu, obwohl Seidenhand im Laufe des Morgens mehrmals mit ihr darüber zu sprechen versuchte.

Den ganzen Tag über warteten wir darauf, daß etwas passieren würde, eine neuerliche Stille, eine neuerliche Stimme. Nichts. Wir ritten im warmen Sonnenschein, kauften unser Mittagsmahl bei einer Bäuerin – frisches Gemüse, Eier und sonnenwarmes, frisch gepflücktes Obst – und erreichten schließlich bei Einbruch der Dämmerung den Knochenfluß. Wir waren eingestaubt und schmutzig, und dem bernsteinfarbenen Wasser, das in endlosen Strähnen über die Kiesel floß, konnte man einfach nicht widerstehen. Im Nu waren wir mittendrinnen, nur mit der Unterwäsche bekleidet, schütteten das Wasser mit den Händen über uns und schrubbten den festgebackenen Schmutz ab, als es geschah.

Zuerst wurde es still. Das Geplätscher des Flusses verklang. Das Gezwitscher der Vögel wurde leiser, verstummte. Dann der Teil einer Melodie, ganz zart, fast unhörbar, verhallend, gerade noch mit dem Ohr wahrnehmbar. *Verwandter, hilf.*

An der Stelle, wo wir uns befanden, nahm der Fluß einen weiten Bogen zuerst in östlicher, dann in westlicher Richtung, bevor er wieder nach Norden floß. Wir waren nahe dem Ufer und sahen hinüber zu der glitzernden Linie des Sonnenuntergangs unter dem ergrauenden honigfarbenen Glühen des Himmels. Vor diesem Himmel bewegte sich der Schatten eines Mannes, bewegte sich, wie sich eine Wolke bewegen mochte, wenn ein steter Wind bläst, veränderte sich, wie sich eine Wolke verändert. Die Zeit blieb für uns stehen. Wir beobachteten ihn vor dem bernsteinfarbenen, dem rosigen, dem violetten Grau, eine riesige verschwimmende Form, die den Himmel ausfüllte, bis die Sterne durch den Kopf schienen, während sich die Beine und die Arme in gequälter Bewegung hoben und senkten, einen Schritt nach dem anderen, langsam, langsam, unaufhörlich über die unerbittliche Erde nach Norden. Der Umriß des Geschöpfes zerfaserte sich in Nebelfetzen, Fetzen, die sich zusammenfügten und wieder auseinanderfielen, wieder und wieder, zusammengehalten von einem unvorstellbaren Willen, einem fernen träumenden Geist, der sich in Form und Bewegung ausdrückte. Dieser Gedanke kam uns allen gleichzeitig, als wir uns in die Richtung wandten, in der das Geschöpf ging, dem Norden zu, und auf die Gegend hinter dem Fluß Reave zu den mächtigen Steilhängen des Waenbane hinstarrten.

»Ein Gott«, flüsterte Seidenhand.

Das glaubte ich nicht. Oder nicht ganz. Irgend etwas sicher, das jenseits meines Vorstellungsvermögens lag und mir doch gleichzeitig so vertraut vorkam, daß ich meinte, es fast wiedererkennen zu können oder wissen müßte, was es war – wer es war. Etwas Tragisches, Jammervolles umgab es, trotz seiner ungeheuren Größe. Wir schwiegen ehrfurchtsvoll während der langen Zeit, die die Dunkelheit brauchte, um es zu verbergen. Dann …

»Gehen wir dorthin?« wollte Jinian wissen. »Wo es auch hingeht? Nach Norden?«

»Peter und ich …«

»Wir alle«, sagte Jinian. »Ich lasse nicht zu, daß ich zurückbleibe, Seidenhand. Um nichts in der Welt.«

»König Kelver …«

»Die Teufel sollen König Kelver holen! Ich werde mein ganzes Leben damit verbringen, ein Bündnis für König Kelver zu knüpfen, sein Bett zu wärmen, ihm Kinder zu gebären, aber nicht, bevor ich nicht etwas für mich selbst getan habe. Ich gehe mit euch.«

Sie fegte Seidenhands Einwände beiseite, als wären sie Spinnweben ohne Bedeutung. Ich mußte ein Lachen unterdrücken, als ich sie beobachtete, so halsstarrig und unabhängig, mit dem festen Willen, nicht ausgeschlossen zu werden. Oh, ich konnte dieses Gefühl, aus dem Leben anderer ausgeschlossen zu sein, nur zu gut verstehen. »Laß gut sein, Seidenhand«, sagte ich. »König Kelver wird sicher warten können.«

»Er will uns in Reavebrücke treffen«, entgegnete Seidenhand, offensichtlich verärgert. »Er wird nicht erfreut sein. Und dein Bruder wird auch nicht erfreut sein, Jinian. Ich habe schon von Waffenträger Mendosts Wutanfällen gehört.«

»Überlaß Mendost mir«, sagte Jinian. »Er weiß, wie weit er mich zwingen kann und wie weit nicht. Er hat keine weiteren Schwestern, aber ich habe noch mehr Brüder, die mich lieben und mit Mendost nicht auf bestem Fuße stehen. Sie kennen seine Wutanfälle auch und haben genug Gründe, ihn zu vernichten, falls er sich uneinsichtig zeigt.«

Aha, dachte ich, sie ist also doch nicht so manipulierbar, wie ich vermutet hatte. Und das brachte mich auf andere Gedankengänge und dazu, mich weiter über Jinian zu wundern, so daß ich den Riesen und die Geheimnisse, die unsere Reise umgaben, im Augenblick vergaß, und mich erst wieder daran erinnerte, als wir uns angezogen hatten und uns um unser Feuer versammelten, dann aber auch nur, um den gestirnten Himmel abzusuchen und mich zu fragen, ob die nebelhafte Gestalt immer noch unter seinem Mantel nach Norden wanderte oder ob sie auf einem hohen, fernen Platz Ruhe gefunden hatte – und in welcher Form. Jinian saß mir mit überkreuzten Beinen am Feuer gegenüber, über das kleine Buch geneigt, um das Licht der Flammen auszunutzen. Sie war so tief darin versunken, daß ich sie zweimal ansprechen mußte, bevor sie mich hörte.

»Was hast du denn entdeckt, Schülerin? Du siehst aus wie ein frischgebackener Thaumaturg, der sorgsamst den Index studiert, um sein Lebensmuster zu finden.«

Sie dachte lange darüber nach, bevor sie mir antwortete. »Das ist gar nicht so falsch, Peter. Ich nehme das, was du mir erzählt hast und das, was in diesem Buch steht und was ich gesehen und gehört habe und versuche, alles zusammenzufügen, mir ein Bild zu machen.«

»Eine Hypothese«, sagte ich. »So nannte es Windlow. Eine Hypothese, eine Vorstellung, die vielleicht wahr ist.«

»Ja.« Sie gluckste, eine kleine Blase der Erheiterung. »Obwohl ich es mir mehr wie einen Eintopf vorgestellt habe. Ein bißchen hiervon und ein wenig davon, alles in meinem Kopf vor sich hinsiedend, langsam köchelnd, so daß erst eines an die Oberfläche kommt und dann das nächste, während der Dampf hochsteigt und der Geruch in meine Nase.« Sie schnüffelte mir mit dieser Nase zu, was mich an ein zahmes *Bunwit* denken ließ. »Ein leckerer Eintopf, Peter. Oh, ich freue mich so darauf, nach Norden zu gehen und zu sehen, was sich dort befindet!«

»Das Lied sprach von Gefahr, Jinian. Du bist wegen mir bereits schon einmal in Lebensgefahr geraten.«

»Stimmt, aber das war auf eine gruselige Weise aufregend«, sagte sie. »Und sehr überraschend. Jetzt, da ich weiß, welch wunderbare Dinge meiner harren, bin ich vorbereiteter. Und falls es wirklich gefährlich werden sollte, nun ja – es ist auch nicht ungefährlich, Kinder zu gebären. Und darum macht sich auch niemand ständig Gedanken.«

Seidenhand hatte sich in bekümmertes Stillschweigen zurückgezogen, das ich nicht unterbrach. Als wir uns hingelegt hatten, um zu schlafen, fragte ich: »Wirst du von Vorboldhaus dafür zur Verantwortung gezogen, wenn Jinian beschließt, König Kelver warten zu lassen, nur weil es ihr so beliebt?«

Sie seufzte, wandte sich um, und ich sah den Schein des Feuers in ihren großen Augen. »Nein, von ihnen nicht, Peter. König Kelver ist möglicherweise wütend auf mich, aber wer bin ich, daß ich Jinian vorschreiben könnte, was sie tun soll und was nicht? Die Verhandlungen sind abgeschlossen; sie hat zugestimmt. Nun sagt sie ja, aber warte noch ein Weilchen. Wer weiß, wer wen von uns für verantwortlich hält? Mach dir darüber keine Sorgen.« Und sie schloß die Augen.

Als wir in den Schlaf hinüberglitten, waren wir drei Deckenbündel, die verteilt um das Feuer lagen. Als ich am Morgen erwachte, hockte ich wie dumm da, unfähig, weniger als vier zu zählen, wachte dann aber durch einen kratzenden Ruf vom Flußufer vollends auf. Zwei ungeheuer große Vögel tranken dort, auf weitgegrätschten Stelzen, die langen Hälse wippend. Vögel... Ja. Von ihren hornigen riesenhaften Klauen bis zu dem Federbusch, der sie krönte, gemessen so hoch wie zwei Mann, mit einem Kreischen wie ein groteskes Federvieh auf dem Bauernhof. Und das vierte Bündel, das auf der anderen Seite des Feuers lag, mußte derjenige – oder was auch immer – sein, der sie mitgebracht hatte. Ganz vorsichtig begann ich, meine Arme und Beine zu entwirren, was aber nur ein fröhliches: »Aha, Ihr seid also auch wach?« zur Folge hatte. Ein kleiner rundlicher Mann entrollte sich aus dem vierten Deckenbündel und stand gähnend und sich streckend über mir, als wäre er seit Jahren mein bester Freund. Ich sah, wie Jinians Augen zu voller Wachsamkeit aufschnappten, während Seidenhand nur ein müdes *Aruhmm* hören ließ und weiterschlief.

Jedenfalls war er gutgelaunt, dieser kleine, bärtige, fast kahlköpfige Mann, der so bizarr gekleidet war, daß ich ihn einen Augenblick lang für den Lakai eines Waffenträgers hielt, dann für einen Kaufmann, dann eher für einen Irren, der seinen Wärtern entkommen war und nun die Gegend unsicher machte. Der eine Stiefel war purpurfarben, der andere blau, der Umhang rot und gelbgestreift, wie die Kleidung eines Afrit, und er hatte einen unmöglichen Hut auf dem Kopf, aus dem ein fantastisches Horn hochragte, in Schwarz und Rost, den Farben eines Waffenträgers. Außer dieser sonderbaren Ausrüstung trug er noch ein hellgrünes Hemd und Hosen aus weichem Zellerleder, eine geschmacklose Zusammenstellung, aber nicht unbedingt irrsinnig.

»Erlaubt mir, mich Euch vorzustellen«, sagte er, beugte sich über mich, der ich in einem Wirrwarr von Decken lag, und packte meine Hand, um sie heftig zu schütteln. »Vitior Queynt. Vitior Vulpas Queynt. Ich sah gestern nacht zufällig den schwachen Schein eures Feuers und dachte bei mir selbst, aha, Queynt, hier ist Gesellschaft für dich, für den nächsten Tag und vielleicht noch länger. Außerdem – wer will bestreiten, daß die Anzahl von Reisenden und die Geschwindigkeit der

Reise in direktem Zusammenhang steht? Vier sind mindestens ein Viertel schneller als drei, stimmt's? Sind dann hundert so schnell wie der Wind? Mhm ... Haha! Oder es scheint jedenfalls so, weil mit jedem dazustoßenden Reisegefährten die Langeweile abnimmt ... Habe ich nicht recht? Oh, es ist bitter, allein auf der Reise zu sein, bitter, nicht wahr? Also, ich mache jetzt das Frühstück.«

Immer noch über irgend etwas vor sich hinbrabbelnd, wandte er sich ab, um einen Topf zu nehmen, mit ihm zum Fluß zu gehen, um Wasser zu schöpfen, wiederzukommen, das Feuer neu zu entfachen und den Topf zum Kochen darüber zu stellen, ohne dabei nur eine Sekunde das Gespräch mit sich selbst oder den Vögeln oder dem Fluß zu unterbrechen. Ich kämpfte mich ganz aus den Decken und brachte mich in Ordnung, wobei mir ein rascher Griff zum Kinn sagte, daß ich aufs Rasieren verzichten konnte. Ich setzte mich ans Feuer zu unserem seltsamen Besucher.

»Äh ... diese Vögel«, sagte ich. »Sind sie ... ich wollte sagen, welche Art von Vögeln ist das?«

»Ach, die *Krylobos*? Wahrlich große, ganz unglaubliche Geschöpfe, stimmt's? Man würde kaum glauben, daß man sie einschirren kann, und tatsächlich haben sie auch so ihre Mucken und Tricks, tun so, als hätten sie ein gebrochenes Bein oder einen lahmen Flügel – obwohl sie ihre Flügel kaum benutzen, außer um Obst zu pflücken oder Nester zu weben –, oder sie liegen auf dem Boden und zucken oder hinken, als würden sie gleich verenden, bis dann auf einmal ein Jäger mit hungrigen Augen erscheint, auf ein Abendessen erpicht, und plötzlich, so schnell könnt Ihr gar nicht gucken, sind diese alten *Krylobos* auf den Beinen, der Federbusch sträubt sich, klatsch, klatsch, zwei Tritte, und der *Pombi* oder was immer es auch sein mag, liegt tot am Boden. Ich habe gesehen, wie sie *Gnarlibare* auf diese Weise erledigten, die nicht ganz ausgewachsen waren oder nicht zu übermäßig groß. Also, der linke der beiden ist Yittleby und der rechte Yattleby. Ich werde Euch nachher bekanntmachen, damit sie wissen, daß Ihr ein Freund vom alten Queynt seid und Euch keine Streiche spielen. Wie möchtet Ihr das Ei?«

Er hielt ein Ei, nur ein einziges, in seinen kleinen klobigen Händen, aber dieses Ei sah groß genug aus, um uns vier und noch eine ganze Reihe *Fustigare* zu ernähren.

»Haben sie – sie das gelegt?« fragte ich überrascht.

»Oh, nicht *sie*, junger Herr, nein, nicht *sie*. Meine Güte, Yattleby wäre empört über diese Vorstellung, denn er ist ein großer Herrscher, ein richtiger Hahn, und würde eine solche Beschuldigung nicht eine Sekunde auf sich sitzen lassen. Nein, Yittleby legt die Eier, und Queynt ißt sie von Zeit zu Zeit, außer wenn Yittleby schlecht gelaunt wird und verlangt, eine Familie gründen zu dürfen, was so einmal im Jahr vorkommt, und während dieser Zeit muß der alte Queynt ohne sein Fuhrwerk auskommen. Wie möchtet Ihr euer Ei?«

Ich sagte, daß ich mich freuen würde, das Ei in jedweder Zubereitungsform zu essen, in der er es mir anbieten würde und trat dann in die Büsche, um etwas nachzudenken. Es ging keine Gefahr von dem Mann aus, das spürte ich, keine Feindschaft. Doch bei den Göttern des Spiels, was für eine Überraschung! Ich überlegte kurz, Didir zu rufen, verwarf die Idee aber wieder. War er ein Spieler oder nicht? Würde er ein solches Forschen in seinen Gedanken entdecken oder ihm widerstehen? Ich beschloß, die Sache für den Augenblick auf sich beruhen zu lassen und schlenderte zum Feuer zurück, wobei ich kurz bei dem Fuhrwerk hielt, das er erwähnt hatte und das friedlich unter den Bäumen abgestellt war und genauso bizarr wirkte wie der Mann selbst. Es hatte ein spitzes Dach, Räder, die mir bis zur Schulter reichten, Fenster, unter denen Kästen hingen, in denen Kräuter wuchsen, und an seinem Ende einen Käfig mit etwas darin, was ich noch niemals zuvor gesehen hatte, das mich eifrig mit: »Gibt's Thrilp? Thrilp dabei?« begrüßte, bevor es sich kopfüber hängte, das schwanzlose Hinterteil in die Höhe, und an einem Fuß baumelte. Kein Schwanz, dachte ich. Die *Krylobos* hatten auch keinen. Und Queynt natürlich auch nicht, ein Gedanke, der mir aber nicht weiterhalf.

Jinian weckte Seidenhand und flüsterte ihr Erklärungen ins Ohr, gerade als ich zu den beiden zurückkam. Die *Krylobos* pflückten mit ihren Flügelfingern Nüsse von den Bäumen und knackten sie in ihren riesigen, metallisch aussehenden Schnäbeln, in deren Winkeln eine Art Knackvorrichtung eingebaut schien. Plopp, verschwand eine Nuß im Schnabel, dann knirschte es, wenn der Vogel daraufbiß, dann *knirrrrrschte* es noch einmal, wenn er ein zweitesmal zubiß, und dann fiel das Nußmehl in den Schnabel oder in die wartenden Finger. »Krrwah« sagte der eine Vogel zu dem anderen. »Krrwah, witt, herrch, herrch.«

»Wie haltet Ihr sie auseinander?« fragte ich Queynt, außerstande, zwischen Yittleby und Yattleby einen Unterschied zu entdecken.

»O mein Junge, das ist eines der großen Rätsel des Lebens. Wie unterscheidet man einen männlichen *Krylobo* von einem weiblichen? Niemand weiß es. Nun, die *Krylobos* wissen es selbst gut genug, ohne Zweifel, und erkennen es immer. Ein Weibchen erkennt ein anderes über ein ganzes Tal hinweg und fordert sie heraus, aber ein Männchen läßt sie herankommen und sich von ihr den Hof machen, ohne einen einzigen drohenden Laut von sich zu geben. Doch wo sieht man zwischen ihnen einen Unterschied? Nirgends. Das ist die reine Wahrheit. Einfach nirgends. Stimmt's?«

»Aber Ihr könnt sie doch auseinanderhalten. Ihr sagtet, der linke wäre Yattleby.«

»Ja, mein Junge, wenn sie trinken oder sich miteinander unterhalten, steht Yittleby immer links, das ist der Grund. Wenn sie vor den Wagen gespannt sind, ist Yittleby immer links. Ja, so ist es. Und wenn ich ein Ei finde, dann immer bei dem linken Vogel, und deshalb weiß ich ganz genau, welches Yittleby ist. Aber wenn sie nicht ordentlich zusammenstehen, ja dann, mein Junge, kann ich Yittleby auch nicht von Yattleby unterscheiden. Und wenn mehr als zwei zusammen sind, oje, dann würde ich sie beide überhaupt nicht mehr erkennen. Ja, so ist es.«

Danach beobachtete ich sie, und es sah ganz so aus, als wäre immer derselbe auf der linken Seite, der andere rechts davon, obwohl ich mir nicht ganz sicher war. Ebensowenig sicher war ich mir, ob diese unmöglichen Geschöpfe nicht wußten, was ich dachte und mich auslachten, ohne dabei ihre Schnäbel zu öffnen.

Wir aßen Rührei. Irgendwie schafften wir es, alles zu essen, und es war sehr gut, mit einem leichten nussigen Geschmack. Ich fing an, unsere Sachen zusammenzusuchen, und fragte mich, was als nächstes passieren würde, doch Queynt klärte das bald auf. Er rief Seidenhand zu sich, neben ihm auf dem Kutschbock Platz zu nehmen, hielt das Geschirr hoch, so daß Yittleby und Yattleby ihre langen schlanken Hälse durchstecken konnten und zog die Zügel straff. Die beiden Vögel waren separat eingespannt, jeder auf einer Seite des Fuhrwerks. Das Geschirr spannte sich um ihre vorgewölbten Brustkörbe. Ich befürchtete, daraus ergäbe sich eine seltsam schrottsägenartige Bewegung, aber als die Tiere losliefen, geschah es in vollkommenem Gleichschritt, und das blieb auch weiterhin auf der Straße so, während sie sich in unaufhörlichem *krr-wah, witt, krrwa, witt,* unterhielten und Queynt es sich auf dem Kutschbock bequem machte, um mit Seidenhand zu sprechen, die zum ersten Mal, seit ich sie kannte, nicht imstande war, kratzbürstige Einwände zu erheben. Geschmeidig wie ein Schlitten auf Eis bewegten sie sich vorwärts, während Jinian und ich folgten und an ihrer Seite ritten, wenn sich der Weg verbreiterte – und wieder zurückfielen, wenn er eng und staubig war. So ging es westwärts entlang dem Knochenfluß, der Großen Straße nach Norden entgegen. Als wir sie vor uns erblickten, schlug ich Seidenhand vor, uns in nördliche Richtung zu wenden, um die Große Straße und ihre möglichen Gefahren zu vermeiden, aber Seidenhand und Queynt vereitelten dieses Vorhaben.

»O nein, mein Junge, diese junge Dame hier ist zu erschöpft, um noch weiter auf einem Pferderücken zu sitzen, deshalb sage ich nein, nein, auf keinen Fall. Sie und die andere junge Dame können gern in den Wagen kommen, falls Ihr meint, das sei nötig, was ich wiederum nicht glaube, denn soweit ich verstanden habe, kennt sie überhaupt keiner, und was Euch betrifft, so könnt Ihr Euch doch etwas verwandeln, damit Ihr irgend jemandem, der Euch verfolgen mag, nicht so bekannt vorkommt, und mit Yittlbeby und Yattleby, die uns vorwärtsziehen, werden wir schneller Meile um Meile auf der Großen Straße nach Norden zurücklegen, als Ihr euch vorstellen könnt.«

Wenn Seidenhand diesem seltsamen Fremden genug vertraute, um ihn in unsere Geheimnisse einzuweihen – was mich ziemlich verstimmte –, was halfen da meine Einwände? Ich würde sie nicht verlassen und mich mit Jinian seitwärts schlagen, obwohl der Gedanke mir ganz flüchtig durch den Kopf schoß. Nein, wenn ich mich etwas wandelte, konnten wir recht getrost auf der Großen Straße reisen, entschied ich. Das Fuhrwerk und die Vögel waren so exzentrisch, daß niemand mehr weiter auf die Reiter achtete. Niemand, der vorüberkam, versäumte, sich umzudrehen und die großen Vögel anzustarren, und jedem rief Queynt ein lautes Hallo oder einen Witz zu, einen Schwall von Worten ohne jeglichen Sinn. Die Stunden verstrichen. Queynt gab uns Obst und Brot, das er im Wagen hatte, es wurde Mittag, und wir ritten weiter, die Vögel mit unermüdlich weitgreifendem Schritt, die großen Räder rollend. Es war noch nicht Abend, als wir vereinzelte Nußpflanzen und die spitzen Türme von Reavebrücke jenseits des silberglänzenden Flusses sahen, die mit jeder Meile, die wir hinter uns brachten, näher kamen.

»Wir steigen im *Zahn des Tragamors* ab«, sagte Queynt, als wir einmal neben ihm ritten. »Ein ausgezeichnetes Haus mit hervorragendem Essen und einem Stall, der Yittleby und Yattleby zu meiner Freude bestens gefällt. Wir sind noch nie so weit im Süden gewesen wie in diesem Jahr. Wir müssen den Leuten hier sehr merkwürdig vorkommen, die, wie ich sagen muß, nicht gerade sehr weitgereist wirken. Ja, ich wette, daß nicht einmal hundert von ihnen oben im Norden am Tor des Windes oder auf den Höhen des Waenbane oder über seine Berge hinausgekommen sind. *Knochen des Windes,* wie man sie auch nennt, diese Berge, weil der Wind aus ihnen große steinerne Skelette geformt hat, Rippen und Finger, die in den Himmel reichen, als hätte sich der Berg selbst niedergelegt und auf diesen Höhen sein Fleisch verloren. Wenn man einmal *Krylobos* sehen möchte, neben denen diese beiden hier wie Zwerge wirken, muß man den Weg durch das ›Auge des Windes‹ nehmen, Waenauge, wie sie in jener Gegend dort oben sagen. Dort gibt es *Krylobos,* bei denen euch das Blut in den Adern gefriert, wenn ihr sie seht, doppelt so hoch wie diese hier und ohne Zweifel imstande, einen *Gnarlibar* totzutreten.«

»›Das Auge des Windes‹«, sagte Jinian. »Das ist die Prophezeiung, die du in der Leuchtenden Domäne gehört hast. ›Das Auge des Windes‹.«

Es war ihr eher eingefallen als mir, aber ihre Worte brachten den Klang von Windlows Stimme in mein Gedächtnis zurück. *»Du und Seidenhand. Ein Ort, weit oben im Norden, genannt ›Auge des Windes‹.«* Ich grub nach den anderen Dingen, die er erwähnt hatte. *»Ein Riese? Vielleicht. Und eine Brücke. Du mußt mich dorthinbringen … und die Spielfiguren von Barish.« Ein Riese.* Vielleicht ein Riese geformt aus Nebel, aus einer Wolke, aus Traurigkeit, ein Riese, den man in der Dämmerung sah, der seine Verwandten um Hilfe bat. Ich erhob meine Augen zu den hochaufragenden Gipfeln, die westlich von Reavebrücke lagen. Mit geschärften Wandleraugen konnte ich die gedrehten Spiralen und organisch aussehenden Formen erkennen, von denen Queynt gesprochen hatte, als hätte sich ein unbekanntes riesenhaftes Tier auf jene Höhen gelegt und seine Knochen hinterlassen.

Und hinter diesen Knochen sah ich die Umrisse eines Riesen, neblig und ungeheuer groß, der sich mühte und mühte, nach Norden zu kommen. Ich hörte, wie Jinian die Luft anhielt, hörte, wie Queynt einen Augenblick schwieg, bevor seine Stimme in endlosem Geplapper weiterplätscherte. Als ich mich umwandte, fand ich seine Augen auf mich gerichtet, eindringlich und begierig, mich abschätzend, als nehme er Maß für Kleidung – oder einen Sarg –, während er uns von Reavebrücke und allen, die dort lebten, erzählte, ausführlicher und länger, als irgend jemand von uns es eigentlich hören wollte.

7

Reavebrücke

Bevor wir am *Zahn des Tragamors* ankamen, vergrub sich Seidenhand in Queynts Wagen, um sich schön zu machen. Ich bemerkte, daß sie Jinian nicht dazu aufforderte, es ihr gleichzutun, führte das aber auf Eitelkeit zurück. Seidenhand war ein wenig eitel, aber nur ein bißchen, und nicht auf eine Art, die falsch oder unpassend gewesen wäre. Sie liebte es einfach, sich von ihrer besten Seite zu zeigen, und dagegen war ja auch kaum etwas einzuwenden. Jinian dagegen schien entschlossen, so aufzutreten, daß der König die Verzögerung so wenig wie möglich bedauerte. Wohl wissend, daß er sie im *Zahn des Tragamors* erwartete, hatte sie ihr üppiges Haar, das von der tiefbraunen Farbe reifer Nüsse war, zu einem einzelnen dicken Zopf geflochten und versäumt, sich den Schmutz der Straße vom Gesicht zu wischen. Außerdem trug sie Reisekleidung, die aussah, als hätte sie darin geschlafen, was ja auch stimmte. Mir gefiel sie so wehrhaft und unabhängig, aber eine Auszeichnung für raffiniertes Aussehen hätte sie damit nicht gewonnen, soviel stand fest.

So erreichten wir den Gasthof, Seidenhand einer Vision gleich, Queynt genauso bizarr wie am Morgen, Jinian und ich schmutzig und verschwitzt hinterdrein, ohne uns um unser Aussehen zu kümmern. Irgend jemand mußte nach Jinian Ausschau gehalten haben, denn der König, ein schlanker, eleganter Mann mit gekräuseltem rotem Bart und Augen, die humorvoll und intelligent funkelten, erschien just, als wir unser Gepäck in die Zimmer schaffen wollten, die wir gemietet hatten. Er ging auf Seidenhand zu, nannte sie bei Jinians Namen, bot ihr seine Hand und lächelte. Als sie ihn über die Verwechslung aufklärte und ihm Jinian vorstellte, veränderte sich seine Miene nicht im geringsten, seine Augen aber sehr wohl. Ich sah ein kleines enttäuschtes Flackern darin, und Jinian sah es auch. Sie begrüßte ihn trotzdem auf höflichste Weise, und ihre Stimme klang, wie man es sich nur wünschen konnte, sanft und freundlich, nicht im geringsten erschöpft oder verbittert über die Verwechslung.

»Meine Ehrerbietung, König Kelver«, sagte sie. »Ihr habt mir sehr viele Freundlichkeiten überbringen lassen, und ich danke Euch für diese mannigfaltigen Bekundungen, derer ich mich noch gar nicht würdig erwiesen habe.«

Er verneigte sich, ein bißchen überrascht über ihre Ruhe und Haltung. Sie war in keinster Weise mädchenhaft, wie ich schon früher festgestellt hatte. Ich selbst war darüber auch schon mehrmals überrascht gewesen.

»Ich grüße Euch, Jinian. Seid versichert, daß diese Bekundungen ohne Verpflichtungen, sondern nur im Interesse andauernder Freundschaft zwischen Eurer Familie und der meinen gegeben wurden.« Es waren feinfühlige Worte, und ich stellte fest, daß mir der Mann sympathisch war. Er sagte damit, daß er nicht beabsichtigt hatte, sie zu kaufen, sondern lediglich Freundschaft angeboten hatte und daß die endgültige Entscheidung immer noch bei ihr lag. Jinian lächelte ihn an, und ich sah seine Augen aufleuchten. Sie besaß ein wunderbares Lächeln.

»Gut, gut«, mischte sich der rührige Queynt ein, »haben sich jetzt alle miteinander bekannt gemacht… meine Damen, werter junger Herr? Ja? Dann genug der Zeremonie, jetzt, nach dem Ende eines langen Rittes, wo Staub und des Tages Wirken uns all dessen, was wir am frühen Morgen an Frische und Jugend besaßen, beraubt haben und die Haut nach der Erquickung durch ein Bad und die Kehle nach der wundervollen Labung durch des Winzers Kunst dürstet. Ach, werter Herr, verzeiht diesen erschöpften Reisenden und mir, der ich den ganzen langen Weg mit ihnen gekommen bin, und gestattet uns, uns zu erfrischen und zu säubern, damit wir der ehrenvollen Gesellschaft würdiger sind, die Ihr uns so freundlich angeboten habt …« Und mit vielen Verbeugungen drängte er uns von dem König fort, der dieser geschmacklosen Erscheinung nachstarrte, die uns zur Treppe führte und mit der Macht ihrer Zunge die Stufen hochtrieb. »Geht jetzt, Peter, in das Zimmer am Ende der Treppe, wo in Bälde ein Bad bereitet sein wird, und ihr, meine Damen, in das Zimmer daneben, wo bereits ein Bad auf euch wartet … Ihr Müßiggänger von Bauern hier, husch, husch, flink wie ein Speckstreifenfalke hinauf mit dem Gepäck, damit es meinen jungen Freunden nicht an der nötigen Kleidung oder Salbe oder kühlenden Medizin mangele, die sich darin befinden mag. Wenn dann alles sauber und rein ist wie die Wasser des Waenbain, der in unaufhörlichem Silberstrom aus den Höhen hinabstürzt, dann wollen wir zu diesem guten König Kelver zurückkehren und mit ihm das köstliche Mahl genießen, das er in seiner Voraussicht und Großzügigkeit sicher vorbereitet haben wird.«

Schweigen folgte auf diese letzten Worte, und als ich einen Blick über das Geländer zu eben diesem König wagte, sah ich, daß sein Mund noch immer offenstand, um seine Augen aber ein belustigter Zug lag. Demnach fühlte er sich nicht beleidigt.

Kaum hatte ich mein Zimmer betreten, hörte ich ein leises Pochen an der Tür, in der, als sie sich einen Spalt öffnete, Chance in der Kleidung eines Kochs stand, von Kopf bis Fuß der herrschaftliche Diener einer stolzen Domäne. Noch bevor ich ihn begrüßen konnte, schlüpfte er ins Zimmer, legte mir den Finger auf den Mund und zischte: »Wer ist dieser Kerl, der bei dir ist? Dieser Clown? Wo hast du den aufgegabelt?«

Ich erklärte, daß nicht ich Queynt, sondern er mich aufgegabelt hatte und daß der Mann uns bis jetzt kein Leid zugefügt habe.

»Das erkennt man meist erst später«, sagte er unheilschwanger, warf sich in einen Sessel und fächelte sich mit dem Handtuch Luft zu. Er wirkte überhitzt und abgekämpft. Offenbar war sein Aufzug keine Verkleidung. Er bestätigte das umgehend. »Nachdem ich ein solches Theater in Dreibuckel verursacht hatte, wollte ich in Zukunft weniger auffällig wirken. Also ließ ich die Pferde draußen vor der Stadt in einem Stall und begab mich wie ein beliebiger Bauer, der Arbeit sucht und beste Referenzen hat, nach Reavebrücke hinein.«

»Beste Referenzen?« Ich wollte ihn nicht aufziehen, konnte aber nicht verhindern, daß es so klang.

»Beste Referenzen«, bestätigte er mit entschiedener Stimme. »Ich war vorausschauend genug, mir von Himaggery und Mertyn Referenzen schreiben zu lassen, wobei sie die Tätigkeit offenließen, so daß ich sie selbst ausfüllen konnte. Du wirst erfreut sein, wie hoch sie mich als Oberkoch schätzten, und Oberkoch bin ich jetzt hier, nachdem der vorherige bei einer Familienfeier in eine Schlägerei verwickelt wurde, von der er sich bis jetzt nicht erholt hat. Sich vielleicht auch nie mehr erholen wird, wie ich gehört habe. Fürchterlich, dieser Wein in Reavebrücke, vor allem, wenn man ihn mit Grolwurst zusammen genießt, wie sie es hier meistens tun.« Er hielt nur kurz mit dem Fächeln inne, um das Fenster hinter sich zu öffnen, sich hinauszulehnen und tief Luft zu holen. »Ich hatte dich schon fast aufgegeben.«

»Wir haben einen Umweg genommen«, sagte ich.

»Um den Mond herum oder wie?«

»Den Knochenfluß entlang, Chance. Dort haben wir auch Queynt getroffen. Es stimmt, er ist ein bißchen seltsam, aber es schien besser zu sein, einfach mit ihm weiterzureisen als sich darüber zu streiten.«

»Seidenhand sieht müde aus«, sagte Chance. »Wer ist das Mädchen?«

»Jinian? Eine Schülerin von Seidenhand. Wurde König Kelver von ihrem Bruder, Waffenträger Mendost, versprochen. Sie ist allerdings nicht erfreut darüber. Möchte lieber mit Seidenhand und mir die Lösung unserer Geheimnisse finden.«

»Aha«, sagte Chance und klopfte sich von oben bis unten ab, bevor er die verknitterten Papiere fand, die er suchte. »Weil du gerade von Geheimnissen sprichst, hier ist eine Nachricht von Himaggery, die ein Portierer brachte. Die Blauen werden von überall her eingesammelt, steht hier, und daß sie Quench gefunden haben …«

»Er ist an mich gerichtet«, sagte ich mit gelindem Vorwurf, weil ich sah, daß der Brief offen war.

»Stimmt«, entgegnete er achselzuckend. »Du hast dir aber ziemlich Zeit gelassen. Es hätte sein können, daß Himaggery eine Antwort wünscht.«

Ich faltete den Brief auseinander, der bereits eingerissen war, wo Chance ihn geöffnet hatte, um Himaggerys Botschaft zu lesen. Sie glaubten, Quench gefunden zu haben – bei den Unveränderlichen. »Götter des Spiels«, flüsterte ich. »Deshalb kam mir der Kerl so bekannt vor. Es war Quench, natürlich!«

»Welcher Kerl?«

»Der Mann, den wir bei den Ruinen trafen, derjenige, der Rätsel holte. Der mit dem langen Gesicht … Ich habe Quench nie ohne den schwarzen viereckigen Hut gesehen, den die Zauberkünstler trugen und das lange Gewand und die Handschuhe. Ja, es war natürlich Quench.«

»Dann ist ja klar, wer diesen Überfall unterwegs zu verantworten hat. Es war Quench, der dich ohne dein Wissen zu den Ruinen locken wollte.«

Ich antwortete nicht, so wütend war ich auf mich selbst. Statt dessen las ich den Brief weiter. Rätsel und Quench waren mit ein paar Zauberkünstlern, die die Vernichtung ihrer Heimstatt überlebt hatten, zu der Leuchtenden Domäne gebracht worden. Rätsel hatte beschlossen, Hilfe zu erbitten. Und so weiter und so fort. Und Peter konnte ruhig in den Norden reisen, wenn er wollte. Herzliche Grüße von allen.

»Aber warum?« knirschte ich Chance zu. »Warum hat Rätsel mir das angetan? Ich hätte ihm geholfen, wenn er mich gebeten hätte. Warum? Ich glaube einfach nicht, daß er ein schlechter Mensch ist.«

»Tja, wenn du das nicht glauben willst, überleg dir Gründe dafür, warum er es nicht sein soll.«

Typisch Chance. Überleg dir Gründe dafür. Bevor ich aber die Möglichkeit hatte, überhaupt etwas zu überlegen, vernahmen wir ein Geräusch vor der Tür, und Chance verabschiedete sich mit ein paar gemurmelten Worten über das Frühstück, während Queynt ins Zimmer wuselte.

»Ja, wie denn, junger Herr? Bereits dabei, dem Küchenpersonal Anweisungen zu geben? Kaum im Gasthof und schon Frühstück bestellt? Ach, wie schön ist's, jung zu sein! Diese unerschöpfliche Energie, diese ungeheure Kraft! Ein Appetit wie ein *Fustigar*, ein Schlaf wie ein *Bunwit*, wenn man jung ist. Jemand anders könnte fragen, warum eigentlich Frühstück bestellen, wenn man nicht einmal zu Abend gegessen hat? Ja, jemand anders könnte das fragen, aber nicht Vitior Vulpas Queynt. Nein! Queynt weiß, daß jeder Mensch seine Eigenheiten hat, o ja! Haha. Eigenheiten, die, wenn keiner darüber spricht, einfach übergangen werden können, aber wenn man sie ans Tageslicht zerrt, beurteilt werden müssen, begutachtet, bewertet! Ist es nicht so? Also, Euer Bad, junger Herr, und ab mit mir in meins, und zwar sofort! Unten wird übrigens das Abendessen bald unser … harren.«

Er strahlte mich an und verschwand. Hinter ihm tauchten drei schwer beladene Diener auf, der erste mit einer Wanne auf dem Rücken, wodurch er wie eine Art halbmetallische Schildkröte aussah, die anderen beiden mit riesigen Krügen voll heißen und kalten Wassers. Das Ganze wurde abgesetzt, die Wanne gefüllt, und alles zu meiner Zufriedenheit – oder eher zu meinem Ärger – arrangiert, bevor sie hinausmarschierten, doch nur, um Dienern Platz zu machen, die Handtücher brachten. Noch nie in meinem Leben war ich dermaßen übereifrig bedient worden. Ob König Kelver dafür verantwortlich war oder Vitior Queynt, kümmerte mich nicht. Ich wünschte bloß von Herzen, endlich von allen eine Weile in Ruhe gelassen zu werden.

Kaum war ich aber wieder aus der Wanne heraus – die von denselben Dienern weggeschafft und unter viel lautem Gerufe und Gestikulieren draußen in eine Abflußrinne entleert wurde –, klopfte es bereits wieder an die Tür. Jinian sah durch einen Spalt hinein und wollte flüsternd wissen, ob ich bereits angezogen sei oder nicht. Ich sagte ihr, noch nicht, aber sie kam trotzdem herein. Mit dem Handtuch umwickelt, sah ich gesittet genug aus – gesitteter als verschiedene andere Male unterwegs auf der Reise.

»Oje, was hast du für eine schlechte Laune!« sagte sie, setzte sich auf das Bett und ordnete die Volants an ihrem Gewand. »Seidenhand hat mich herausgeputzt. Sie meinte, alles andere wäre ein Affront gegen den König.«

»Ich habe keine schlechte Laune«, grollte ich. »Mir geht's prima.«

Sie riß die Augen auf, wickelte eine Haarsträhne um den Finger, schürzte die Lippen und zog ein Schnütchen. »Tz, tz, Spieler, wenn Ihr so weitermacht, glaube ich fast, ich habe Euch gekränkt!« Sie lachte, ein hohes, affektiertes Zwitschern, vermasselte den Effekt aber, indem sie gleich darauf laut losprustete. Ich konnte nicht anders. Ich mußte mitlachen.

»Nein, wirklich«, fuhr sie fort, »du hast schlechte Laune. Hast du eine Ahnung, warum?«

»Nein«, knurrte ich, »wenn man davon absieht, daß Queynt eine allzu plötzliche Erweiterung unserer Reisegesellschaft darstellt, und Seidenhand willens ist, ihm völlig zu vertrauen. Sie hat ihm meines Erachtens bereits zuviel erzählt. Er wußte, daß ich ein Wandler bin, obwohl ich die Kleidung nicht trage. Er wußte, daß wir verfolgt werden. Woher soll er das wissen, wenn Seidenhand es ihm nicht erzählt hat? Sie müßte es besser wissen!«

»Begib dich nicht in die Hände anderer«, stimmte Jinian bei. »Aber vielleicht war sie es gar nicht. Ich denke nämlich, Peter, daß Seidenhand überhaupt nicht mit dir nach Waenauge gehen möchte.«

Ich fühlte, wie ich rot anlief. »Unsinn! Natürlich möchte sie das. Sie ist im Augenblick bloß ein bißchen müde, aber sie würde mich nicht allein gehen lassen, um diese Sache zu lösen.«

»Ich glaube, du hast unrecht«, sagte Jinian, die Stimme etwas brüchig beim Anblick meines Gesichtes. »Sie würde lieber nicht gehen.«

»Ich kenne Seidenhand seit Jahren«, entgegnete ich steif und noch ärgerlicher. »Ich halte es nicht für angebracht, daß du versuchst, mir zu erzählen, was meine Freunde tun wollen oder nicht, soweit es mich betrifft. Wenn Seidenhand nicht mit mir nach Waenauge gehen wollte, würde sie es mir sagen. Sie hat es nicht gesagt. Oder hat sie mit dir darüber gesprochen?«

»Nein. Nicht mit vielen Worten.«

»Mit überhaupt keinen Worten«, sagte ich bestimmt und schlug mit der flachen Hand auf die Fensterbank, wobei ich mir am Daumen weh tat. Das machte mich noch wütender. »Du bist *sehr* jung, Jinian. Ich fürchte, du hast nicht das geringste Verständnis für die Lage.« Der letzte Mensch, den ich einen solch schmierigen Ton hatte anschlagen hören, war Laggy Nicker gewesen, als er mich vergiften wollte.

Sie antwortete nicht. Als ich mich schließlich umdrehte, sah ich eine Träne an ihren Augenwimpern hängen. Trotzdem erwiderte sie meinen Blick mit Festigkeit, sogar als ihre Stimme zu zittern begann. »Nein. Wahrscheinlich hast du recht.« Und sie schickte sich an, den Raum zu verlassen. »Eigentlich bin ich nicht deshalb gekommen, Peter. Ich wollte dir sagen, daß es ein Leichtes ist, Queynt einfach nicht zuzuhören. Er redet wie ein Wasserfall, lauter sinnloses Zeug. Man hört auf, ihm zuzuhören. Trotzdem wäre es klüger von uns, wir würden ihm die ganze Zeit über sehr genau zuhören.« Und sie schloß die Tür hinter sich, ließ mich mit offenem Mund zurück.

Oh, beim Eis und Wind und den sieben Teufeln, sagte ich zu mir. Warum hast du das getan?

Du hast es getan, antwortete ich mir, weil Jinian recht hat. Seidenhand möchte nicht mit dir nach Waenauge gehen. Darüber hinaus möchte sie überhaupt nicht mehr reisen. Darüber hinaus wirken ihre Augen, wenn sie König Kelver ansieht, ruhig und abwägend, wie die Augen eines Kochs, der frisches Gemüse für ein Bankett einkauft, bei dem es um seinen guten Ruf geht. Und die Möglichkeit, daß du und Seidenhand ein Paar werden könntet, besteht nicht mehr, Peter, und das ist der Grund für deinen Ärger.

Das klang nach der Wahrheit, ob ich sie mochte oder nicht, und ich mochte sie nicht. Windlow hatte mich aber mit Seidenhand im Norden gesehen. Was also würde sie jetzt tun?

Ich brachte es nicht fertig, eine glückliche Miene aufzusetzen, als ich zu dem Abendessen hinunterging, das auf König Kelvers Anordnung hin vorbereitet worden war. Ich verbeugte mich zu Jinian und entschuldigte mich für meine schlechte Laune. Ihre Lippen lächelten zur Antwort, aber in ihren Augen stand etwas Reserviertes, Würdevolles. Tja ... Wir gingen hinein, um mit dem Essen zu beginnen.

Es gab natürlich Wurstgrol. Jedermann im Umkreis von fünfzig Meilen von Leamer aß *Wurstgrol.* Ich erinnere mich nicht, was wir sonst noch aßen. Ich weiß noch, daß Chance ständig zu sehen war, der dem einen oder anderen Diener Anweisungen erteilte, und daß Suppenschüsseln hinaus, Kannen hinein, Dessertschüsseln hinausgetragen wurden. Auf dem Tisch brannten Kerzen. Ich sah Seidenhands Gesicht, rosig übergossen in dem Lichtschein, ihre lachenden Augen dem König zugewandt. Ich sah Jinian, herzlich, ungekünstelt, die mich von Zeit zu Zeit unter geraden Brauen anschaute. Dann tranken wir Wein aus winzigen, purpurfarbenen Gefäßen, die nur aus Glas bestanden, aber so geschliffen, daß sie wie aus Edelstein gefertigt wirkten. Und dann hub der König zu sprechen an.

»Jetzt, da wir uns alle glücklich getroffen und neue Freunde geworden sind, habe ich den Wunsch, daß die Freundschaft nicht einfach ohne Grund wieder beendet wird. Deshalb wollte ich euch um die Erlaubnis bitten, daß wir euch aus der Drachendomäne nach Leamer begleiten dürfen, wohin doch eure Reise gehen soll.« Er lächelte mich gezielt an. Ich fragte mich, ob Seidenhand ihm das erzählt hatte. »Ihr habt doch nichts dagegen, junger Herr?«

Ich verneinte höflich und gab meine Zustimmung, während ich innerlich mit den Zähnen knirschte. Sollte es je ein besser gehütetes Geheimnis gegeben haben, so wußte jedenfalls inzwischen die ganze Welt davon, und es würde schwierig sein, mit dieser ganzen Meute im Schlepptau irgend etwas heimlich zu tun. Queynt, darauf bedacht, von mir nicht in Höflichkeit übertrumpft zu werden, fing zu schwatzen an.

»Oh, welch großherziges Angebot, König Kelver! Großzügig und herzlich … Ja, soviel Höflichkeit habe ich seit Barishs Zeiten nicht mehr erlebt, in denen Höflichkeit noch als eine Kunst und ein Zeichen echter Kultur galt. Die Dinge ändern sich im Laufe der Jahrhunderte, stimmt's? Aber Höflichkeit bleibt Höflichkeit, heute wie in jedem vergangenen Jahrhundert.«

Ich hätte ihm nicht gelauscht, wäre da nicht Jinians Warnung gewesen. So hörten also nur Jinian und ich ihm zu. Er hatte solche Höflichkeit seit Barishs Zeiten nicht mehr erlebt? Ja, wie denn? Und wo war er dann die ganze Zeit über gewesen? War er ein Träumer? Ein Verrückter? Wollte er uns auf den Arm nehmen? Oder ein Spieler, der ein vielschichtigeres Spiel spielte als wir ahnten? Seine neugierigen kleinen Augen waren auf mich gerichtet, und ich bemühte mich, genauso gelöst und weintrunken auszusehen wie die anderen auch.

Am nächsten Morgen warb ich Chance vom *Zahn des Tragamors* ab, mit viel Aufwand und einer Menge Einwände von seiten des Wirtes. Wir verließen die Stadt, von der wir nichts gesehen hatten, und bewegten uns in einer langsamen Prozession auf der Straße nach Leamer zu, entlang dem tiefen langsamen Wasser des Flusses Reave. Für den König bedeutete es einen Umweg, aber keinen sehr großen. Falls er wollte, konnte er nördlich von Leamer quer übers Land zur Drachendomäne zurückkehren. Queynt bestimmte unser Tempo, das langsamer war, als ich es gern gehabt hätte. Seidenhand saß wieder neben ihm, und König Kelver ritt auf einem prächtigen Hengst nebenher. Zwei seiner Drachen folgten ihm, ebenfalls beritten, und sparten so ihre Kraft für spätere Spiele und angemessenere Zeiten. Weit hinten, um dem Staub zu entgehen, folgten Jinian und ich. Chance und das Lastpferd bildeten den Schluß.

»Der König scheint geneigt zu sein, dir nach Waenauge zu folgen«, sagte ich zu Jinian.

»Der König folgt nicht mir«, erwiderte sie mit fester Stimme. »Aber er ist ein bewundernswerter Spieler. Ich hatte Drohungen befürchtet, Ärger, aber es kam nichts dergleichen. Dazu ist er zu klug. Falls unsere Abmachung eingehalten wird – oder vielmehr die Abmachung mit meinem Bruder, der ich zugestimmt habe –, legt er keinen Wert auf eine Bitterkeit, die das Laken zwischen uns beflecken könnte.«

Sie so reden zu hören, brachte mich erneut zur Weißglut, obwohl mir nicht klar war, weshalb. Wenn er Seidenhand den Hof machte, warum brachte es mich dann so auf, wenn Jinian in dieser Weise von ihm sprach? Es hätte mich eher erfreuen sollen, hieß es doch, daß König Kelver nicht lange Seidenhands Nähe suchen würde. Rückblickend würde ich sagen, es hätte mich erfreuen sollen. Das tat es aber nicht. Ich machte mich selbst nervös, hätte am liebsten mit jemandem Streit angefangen und schämte mich gleichzeitig dafür. So ritten und ritten wir dahin, bis das Schweigen zwischen uns so quälend wurde, daß ich es irgendwie brechen mußte.

»Ist dein Eintopf schon fertig?« Sie schaute mich verständnislos an. Es war ihr völlig entfallen, was sie auf der Straße nach Dreibuckel gesagt hatte. »Der Eintopf, den du zubereitest. Deine Hypothese ...«

»Ach, das!« sagte sie. »Ja, Peter. Er ist fertig.«

Wir ritten eine Weile weiter.

»Magst du mir erzählen, was du herausgefunden hast?« fragte ich, bemüht, meine Stimme so freundlich wie möglich klingen zu lassen. Jinian ist wirklich anstrengend, dachte ich.

»Ja, obwohl du es wahrscheinlich alles schon selbst weißt.«

»Ich? Ich weiß nur sehr wenig«, sagte ich, davon überzeugt.

»Möglich. Aber du weißt, was du dort oben auf den Höhen des Waenbane finden wirst. Du wirst Barishs Hort finden, sein Versteck. Du wirst die Körper finden, die zu den Blauen gehören, die du bei dir trägst.«

»Vermutlich«, sagte ich düster. Das schien unvermeidlich klar.

»Das haben wir von einem wirbelnden Geist gehört«, sagte Chance. »Soviel können wir als gewiß annehmen.«

»Gibt es noch etwas?« fragte ich.

»Ja«, erwiderte sie. »Ich glaube, ich weiß, was für einen Plan Barish verfolgt hat, welches Ergebnis er sich von dieser ganzen Geheimniskrämerei über lange Zeit erhoffte. Wir werden sehen, ob ich recht habe.«

»Meinst du, Barish ist dort?«

Sie schüttelte den Kopf. »Alles deutet daraufhin, daß er zum letzten Mal zur Zeit von Rätsels Großvater erwachte. Danach brach er in die nördlichen Länder auf und kehrte nicht zurück. In diesem Fall werden wir Barish selbst nicht finden. Nur die elf. Deine Spielfiguren.«

»Die elf«, murmelte ich. »Barishs elf. Und eine Maschine, um sie auferstehen zu lassen.« Ich umkrampfte den Beutel in meiner Tasche. Vielleicht, so sagte ich zu mir, ist die Maschine entzwei. Vielleicht kann man sie nicht mehr benutzen. Die anderen, die der Zauberkünstler, waren auch nicht mehr in Ordnung. Falls sie wirklich dort steht, ist sie Jahrhunderte alt. Rost und Schimmel werden sie zerfressen haben. Die Schlange ringelte sich kalt um mein Herz, und ich dachte an Windlow.

»Die Logik sagt, daß die Maschine dort ist«, sagte Jinian. »Wenn sie benutzt wurde, um Barish von Zeit zu Zeit zu wecken, muß sie sich dort befinden, wo auch er war.«

»Und dann?« bohrte Chance, neugierig auf noch mehr Geheimnisse.

»Und dann«, sagte sie, so gelassen heiter wie der Mond am Himmel, »werden wir tun, was Barish getan hätte, wenn er zurückgekehrt wäre.«

Die Kühnheit, mit der sie das sagte, verschlug mir die Sprache, mehr noch aber der erstaunliche Hochmut, es überhaupt zu denken.

»Barish war ein Zauberer.« Ich lachte sie aus, aber das Lachen blieb mir in der Kehle stecken, als sie mich mit kühlem Blick musterte.

»Gewiß doch, Peter«, sagte sie. »Ebenso wie ich.«

8

Höllenschlund

Als erstes lernte ich in Mertynhaus, daß man sich nicht mit Zauberern anlegt. Himaggery war das einzige Exemplar dieser Gattung, das ich bis dahin kennengelernt hatte, und ich konnte beim besten Willen nicht behaupten, daß ich ihn gut kannte oder verstand. Seltsam sind die Talente eines Zauberers, so lehrte man uns, doch ich könnte euch nicht sagen, welche es waren. Hätte jemand anders als Jinian behauptet, Zauberer zu sein, hätte ich bloß gelacht und gesagt: ›So? Zauberer? Haha!‹ Ich lachte nicht. Jinian war niemand, der scherzte. Wenn sie sagte, sie sei Zauberin, dann glaubte ich ihr das. Das einzige, was ich überraschenderweise fühlte, war ein tiefsitzender, brennender Zorn auf Seidenhand, weil sie es mir nicht erzählt, sondern zugesehen hatte, wie ich mich zum Narren machte.

Und das hatte ich zur Genüge getan. Ich hatte zu Jinian gesagt, daß sie noch sehr jung sei, daß sie keine Ahnung habe. Man sagte nicht zu einem Zauberer, daß er keine Ahnung habe. Ich mußte Seidenhands Namen gemurmelt haben, denn Jinian unterbrach meinen Zorn mit Entschiedenheit. »Seidenhand wußte es nicht, Peter. Weiß es auch jetzt nicht. Mir wäre es am liebsten, es bliebe auch dabei. Du behältst mein Geheimnis für dich, ich deines.«

»Ich habe keins mehr«, murrte ich. »Seidenhand hat bereits alles ausgeplaudert.«

»Das glaube ich nicht«, sagte sie. »Queynt weiß, was er weiß, aber nicht weil Seidenhand es ihm gesagt hat.« Daraufhin warf sie mir ein rätselhaftes Lächeln zu, und wir setzen unsere Reise nach Leamer fort.

Erlaubt, daß ich mich für die Zeit, die ich dann brauchte, um mir das Ganze durch den Kopf gehen zu lassen und mich abwechselnd verärgert, schuldig und hintergangen zu fühlen, zurückziehe, um euch lieber zu erzählen, was anderswo geschah. Damals wußte ich natürlich nichts darüber, aber ich hörte später davon. Was man mir nicht geradeheraus erzählte, reimte ich mir zusammen. Laßt also Seidenhand auf dem Kutschbock neben dem seltsamen Queynt sitzen; laßt König Kelver, sprudelnd vor Höflichkeit und geschmeidiger Reden samt seinen Mannen nebenher reiten; laßt Jinian dort auf der Straße zurück, so ruhig wie Eis; laßt Chance – ach, wie oft habe ich Chance zurückgelassen; laßt Yittleby und Yattleby mit ihrem gleichmäßigen Schritt, ihrem leisen *krwah, witt, krwah, witt*. Verlaßt mich und erhebt euch in die Lüfte, als wärt ihr ein Waffenträger, der vom Wind getragen zu jenen Mächten fliegt, die sich gegen uns verschworen hatten und von denen wir nichts ahnten.

Hinauf, hinauf, die schroffen Hänge des Waenbane hoch, hinauf bis zu dem dräuenden, steil aufragenden Felsen zu jenem Ort, an dem, wie sie behaupten, der Wind ungeheure organisch wirkende Formen geschaffen hätte, die *Knochen des Windes*. Schaut nach Norden. Seht nicht nach Bleer. Dorthin werden wir bald genug kommen und länger bleiben, als uns lieb ist. Überfliegt statt dessen den Berggrat und die Einöde bis zu jener Schlucht, die der Fluß Grauwasser zwischen zwei Hochebenen gegraben hat. Dann kommt Kiquo und die Hohe Brücke, so schmal wie eine Messerschneide, dann das stählern glitzernde Band des Flusses, dann wieder hohe Bergkämme und eine weitere Hochebene nördlich von Betand.

Sucht den breiten Weg, der in die nördlichen Gebiete

führt. Seht die seltsamen Gebilde, die am Wegesrand erbaut sind, die grünen Arkaden, die ihn überschatten. Im Frühling, so sagt man, glühen sie in undomänischem Licht und treiben so manchen Reisenden in den Wahnsinn. Folgt diesem Weg bis zu der tiefen, engen Schlucht des Flusses Haws und fliegt am Rand dieser Schlucht entlang zu der Stadt Pfarb Durim. Blickt dort, hoch oben über Pfarb Durim, nach Osten zurück und beachtet, wie flach das Land zwischen dieser Stadt und der Einöde von Bleer daliegt, flach, ohne jede natürliche Barriere. Ein Mann könnte es in zwei, drei Tagen durchqueren, ein Waffenträger in noch viel kürzerer Zeit überfliegen. Trotzdem dachten weder Peter noch Jinian noch irgend jemand sonst in der Reisegesellschaft an den Ort, der Pfarb Durim heißt, dort am Fluß Haws.

Schaut hinunter auf die Stadt. Fliegt hinab. Die Mauern sind hoch und dick und sorgsamst bewacht. Wogegen verteidigt sich die Stadt? Wogegen sind diese mächtigen Tore geschlossen worden? Warum brennen Signalfeuer auf den Wehrtürmen? Die Stadt wirkt ungewöhnlich altertümlich. Wo sonst findet man solche eigenartigen Türen, die wie Schlüssellöcher geformt sind? Wo sonst solche dreieckigen Fenster, die in die Welt hinausstarren wie die Laternengesichter, die man in reife *Thrilps* schneidet? Geht weiter. Entfernt euch von den Mauern und schreitet den Weg hinunter, der am Rande der Schlucht entlangführt, bis hin zu einem überhängenden Fels, von dem aus man erkennen kann, was tief unten liegt – den Ort, den die Menschen von Pfarb Durim ›Poffle‹ nennen, weil sie sich fürchten, seinen richtigen Namen auszusprechen, der aber ›Höllenschlund‹ heißt und inzwischen die Residenz eines gewissen Spielers ist – des Dämons Huld.

Wir wollen unsichtbar bleiben, still, körperlos wie

ein Geist und den Weg hinabgleiten, um die Wahrheit über diesen Ort herauszufinden.

Zuerst kommt ein verwinkelter, durch tausend Füße in tausend Jahren in das felsige Gesicht des Abhangs gegrabener Pfad – tausend Jahre oder mehr. Vielleicht war die Stadt, der Pfad oder der Höllenschlund bereits hier, bevor die Spieler kamen. Der Pfad windet sich hinab, schneidet tiefer ins Gestein, bis er zu beiden Seiten von hohen Felswänden umschlossen wird, die das Licht des Himmels bis auf einen schmalen Streifen ausschließen. Geht diesen immer dunkler werdenden Spalt hinab, bis der Fels über euch nur noch einen winzigen Spalt silbrigen Lichts durchläßt, trefft auf jene dunkle steinerne Tasche, in deren dunklen Schwaden der Pfad verschwindet; tretet hinein, und ihr findet euch am oberen Ende einer Kloake, die sich ihren widerhallenden Weg in die Eingeweide des Höllenschlundes bohrt.

Es ist dunkel, und die Dunkelheit ist voller Geräusche. Als sich aber lautlose Schritte vorwärtsbewegen, erheben sich vereinzelt Töne über das mißklingende Echo, und in der fürchterlichen Schwärze werden Stimmen laut, Stimmen von Gerippen, die mit eisernen Banden an die Felswände gekettet sind, Skelette in gräßlichem Gespräch mit ihrem Wärter.

»Nehmt diese Fackel, alte Knochen. Reicht sie weiter, auf! Die hohen Herren kommen bald diesen Pfad entlang, und sie brauchen Licht, auch wenn *wir* es nicht brauchen.« Der Wärter könnte ein Ausplauderer gewesen sein. Er ist wie ein solcher gekleidet, aber unter der Ledermaske schwabbeln feiste Wangen und an den nackten Armen, die aus der Lederweste reichen, hängt wabbliges Fleisch. Seine Augen sind leer und vor Blindheit nahezu weiß. Er tastet nach dem Ende der Fackel, um zu spüren, ob sie brennt. In der Dunkelheit hinter ihm liegt ein weiterer Spieler, in schmutziges Grau und Schwarz gekleidet, auf einem schmierigen Lager, ein Knochentänzer, das ausdruckslose Gesicht der steinernen Decke zugewandt, während beißender, betäubender Rauch aus seinen Nasenlöchern quillt. »Auf, Tänzer!« ruft der Wärter. »Bring die Knochen hier auf die Beine! Sie sind so träge wie der Winter!«

Als die Stimme endlich antwortet, ist sie voller Seufzer und Pausen, langen unbewußten, unbeabsichtigten Pausen. »Träge. Immer träge. Und warum auch nicht? Knochen sollten ruhen, Tolp. Liegen. Träge, träge in der Sommersonne. Sommersonne. Ich erinnere mich an die Sommersonne.«

»Ich erinnere mich an die Sommersonne«, ruft ein Skelett von der Mauerwand her, die Fackel wild vor seinen augenlosen Höhlen schwenkend. »Sommersonne. Winterkälte. Ich erinnere mich an Wiesen. Ich erinnere mich an Bäume.«

»Pscht«, macht der Wärter sanft tadelnd. »Pscht, Schluß jetzt. Es ist nicht gut, sich zu erinnern. Es macht euch nur nachlässig mit der Fackel, Knochen. Erinnert euch nicht. Reicht einfach das Feuer weiter, immer weiter, bis zum Ende des Pfades, damit die hohen Herren ihren Weg finden.«

»Wer?« fragte eine gleichgültige Stimme aus der Dunkelheit. »Wer benutzt den Weg zum Höllenschlund? Kamen sie nicht alle bereits gestern? Der ohne Beine und das Schädelgesicht und der Kalte ...«

»Kamen, gingen und werden wiederkommen«, entgegnete Tolp. Er entzündet eine weitere Fackel. »Der ohne Beine ist ein armseliger Händler, Laggy Nicker. Sie haben ihm Stiefel angezogen, sagt er, und ihn in die Welt hinausgeschickt. Und als die Berge in die Luft flogen, sind die Stiefel auch explodiert, und nun hat er keine Beine mehr ...«

»Beine laufen, Arme raufen«, singen die Knochen von der finsteren Mauer her. »Rippen wippen ...«

»Pscht! Der kalte König kam gestern ebenfalls. Der alte Prionde. Mochte nicht, was er hier sah. Pah! Dabei ist er selbst nicht mehr weit entfernt vom Knochendasein.«

»Und der Dämon, unser Meister Huld, Huld, der Schreckliche?« Der Knochentänzer lacht, ein keuchendes Lachen, bei dem die schädliche Ausdünstung tief in seine vergifteten Lungen gesogen und wieder herausgestoßen wird.

»Ging fort, kommt bald wieder. Ist immer dasselbe. Seit er ein Kind war. Für eine Weile war er in Bannerwell, mit seinem niedlichen Prinzen, dem hübschen Mandor. Aber Mandor ist tot, und deshalb ist Huld wieder hier, meistens jedenfalls. Der Höllenschlund ist seit langer, langer Zeit sein Heim...«

Der Knochentänzer seufzt, hustet, setzt sich hoch, um Blut auf den schleimbedeckten Boden zu spucken. »Huld ist seit vierzig Jahren hier. Blourbast, der alte Ghul, brachte ihn damals hierher, als er noch ein Kind war, lange bevor er Dämon genannt wurde. Ihr erinnert Euch doch, Tolp. Er half oft in den Verließen.« Der Knochentänzer lacht wieder, ein hackender Laut ohne jede Freude darin. »Mochte die glühenden Eisen, der Bursche, besonders bei Frauen.«

»O ja! Jetzt fällt's mir ein. Hatte vergessen, daß Huld dieses Kind war. Habe ihn irgendwie mit Mandor verwechselt. Ja, Huld war so lange hier, bis Blourbast starb, in jenem Jahr, als die Seuche in Pfarb Durim ausbrach. Er schickte überall nach Heilern, sogar bis nach Morgenberg. Ich erinnere mich genau. Fand auch welche... Wurden aber alle mein, bevor er starb.«

»Heiler, Heiler, heil dies' Gebein«, singen die Schädel an der Wand. »Altes Gebein, sterbend, verderbend...« Ein rasselndes Echo vervielfältigt sich durch die Reihe Skelette bis weit in die geheimnisvolle, unergründliche Finsternis hinein.

»Schscht«, sagt Tolp. »Ruhig jetzt.«

»Ich wollte, ich hätte einen hier«, sagt der Knochentänzer. »Irgendeinen Heiler.«

»Es sind einige hier, die Macht über das Fleisch haben«, erwidert Tolp. »Einer kam vor nicht ganz zwei Tagen hier durch.«

»Macht über das Fleisch! Auf diese Weise kam ich hierher, indem ich solchen gestattet habe, Hand an mich zu legen. Sie können vielleicht heilen, wenn sie jung sind, Tolp, aber wenn sie ihre verdammten Hände auf ein paar Menschen gelegt haben, vergessen sie, wie man HEILT. Sie verschlimmern alles nur. Nein, ich meine einen echten Heiler.«

»Schon lang her, seit ein echter Heiler zum Höllenschlund kam«, sagt Tolp. »Die ich damals für Blourbast befragte, waren die letzten.«

»Die du umgebracht hast, Tolp. Bleib bei der Wahrheit. Du hast sie gefoltert, und du hast sie getötet, weil Blourbast sich an ihnen rächen wollte. Sie weigerten sich, ihn zu HEILEN. Du hast sie getötet, und deshalb wird dich kein Heiler jemals wieder berühren. Oder mich. Oder irgend jemand anders, der aus freien Stücken hierher kommt.«

»Wir könnten fortgehen«, sagt Tolp. »Nach Morgenberg. Dort kennt man uns nicht.«

»Sie würden es wissen.« Der Knochentänzer legt sich mit einem tiefen Seufzer wieder zurück und nimmt das Mundstück wieder auf, um daraus noch mehr betäubenden Rauch zu saugen und ihn in die feuchte Luft freizulasssen. »Ich weiß nicht, warum, aber sie würden es wissen. Sobald sie dich berührten, wäre es ihnen klar. Es ist in deine Knochen eingebrannt. Jedesmal, wenn du einen Heiler verletzt, läßt er ein Zeichen auf dir zurück. Sogar wenn sie dich nicht anfassen können, ihr Zeichen lassen sie zurück. So habe ich es immer gehört.«

»Eingebrannt«, singen die Knochen. »Eingebrannt, auf ewig verdammt...«

»Pst«, sagt Tolp. »Sie kommen. Ich höre sie am Ende des Ganges.«

Und das Licht kommt näher, als knochige Finger die Fackel von einer fleischlosen Hand zur anderen reichen, in derselben Geschwindigkeit, wie sich der Zug nähert. Zuerst der beinlose Laggy Nicker auf den Schultern eines Trägers, eines Bauern mit schlaffem Mund, der eine der glitzernden Kappen des Gehorsams trägt; gefolgt von dem kadaverhaften Prionde, dessen hohe Krone am Fels über ihm schabt und der, die tiefliegenden Augen über den knochigen Wangen finster, pikiert seine Gewänder an sich rafft; dann Huld mit wallender Purpurschleppe, der seine Gefolgsleute springend und hüpfend auszuweichen versuchen. Gefolgsleute – ein oder zwei Prinzen aus einem der nördlichen Reiche; ein furchterregender Ghul aus der Gegend um Mip; drei Spiegelmänner in der Gestalt anderer Personen; ein über und über mit Narben bedecktes Medium, das einen schlaffen Körper hinter sich herschleift. Tolp und der Knochentänzer kriechen tief in die duftende Finsternis, um keine Aufmerksamkeit zu erwecken. Huld schaut nicht nach ihnen, als er stoppt, sondern ruft nur in die klamme Luft: »Hängt diesen Körper hier zu den anderen.« Worauf das widerwärtige Medium mit einem zustimmenden Grunzen seine Last fallen läßt. Dann gehen alle weiter den Gang hinab, die Fackeln folgen ihnen von Gerippe zu Gerippe, bis sie außer Hör- und Sichtweite sind.

»Nun wird's wieder stinken«, sagt der Knochentänzer. »Tagelang stinken. Wenn er Knochen an der Mauer haben will, warum kann ich sie nicht für ihn aus den Knochengruben holen? Warum Körper an die Wand hängen, bis sie stinken?«

»Das hier ist nicht einmal ein bloßer Körper«, sagt Tolp. »Da ist noch Leben drin.« Er wendet die schlaffe Gestalt mit einem Fuß herum, um blind in das Gesicht eines bewußtlosen Kindes zu starren. »Noch nicht mal ausgewachsen. Warum hat er es hierhergebracht?«

»Damit du es an die Wand hängst und ihm zuhörst, wie es schreit und weint, wimmert und stöhnt, bettelt und stirbt...«, sagt der Knochentänzer, die Stimme vom Rauch verhangen. »Dann verrottet und stinkt, wie es sich in der Hölle gehört...«

»Warum? Warum bloß?«

»Weil er Huld ist«, erwidert der Tänzer. »Weil dies hier der Höllenschlund ist.« Er raucht schweigend und denkt eine Weile nach, bevor er weiterspricht. »Ich glaube, du tätest gut daran, diesen, der noch nicht ganz tot ist, hier herauszuschaffen. Hoch nach Pfarb Durim. Leg ihn dort irgendwo vor ein Haus, auf die Stufen.«

»Bist du noch ganz bei Trost, Tänzer? Huld würde mich dafür rösten.«

»Huld hat eine Menge anderer Dinge zu bedenken. Vielleicht vergißt er es einfach.«

»Vielleicht! Vielleicht! Vielleicht aber auch nicht! Laß du deine Knochen tanzen, Tänzer. Überlaß mir das Aufhängen. *Vielleicht!* Die Teufel sollen's holen.«

Den Knochentänzer schüttelt es vor Husten und Lachen, als er zu einer weiteren langen Rede ansetzt. »Oh, alter Tolp, du wirst auch einmal an dieser Mauer enden, denkst du nicht? Du und ich. Außerdem lasse *ich* die Knochen nicht tanzen. Dazu habe ich schon seit langem keine Kraft mehr...« Der Rest des Satzes wird durch Tolps schwielige Hand an des Knochentänzers Kehle erstickt.

»Wenn du es nicht tust, Tänzer, wer dann? Wer? Sag's mir! Wo kommt die Kraft her?«

Der Kopf des Knochentänzers schleudert zwischen

den würgenden Händen unkontrolliert von einer Seite zur anderen. Als Tolp sie, immer noch grollend, wegzieht, murmelt der Knochentänzer bloß: »Vielleicht Geisterfiguren. Wer weiß das schon?«

»Geister«, rufen die Knochen. »Meistergeister, Geister.«

Der Ruf pflanzt sich den finsteren, steinernen Darm hinunter, verebbt in rastloser Bewegung. Knochige Finger kratzen an der Mauer, Fersen klappern auf dem Gestein, ein unaufhörliches Reißen an den eisernen Banden und Ketten, von denen die Skelette gefesselt sind. Eines Tages wird ein fleischloser Finger das Loch in dem Schloß finden, das sie aneinanderkettet, wird darin herumstochern, bis sich der einfache Bolzen dreht und das Schloß aufspringt. Bis zu diesem Tag bleiben sie an die Mauer gekettet. Geht an ihnen vorbei. Geht an den letzten, kleinen Skeletten vorbei zu den glitschigen Stufen. Soviel habe ich, Peter, mir durch das, was ich später selbst gesehen habe und durch das, was Tolp noch in der Lage war zu erzählen, zusammengereimt. Was jetzt kommt, wurde uns als wahr berichtet.

Oben am Treppenende führte ein kleiner Vorraum zu einer Empfangshalle mit düsteren Mauern, deren uralte Steine sich hoch oben im dämmrigen Licht des Kreuzgewölbes verloren. Eine Anzahl mächtiger Spieler tafelte an den unteren Tischen. Huld und Prionde hatten auf einer Estrade Platz genommen, und Huld lauschte mit gespielter Höflichkeit Priondes Worten, obwohl man seine Ungeduld an dem harten Klopfen seiner Finger auf der Armlehne des wuchtigen Stuhles erkennen konnte.

»Was ist das für ein Fleisch?« fragte der König.

»Diese Tiere, die man Schattenmenschen nennt.«

»Ihr eßt sie?«

Huld wies auf den erhöhten Herd, das Feuer, die

Bratspieße, um die herum sich die wolligen Füße und großen Ohren häuften, die von den Feiernden weggeworfen worden waren. »Warum nicht? Mir ist keine Sorte Fleisch verboten, Prionde. Nichts ist mir verboten. Ist es für Euch verboten, Prionde?«

»Es wirkt so menschlich«, erwiderte der König nachdenklich. »Fast menschlich, jedenfalls äußerlich.«

»Ja und? Wenn ich hungrig bin, esse ich. Fleisch ist Fleisch, menschlich oder nicht. Es ist alles Brennstoff für mein Feuer, Prionde. Ich glaube, es könnte ebensogut welcher für eures sein.«

Der König bewegte die kleinen Fingerknochen auf seinem Teller mit einem Finger seiner eigenen Hand. Tatsächlich glichen die Finger auf dem Teller dem Finger, der sie bewegte. »Warum residiert Ihr hier?« fragte er schließlich. »Warum an diesem Ort, Huld?«

»Weil Ihr davon Gänsehaut bekommt«, höhnte Huld. »Ihr und jeder, der hierher kommt, und jeder, der davon hört. Es ist der jahrhundertealte Platz des Schreckens. Er war bereits schrecklich, als ich ein Kind war und Blourbast mich hierherbrachte. Mandor fand ihn schrecklich und faszinierend, wie ich zu meiner Zeit auch. Es ist der Ort vollkommenen Schreckens und Leidens, der Ort des ganz und gar Bösen. Gibt es einen geeigneteren Ort, von dem aus wir überall hin Schrecken verbreiten könnten? Unsere Aufgabe wird leichter sein, wenn die ganze Welt weiß, daß wir vom Höllenschlund kommen. Das ist der Ort der Greuel und der Macht!«

»Euer Ghul ist aber trotzdem nicht zurückgekehrt.«

Huld zuckte die Achseln und säuberte, ohne mit der Wimper zu zucken, seine fettigen Hände an dem Purpurgewand. »Er wurde auch nicht zurückerwartet. Das Trugbild, das oben in den Bäumen schwebte und beobachtete, was geschah, kehrte aber zurück.« Und er machte eine gebieterische Handbwegung zu einem der

Spieler, die halbtrunken unten in der Halle lagerten, eine Handbewegung, der das Trugbild eilig gehorchte. Es kniete sich zu Hulds Füßen, den Kopf gebeugt, das Licht der Lampe gespiegelt von der Facettenmaske, die es trug.

»Sag dem König, was du mir berichtet hast.«

Das Trugbild begann. »Ich wartete, wie mir befohlen worden war, im Wald, in der Nähe, wo der Ghul die Frauen auf der Landstraße angriff. Als er sie in den Schutz des Waldes brachte, folgte ich, blieb vor ihm, im Dickicht verborgen. Er war noch nicht weit gekommen, als etwas aus den Bäumen hinter ihm schoß. Ich hörte, wie diese Person ›SPIEL und ZUG‹ über den Ghul ausrief, ein Risikospiel. Ich konnte nicht gleichzeitig versteckt bleiben und dabei gut sehen, aber ich hörte den Ghul triumphierend aufschreien, als hätte der Verfolger einen völlig unüberlegten Zug gemacht.

Dann kam ein Schrei von dem Verfolger, als riefe er einen anderen Spieler, mit Worten, die ich nicht klar verstand. Daraufhin brach ein Feuer aus, urplötzlich, als wäre ein Schildwächter anwesend. Ich kam näher herbei, aber der Rauch und das Feuer trieben mich wieder zurück. Ich hörte, wie jemand durch die Bäume hinwegstürmte, und es war nicht der Ghul. Ich ließ mich nicht blicken, sondern verschwand, wie mir befohlen worden war.« Das Trugbild beugte sich nieder, voll Hoffnung auf des Königs Lob. Huld scheuchte es mit einer Geste fort.

»Der Punkt ist«, sagte Huld, »daß der Verfolger, also Peter, zu schnell erschien. Er kann demnach nicht GEFLOGEN sein. Wir müssen annehmen, daß er sich PORTIERTE. Außerdem verursachte er das Feuer.«

»Was ist er? Ich dachte, er wäre Nekromant.«

»Er wurde fälschlich als Nekromant bezeichnet. Das führte auch mich einige Zeit in die Irre. Meiner Meinung nach ist er ein Zwillingstalent. So etwas hat es auch früher schon gegeben. Minery Mindcaster zum Beispiel war ein mächtiges Zwillingstalent, Unterherold und Afrit in einem. In meiner Jugend kannte ich noch jemanden, den Thaumaturgen Mirtisap. Ich bin mir sicher, daß er Thaumaturg und Prophet war, obwohl er es abstritt. Manche sagen, es handelte sich um ursprüngliche Zwillinge, von denen der stärkere den schwächeren im Mutterleib verschlingt und daraufhin mit beiden Talenten geboren wird. Vielleicht ist Peter Afrit und Erzengel. Als ich ihn in den Höhlen traf, dachte ich, er wäre nur Afrit, aber Afrits haben kein Talent zum Feuermachen.«

Der König lächelte spöttisch unter seinem Bart, die schmalen Lippen in nachgeäfftem Humor gekräuselt. »Ihr habt vergessen, daß er Mandors Gefolge in Bannerwell offenbar BETÖRTE. Ich habe noch nie von einem Erzengel gehört, der BETÖREN konnte.«

Huld gestikulierte ungeduldig. »Dann eben Kirchenmann. Kirchenmänner besitzen beides, FEUER und BETÖRUNG. Ich habe nicht vor, den Index zu durchsuchen, nur um herauszufinden, welche Kombination von Spieler er ist oder welch absurden Namen eine solche Kombination trägt. Von mir aus kann er Schattenmeister heißen. Jedenfalls wird er mir, da wir nun einmal Bescheid wissen, nicht noch einmal entkommen. Nein, er wird uns pfeilgerade zu jenem Ort führen, an den wir möchten, um dort das zu finden, was wir auch gern finden würden…«

»Und das wäre eures Erachtens…«

»Barish, König Prionde. Barish, der Tausendjährige. Barish mit seinem Wissen von den alten Maschinen, den alten Waffen, gegen das das Wissen der Zauberkünstler unbedeutend ist. Barish, der dort irgendwo in den nördlichen Ländern liegt. Wo wir ihn nicht finden konnten, wo Peter uns aber hinführen kann.«

»Und woher wißt Ihr das alles, Dämon? Wessen Kopf habt Ihr danach durchwühlt?«

Huld gluckste in sich hinein, eine Widerwärtigkeit, von Zunge und Mund erzeugt, als äße er eine verfaulte Köstlichkeit. »Nicht den Kopf eines Menschen, König. Ich habe es mir aus Büchern zusammengesucht, alten Büchern, Büchern, die ungelesen in den Katakomben der Zauberkünstler lagerten. Aus Büchern, Legenden, und dem Gerede der Leute. Aus den Dingen, die Nitch mir erzählte, bevor er starb, als sein Verstand seinen Schmerz überwältigte, um Sachen zu finden, die er mir erzählen konnte. Ich hatte einen Vorteil, den Nitch nicht hatte. *Ich habe die Maschine gesehen.* Ich habe gesehen, wie die winzigen Spielfiguren hergestellt werden! Ich sah die Körper, die in den Höhlen gelagert wurden wie Blöcke aus Eis. Nun, sie werden nicht wieder zum Leben erweckt werden. Die Maschine, die dies hätte bewerkstelligen können, ist explodiert, vernichtet, in Atome zerstäubt.«

»Gesetzt den Fall, Ihr hättet recht – wie soll dann Barish wieder zum Leben erweckt werden? Wenn die Maschine verloren ist, unter dem Berg begraben?«

»Ich glaube nicht, daß dies die einzige Maschine war. Es muß noch eine weitere geben, gleich oder ähnlich, und zwar dort, wo Barish liegt.«

»Und was macht Euch so gewiß, daß Peter Euch dorthin führen wird? Was sollte ihn dazu bringen, das zu tun? Welches Interesse sollte er daran haben? Welches Ziel, welches Spiel?«

»Nur daß er von Windlow, eurem alten Seher, auf diese Fährte gebracht worden ist. Windlow suchte dasselbe wie ich, davon bin ich überzeugt. Er fand etwas. Er wußte etwas oder hatte etwas GESEHEN. Warum sonst sollte Peter jetzt nach Norden reisen, in diese geheimnisvolle Gegend?« Er lachte, ein siegesbewußtes Krächzen. »Warum sonst sollte er wohl nach Norden reisen, in der Gesellschaft meines Gefolgsmannes? Meines!«

»Das ist alles? Das klingt sehr unbestimmt und verschwommen, Dämon. Ich würde zögern, meine Männer zu einem solchen Spiel zu verleiten, wenn ich so wenig wüßte wie Ihr. Vielleicht ist es gar nicht Barish, der dort oben ruht. Vielleicht ist es der Rat.«

Huld lächelte spöttisch. »Es gibt keinen Rat außer uns, König Prionde. Nachdem ich mir das Vertrauen dieses Schwachkopfes Manacle und seiner Stiefellecker erschlichen hatte, fragte ich, wie lange es her sei, daß sie etwas von dem Rat selbst gehört hätten. Seit Jahrzehnten nicht mehr, sagten sie. Die Maschine, die die Worte des Rates übermittelte, meldete sich nicht mehr. Und so sagte ich ihnen, *ich* überbrächte nun die Botschaften des Rates, und sie glaubten mir. Urteilt also selbst.«

»Ihr meint, falls der Rat noch existierte, würde er die Verbindung nicht einfach unterbrochen gelassen haben. Und eure Einmischung wäre auch nicht unbemerkt geblieben.«

»So ist es. Wer oder was auch immer der Rat gewesen sein mag, sein letztes Mitglied ist verschwunden oder gestorben oder hat etwas anderes zum Spielen gefunden. Nein, wir sind der Rat, Prionde. Ich bedauere nur, daß wir keine Zauberkünstler mehr haben, die die Arbeit für uns tun können. Ich fand nur diese paar *Techniks*, verstreut im Tal.« Huld zeigte auf eine entfernte Wand, an der sich ein paar Gestalten schlafend zusammenkauerten. »Ich würde gern ihren Anführer finden, diesen Quench. Er wußte mehr als alle anderen. Ich wäre nicht überrascht, wenn er auch von Barish wüßte, wenn seine Vorväter etwas von dem Wissen über die Jahrhunderte auf ihn überliefert hätten. Wenn wir ihn rechtzeitig fänden…

In der Zwischenzeit bauen wir unsere Schreckensherrschaft auf, Prionde. Schrecken und völlige Verzweiflung. Und wenn Peter uns dorthin geführt hat, wo wir hinwollen, werden wir mit furchtbarer Macht über ihn herfallen. Ich glaube kaum, daß er uns widerstehen kann. Sogar ein Zwillingstalent ist nicht unsterblich.«

Und so fuhren sie fort zu feiern und zu trinken, während die Einwohner von Pfarb Durim auf ihren Mauern weiter Wache hielten, damit nicht noch mehr Unschuldige entführt und in den endlosen Tunneln des Höllenschlunds angekettet wurden, wo Tolp eben gerade die eisernen Bande um die Gelenke des Kindes schloß. In der Finsternis hustete der Knochentänzer sein Leben aus und lag still. Als er sich mehrere Tage lang nicht bewegt hatte, kettete Tolp seinen Körper neben den des Kindes.

9

Nüsse, Grole, Spiegelmänner

Während des Rittes war zwischen Reavebrücke und Leamer ein paarmal das Gespräch darauf gekommen, welche Route wir eigentlich wählen sollten, um auf das Plateau des Waenbane zu gelangen, das sich vor uns im Westen erhob. Gewiß nicht über die Ostseite, die so glattabfallend war wie das Äußere eines Kruges, fast glasig an manchen Stellen. Meine Karte zeigte einen langen Engpaß, durch den man vom Norden in dieses Hochland stieß, einen Weg, der ›Tor des Windes‹ genannt wurde und der zum Waeanauge, zum ›Auge des Windes‹, führte. Queynt hatte behauptet, er sei dort gewesen, aber ich traute Queynt nicht besonders.

Als die Dunkelheit hereinbrach und wir unser Lager nur eine Meile entfernt von Leamer aufgeschlagen hatten, beschloß ich, in die Stadt zu reiten und mich etwas umzusehen. Das hatte auch den Vorteil, daß ich von Jinian fortkonnte. In unserem Verhältnis war etwas, das mich beunruhigte. Als ich fortritt, sah ich König Kelver ebenfalls wegreiten, und zwar mit einem Fremden. Der König wirkte sehr ärgerlich und aufgebracht. Ich überlegte kurz, ob ich ihn rufen und meine Hilfe anbieten sollte, entschied dann aber, daß er genügend Unterstützung durch seine eigenen Drachen hätte, falls er Hilfe bräuchte. Ich habe oft so gute Eingebungen, die aber leider ebenso oft von mir übergangen werden. So war es auch in diesem Fall, und ich ließ ihn fortreiten. Das Ergebnis schien unerfreulich, aber im nachhinein ist es immer einfach, alles besser zu wissen.

Mein Weg führte mich durch ruhige Gassen zwischen den Nußgärten. Wir befanden uns inzwischen ziemlich weit im Nußland, so genannt wegen der hügligen Gärten, die die Häuser entlang des Flusses flankieren. Die in der Erde wachsenden Nüsse wölben sich zu kleinen Hügeln, zuerst graugrün und glänzend, mit einem Kranz kurzer, haariger Blätter am Fuß. Wenn sie breiter und höher werden, wandelt sich das Graugrün der Schalen zu dumpfem Braun, und die Blätter verbreitern sich zu einer mehrschichtigen Krause. Wenn die Nüsse reif sind, bohrt der Gartenmeister ein Loch nahe dem Hügel und schiebt ein Dutzend *Wurstgrole* hinein, und zwar immer in der Abenddämmerung. Wenn die *Grole* morgens wieder erscheinen, was sie aus seltsamen Gründen, die nur sie wissen, immer tun, wird ihnen der Kopf abgeschlagen und die Haut des Halses mit einem Faden zugeschnürt. So entsteht die Grolwurst, die getrocknet, geräuchert oder sonstwie präpariert wird, um sie haltbar zu machen. *Wurstgrole* sind für *Grole* ziemlich klein, im Durchmesser wie mein Oberschenkel und etwa mannshoch. Trotz ihrer geringen Größe besitzen sie ein beeindruckendes Gebiß, und Grolzüchter erzählen schreckliche Geschichten über Leute, die versehentlich zusammen mit *Grolen* ohne Maulkorb in einer Nuß eingeschlossen waren. Am Straßenrand häuften sich Berge abgesägter Nußschalen, ineinandergestülpt wie viele große Schüsseln. Ich fragte einen der Nußsäger, welche Verwendung man für diese seltsam geformten Stapel hätte.

»Ja, wißt Ihr, Spieler, die werden zur Teufelsgabel gebracht, dann flußaufwärts zum Ende der Ostgabel des Reave, dann den Berg hoch zu den unteren Ausläufern des Langwasser und von dort aus zur Gleißenden See. Hier bei uns wachsen die besten Bootnüsse,

Ich stimmte ihm zu, daß das wohl so sei.

»Ich bin seit dreißig Jahren diese Straße hier zwischen Morgenberg und den Dschungelstäden hin- und hergereist, von Jugend auf. Immer sah ich diesen Berggrat, jedesmal, wenn ich vorbeikam. Sah diese alten knochenartigen Gebilde. Eines Tages, als ich mir mit der Reise nach Süden Zeit lassen konnte und wir zu dem Engpaß kamen, den man ›Tor des Windes‹ nennt, sagte ich, also Leute, wir biegen hier einfach ab und fahren diesen Paß hoch. Mal sehen, was wir dort finden.«

Er schien für diese Entscheidung eine Art Gratulation zu erwarten, und ich kam seinem Wunsch mit einem neuen Glas und einem Schwall bewundernder Worte für seine Tollkühnheit nach.

»Es gibt eine Art Straße dort, Spieler. Kein Problem für Fuhrwerke, wenn man von ein paar herabgestürzten Steinen absieht, die man beiseite räumen muß, die aber meist nur klein sind. Wir fuhren und räumten und fuhren und räumten, und dann ging's aufwärts. Ich kann euch sagen, Spieler, am Ende des Engpasses geht's so steil rauf wie auf einer Rampe. Als ob da früher eine richtige Straße gewesen wäre. Man meint, es gäbe nur Geröll und Steinschlag, lose und rutschig, aber das stimmt nicht. Der Untergrund ist hart und sicher, als ob ihn jemand dorthingeschafft und zu etwas Festem zusammengeschmolzen hätte.

Wir wollten die Gespanne nicht ermüden, und so ließen wir sie am Fuß der Rampe zurück – und ein paar von den Jungs und ich stiegen hoch. Dorthin, wo diese Knochen liegen, und das war was! Unglaublich, sage ich euch nur, unglaublich! Ihr müßt es mit eigenen Augen sehen, aus der Nähe, und dann ist es noch unglaublicher. Vom Wind geschnitzt, wie sie sagen, und dem kann man schlecht widersprechen. Wir schauten uns natürlich um, aber dort ist nichts. Nichts außer felsiger Einöde, Dornengestrüpp und Teufelsspeer. Flach, felsig und darauf die Knochen. Das ist alles. Dann hörten wir, nicht weit entfernt, dieses krächzende Geräusch, das *Krylobos* ausstoßen, und ein Röhren wie Steinschlag, und einer meiner alten, erfahrenen Jungs sagte *Gnarlibare.* Wir hatten bis dahin noch nie einen gesehen, aber davon gehört. Keiner von uns beabsichtigte abzuwarten, bis dort ein Vierergespann von ihnen auftauchte, also machten wir uns rasch von dannen.«

»Was habt Ihr über *Gnarlibare* gehört?« fragte ich. Vielleicht konnte ich nun wenigstens herausfinden, wie die Viecher aussahen.

»Groß«, erwiderte er. »Und von üblem Temperament. Breite, geduckte Biester. Sie greifen zu viert an, von allen Seiten. Sie jagen immer zu viert, einen einzelnen *Gnarlibar* gibt's nicht. Kommt schon vom Mutterleib her. Man erzählte mir, sie würden als Vierergespann geboren, Zwillinge von jedem der beiden Weibchen in einem Pack, und somit wären alle miteinander verwandt. Vielleicht nur Rederei, was weiß ich. Wir haben nicht abgewartet, um es herauszufinden.« Und er lachte über die Grenzen seiner Neugierde, mit der er so geprahlt hatte.

Ich dankte ihm höflich und ging. Inzwischen war niemand mehr auf der Straße, und die Lagerfeuer, die sich einsam gegen die finsteren Berge abhoben, wiesen mir den Weg zu unserem eigenen Lager. Als ich ankam, war alles ruhig. Seidenhand unterhielt sich angeregt mit Queynt. Ich fragte sie nach Jinian, und sie sagte, Jinian sei kurz nach mir weggeritten, weil ihr jemand eine Nachricht von ihrem Bruder Mendost überbracht hätte. Ich begab mich zu dem anderen Feuer hinüber, wo sich Chance über seinen Kochtopf beugte, um eine Schüssel mit Essen für mich zu füllen.

»Na, Bursche, alles zu deiner Zufriedenheit verlaufen? Hat ein scharfäugiger Händler dir die Wahrheit über unsere Reise erzählt?«

Es führte zunächst dazu, daß ich ihn ausgiebig mit *Gnarlibaren* und seinem früheren Wunsch, ich möge mich in ein solches Geschöpf verwandeln, aufzog. »Sie treten zu viert auf«, sagte ich. »Hätte ich mich in ein einzelnes Tier verwandelt, wärst du auf einer Abartigkeit geritten. Deine Witwe hätte dich wegen Unwissenheit fallengelassen.«

»Ach, Peter, du hast ja gesagt, es sei ein breites, geduckt gebautes Tier, darum ist es gut, daß du es nicht getan hat. Es gibt eine Menge großer, würdevoller Biester, die nicht so viel Gesellschaft brauchen.«

Ich kaute und schluckte und schaute über unser Feuer zu dem hinüber, an dem Seidenhand saß und in dessen Schein König Kelver gerade ritt, von seinem Auftrag zurückgekehrt. Sein Gesicht wirkte fahl und trübe, als ob ihn während seiner Abwesenheit plötzlich eine Krankheit befallen oder er übermäßig getrunken hätte. Chance bemerkte es ebenfalls.

»Na, der sieht ja nicht gerade frisch aus, oder?«

»Im Gegenteil«, sagte ich. »Was mag wohl der Grund dafür sein?« Und dann, auf Jinians Abwesenheit ansprechend: »Ich frage mich, wo Jinian eigentlich bleibt.«

Chance versetzte sich einen kräftigen Schlag vor die Stirn und angelte in seiner Tasche nach einem versiegelten Umschlag. »Donnerschlag auch! Das habe ich bei dem ganzen Gerede über *Gnarlibare* ja ganz vergessen. Jinian hat dir diese Nachricht hinterlassen und mir aufgetragen, sie dir zu geben, sobald du zurückkämst.«

»Chance! Ich sitze bereits eine geschlagene Stunde hier!«

»Erinnere dich mal, wie du dich aufgeregt hast, als ich neulich eine Nachricht an dich öffnete! Diesmal habe ich es mir verkniffen. Was ich nicht weiß, macht mich nicht heiß, stimmt's?« Er klang ausgesprochen rechthaberisch, und ich wußte, daß er sich über sich selbst ärgerte.

Wozu er auch allen Grund hatte. In der Nachricht stand: *Peter, falls ich nicht zurückkehre, dann deshalb, weil ich nicht in der Lage dazu bin. Es mag völlig verrückt sein, was ich hier tue, aber ich muß es tun. Sag Kelver nichts davon. Versuch mich zu finden, und zwar rasch. Sonst könnte ich tot sein.*

Einen Augenblick lang begriff ich überhaupt nichts, dann dämmerte es mir, und ich fuhr Chance an: »Welchen Weg schlug sie ein? Sag schon! Welchen Weg?«

»Welchen Weg? Darauf habe ich doch nicht geachtet, Junge! Es kam jemand und sagte, Waffenträger Mendost schicke ihn, und sie solle mit ihm, dem Überbringer der Nachricht, mitkommen. Obwohl das ja eigentlich keinen Sinn ergibt.«

Damit hatte er recht. Würde Jinians Bruder Mendost eine Nachricht gesandt haben, hätte sie diese hier im Lager erhalten. Es hätte keinen Grund gegeben, deshalb irgendwohin zu reiten. »Das war eine Falle, eine Finte«, zischte ich. »Vielleicht stirbt sie in eben dieser Sekunde. Hat sie jemand wegreiten sehen?«

»Sie haben nicht mehr darauf geachtet als ich, Peter. Sie unterhielten sich, Seidenhand, Queynt, die Drachen.«

»Der König nicht?«

»Nein. Er war bereits fort.«

Ich war außer mir, ohne mich zu fragen, weshalb, ohne zu fragen, warum mein Herz raste und mein Mund wie ausgedörrt war. Die Angst um Jinian überfiel mich mit unbändiger Macht, und ich dachte gar nicht daran, daß eine Zauberin eigentlich in der Lage sein müßte, auf sich selbst achtzugeben.

Es war finsterste Nacht. Niemand konnte in dieser

Dunkelheit eine Spur verfolgen, und doch hatte sie gesagt: »Finde mich rasch.« Mir war rätselhaft, wie ich sie überhaupt finden sollte. »Wie bloß?« drängte ich Chance. »Ich muß sie finden.«

»Ein *Fustigar*«, schlug Chance vor. »Auf Spurensuche?«

Nie zuvor hatte ich versucht, einer Geruchsspur zu folgen und war mir nicht sicher, ob ich es konnte. *Fustigare* jagten mehr mit dem Auge. Ich schüttelte den Kopf, während meine Gedanken rasten. Konnte ich die Spielfiguren von Barish verwenden?

»Didir nicht«, murmelte ich laut. »Niemand weiß, wo Jinian ist. Sie hat absichtlich alle in die Irre geführt. Tamor auch nicht. Bleibt also …« Während ich sprach, wühlte ich die Figuren durch. Hier waren genügend Talente vorhanden, um die Welt aus den Angeln zu heben, wenn man bloß wußte, was man wollte. Doch ich wußte nicht wo, wie oder was …

»Wenn ich bloß gesehen hätte, welchen Weg sie einschlug«, jammerte Chance. »Wenn ich es bloß gesehen hätte.«

Wenn er es gesehen hätte. Wenn ich es SEHEN könnte. Ich hielt nicht viel vom SEHEN. Im besten Fall schien es mir unzuverlässig, im schlechtesten hohles Geschwätz. Ich hatte Sorah noch nie gerufen, doch hatte ich jetzt eine andere Wahl? Ich konnte sie mit den Fingern nicht finden und leerte deshalb den Beutel im Feuerschein auf dem Boden aus, klaubte aber, noch ehe Chance die blaue Figur zwischen den schwarzen und weißen sehen konnte, den Inhalt hastig wieder zusammen. Da war Sorah, ganz zuunterst, eine kleine Figur mit Kapuze, winzige Falterflügel auf ihrer Maske eingraviert. Zum ersten Mal wunderte ich mich darüber, weshalb die Maschine angekleidete Spieler fabriziert hatte, wo doch die Körper, wie ich nur zu gut wußte, meistens nackt auf der Maschine lagen. Die

Frage war müßig, und ich verwarf sie sofort. Statt dessen nahm ich Sorah in die Hand und schloß meine Augen, um sie zu rufen.

Zuerst fühlte ich nichts. Dann stieg eine Art Kälte hoch, als flösse Ruhe meinen Arm entlang in meinen Kopf und dann wieder hinaus. Ich glaubte eine Stimme zu hören, wie die Stimme einer Mutter, die ein aufgeregtes Kind beruhigt oder wie die eines Jägers, der mit einem verletzten *Fustigar* spricht. Ich spürte, wie sie dastand, die Arme an den Seiten herabhängend, den Kopf zurückgelehnt, und mit blinden Augen forschend in eine andere Zeit und an einen anderen Ort starrte.

»Was ist sie?« fragte die Stimme. »Denk für mich nach. Was ist sie? Wer ist sie?«

Die Bilder überschlugen sich. Jinian, im Fluß stehend, wie sie sich Wasser über den Kopf goß, das Gesicht erhitzt von Sonne und Gelächter. Jinian, im ernsthaften Gespräch mit mir auf dem Kutschbock, die mir Dinge erläuterte, die ich mir zuvor niemals überlegt hatte. Jinian, ärgerlich und frostig, die sich im Türrahmen umwandte, um mich anzuweisen. Jinian über ein Buch gebeugt; Jinian, die an meiner Seite den riesigen *Grol* berührte; Jinian ...

In mir drinnen drehte sich Sorah, beugte sich und reichte noch einmal nach außen. Durch meine Adern rann Beschwörung. Ein Netz von Fragen wurde zu den Sternen hochgeworfen. Glitzernde Tropfen fingen sich daran, sammelten sich an den Knoten und verwandelten sich in Regen. Ein Befehl, der hinausschallte. »Welt! Zeig mir dies!« Jinian als etwas Zusammengesetztes, ein Puzzle, ein Edelstein, in dem sich Licht bricht.

Und ich SAH. Jinian, die von zwei Männern festgehalten wurde. Dunkelheit. Schwer zu erkennen. Sie befanden sich neben einer Erdnuß, zogen den Pflock heraus und schoben Jinian in die Öffnung. Ich konnte das mahlende Geräusch der *Grole* drinnen hören.

Wo? Hoch im Westen, bei den ›Knochen des Windes‹, blinkte ein heller Stern in einer Rippenwölbung, schwächere Sterne rechts und links davon, darüber die hohe, schroffe Kante eines Felsenkliffs. Um mich herum verstreut nur kleine Erdnußhügel, Steine, Ödnis …

Die Vision war vorüber, Sorah verschwunden. Ich zerrte Chance zu den Pferden, und wir stiegen auf und ritten fort. Niemand rief hinter uns her und wollte wissen, wohin wir gingen. Das war auch gut so. Ich hätte nämlich nicht antworten können. Ich brachte kaum die Worte heraus, um Chance zu erklären, wonach er Ausschau halten sollte, während ich meine Wandleraugen schärfte um den Berggrat abzusuchen, der sich dunkel vor dem Sternenhimmel abhob. »Nördlich«, zischte ich. Wir ritten in rasendem Galopp durch die Nacht, die Pferde stolpernd und vor Dingen scheuend, die sie nicht sehen konnten.

Fast hätte ich die Wölbung der Knochen oben auf der Höhe übersehen. Sie waren kleiner als in der Vision und sahen ein bißchen anders aus, weil ich sie nun von der Seite sah. Außerdem standen die Sterne tiefer, doch es waren zweifelsohne dieselben. Ein heller, mit zwei schwächeren daneben. Wir verlangsamten den Ritt und arbeiteten uns weiter nach Norden vor. Die Nußgärten um uns herum hatten trockenerem Land Platz gemacht, die Pflanzen selbst wuchsen spärlicher, verstreut, seltsam mißgeformt. Als ich zu der richtigen kam, hätte ich sie fast übersehen, bis mir der Pflock auffiel. Nur diese Pflanze hatte einen geschlitzten Pflock.

Mit donnernden Hufen galoppierten wir hin, sprangen noch während des Rittes vom Pferd und begannen sofort, gegen den Pflock zu hämmern, bis mir die

Klauen von *Pombis* einfielen und ich mich rasch in einen verwandelte. Dann löste sich der Pflock, und ich lehnte mich in die feuchte, nach Nüssen riechende Finsternis hinab und rief: »Jinian! Jinian!«

Eine Antwort war zu hören, rauh und so flüchtig wie ein Atemzug. Wir wollten in den Gang hineinklettern, aber ich hörte das Mahlen der *Grole*. Sie kümmerte es nicht, was sie aßen. Sie liebten den Geschmack von Knochen. Ich stieß Chance beiseite. »Bleib draußen«, flüsterte ich grimmig. »Bleib, wo du bist! Rufe aber weiter nach ihr. Ich muß sie hören, damit ich zu ihr finden kann.« Dann kroch ich in den Hügel, der von Grolgängen durchtunnelt war wie die Innenseite eines riesigen Käses, und WANDELTE mich.

Wollt Ihr unbedingt wissen, wie es ist, ein *Wurstgrol* zu sein? Es ist unersättlicher Hunger, verbunden mit einer unaufhörlichen Zufuhr an Nahrung. Es ist glückliches Mahlen, das dem Kratzen an einer nicht allzu unangenehm juckenden Stelle gleicht. Ich begann als undeutliches Grolwesen. Als ich aber gleich darauf einen *Nußgrol* traf, glitt mein langer, pulsierender Körper in einer angenehm sinnlichen Umarmung über diesen Kameraden, umschlang ihn, halb spielerisch, halb tanzend, und kurz darauf glich ich weitaus mehr einem *Wurstgrol* als zuvor. Ich hörte von irgendwo her ein Rufen, dem ein anderes antwortete. Es war mir gleichgültig. Nichts kümmerte mich mehr außer Essen und Tanzen.

Wahrscheinlich befand sich tief in mir noch ein Überbleibsel von Peter, das mich aus diesem zufriedenen Leben herausriß, ein Kniff vielleicht, den er in Schlaizy Noithn gelernt hatte oder die Berührung der Spieler in ihm. Nach einer kurzen Dauer dieser himmlischen Existenz jedenfalls setzte sich dieser *Grol,* der ich war, mit zweckgerichtetem Schmatzen in Bewegung, in Richtung des Rufes innerhalb der Nuß. *Grole* besitzen keine Augen, was ich sehr bedauerte. Es gab kein Licht. Das bedauerte ich ebenfalls und stellte eine Art phosphorezierendes Licht auf meiner Hautoberfläche her. Schließlich entdeckte ich Jinian, hoch oben auf einem vereinzelten Berg Nußfleisch, dicht unter die Schale gekauert, während drei *Grole* ihre Stütze wegnagten. Wäre es hell genug gewesen, hätte sie ihnen vielleicht entkommen können, doch bei dieser Dunkelheit? Ich bezweifelte es.

Jinian war also oben auf der Säule, Peter in phosphorezierender Pracht unten. Und wie weiter? Sie löste das Problem, indem sie sich halb fallend, halb über die protestierenden Körper trampelnd, auf meinen Rücken plumpsen ließ, wo ich rasch ein Paar Griffe und einen kleinen Schutzschild für sie wachsen ließ. Das war nicht schwierig, und ich beglückwünschte mich zu der Idee. In kriechender, windender Manier suchten wir den Ausgang, und als wir aus der Schale glitten, war ich noch nicht ganz voll mit Nußfleisch. Ich gab Masse ab, um wieder Peter zu werden. Sie blieb hinter mir liegen, dampfend in der kühlen Nachtluft, und ich fragte mich, was die Grolzüchter am nächsten Morgen davon halten würden.

Dann erst merkte ich, daß Jinian weinte. Ich legte meine Arme um sie und sie zitterte, an meine Nacktheit geschmiegt, beruhigte sich jedoch langsam, während ich mir Kleider wachsen ließ. Ich gab sie nicht frei, sondern stand einfach nur in einer grolähnlichen dumpfen Ruhe da, strich Jinian übers Haar und murmelte Tröstendes wie zu einem kleinen Tier oder einem Säugling.

»Ich hatte solche Angst«, sagte sie. »Es war so dunkel, und ich fürchtete, du kämst nicht. Ich fürchtete, du könntest nicht zeitig genug kommen.«

Ich warf Chance einen Blick zu, der ihm bis ins Mark gehen mußte, und er hatte den Anstand, murmelnd zuzugeben, daß es seine Schuld war. Ich erzählte Jinian, daß ich Sorah benutzt hatte.

»Ich wußte, daß du etwas unternehmen würdest«, sagte sie. »Ich wußte, daß du mich finden würdest, weil du klug bist, Peter, auch wenn es dir meistens selbst nicht so vorkommt. Doch als die Zeit verstrich und nichts geschah, bekam ich fürchterliche Angst.« Worauf wir einander sinnlose Trostworte zuflüsterten und uns nicht bewegten, bis sich Chance entschieden räusperte.

»So weit, so gut, ihr beiden Hübschen. Obwohl ja alles gut ausgegangen ist, Jinian, wissen wir nicht, wer euch hierhergebracht hat, stimmt's? Und auch nicht warum. Was also nun? Werden sie zurückkehren, um nachzusehen, ob aus euch Wurst geworden ist oder nicht?«

Jinian trat einen Schritt zurück und erzeugte dabei einen kalten Fleck an der Stelle, wo eben noch schmiegsame Wärme gewesen war. »Besser wäre, sie würden mich für tot halten, Chance. Wir müssen einen Platz finden, wo ich mich verstecken kann. Vielleicht Queynts altes Fuhrwerk... Diejenigen, die mich fingen, sollten glauben, Erfolg gehabt zu haben, wenigstens solange, bis wir herausgefunden haben, was vor sich geht!« Und sie wies uns an, den Pflock wieder so hineinzustecken, wie er vorher gewesen war, die von den Klauen zerkratzte Stelle nach unten.

Während wir zurückritten, erzählte sie uns die Einzelheiten. »Ich sah König Kelver das Lager verlassen, und etwas kam mir dabei komisch vor – an der Art, wie er oder die Männer, die bei ihm waren, blickten –, irgend etwas. Vielleicht war es dumm von mir, aber ich beschloß, ihm zu folgen. Schließlich bin ich Kelver ja versprochen – obwohl er möglicherweise gar keinen großen Wert mehr auf dieses Versprechen legt. Ich folgte eine Zeitlang, verlor die Gruppe dann aber. Ich suchte herum, da und dort, und wurde dabei wahrscheinlich gesehen. Schließlich gab ich auf und kehrte zum Lager zurück.

Ungefähr eine Stunde später erschien ein Mann und behauptete, er sei von Waffenträger Mendost geschickt und überbringe eine wichtige Nachricht über König Kelver, die ich unbedingt hören müsse. Ich wußte sofort, daß er log. Mendost sendet zwar Boten, aber immer nur Herolde, Botschafter oder andere, die in vollem Putz auftreten. Anders läßt es sein Stolz gar nicht zu.

Allerdings dachte ich, daß auch Lügen zur Wahrheit führen können, wenn man sie als solche erkennt, und eine Lüge kann auch ein Spiel einleiten, genauso wie Wahrheiten. Ich hinterließ also Chance eine Nachricht und ritt mit dem Mann mit. Ganz in der Nähe hatte sich ein weiterer versteckt, und die beiden nahmen mich gefangen und würden mich an die *Grole* verfüttert haben, wenn ihr mich nicht rechtzeitig gefunden hättet. Leider konnte ich nicht erkennen, um welche Art Spieler es sich handelte.«

»Und all das nur, weil du König Kelver gefolgt bist?« fragte ich. Es schien mir kein ausreichender Grund zu sein.

»Aus keinem anderen Grund«, entgegnete Jinian. »Da braut sich etwas zusammen, Peter, und wer immer es ist, der da SPIELT, er möchte nicht, daß jemand anders davon erfährt. Ich muß mich also verstecken, und du mußt herausfinden, was vor sich geht.«

Sie hatte vor, sich in Queynts Fuhrwerk zu verbergen. Ich traute dem Mann nicht. Wir stritten darüber. Sie gewann. Sie dachte, sie könnte sich sogar vor Seidenhand verstecken, obwohl Seidenhand den ganzen Tag auf dem Kutschbock verbrachte. Nun denn, was konnte ich schon machen? Wir versteckten sie in einem Gebüsch nahe des Lagers, und Chance und ich legten uns schlafen. In der Morgendämmerung näherte ich mich Queynt und versuchte ihn so leise, wie es bei einem Mann seines Naturells möglich war, beiseitezunehmen.

»Meinen Rat wollt Ihr, junger Herr? Oh, ich fühle mich geehrt, daß ein stolzer junger Spieler wie Ihr – denn Stolz geht doch immer mit Vornehmheit und Können einher, oder? – für solch einen alten, weitgereisten Burschen wie mich Verwendung hat. Ich habe schon oft Ratschläge erteilt. Tips gegeben. Doch meistens nimmt ja keiner das eine oder andere wirklich ernst. Ihr würdet Euch wundern, wenn Ihr wüßtet, wie selten Worte auf fruchtbaren Boden fallen. Jedenfalls, ich bin entzückt, Euch helfen zu dürfen und müßte lügen, wenn ich falsche, verlogene Bescheidenheit heuchelte ...«

»Queynt«, sagte ich eindringlich, »laßt diesen Unsinn und hört zu.« Sein Kiefer fiel herab, aber ich bemerkte ein humorvolles Funkeln in seinen Augen. Es verschwand, als ich ihm erzählte, daß man versucht hatte, Jinian umzubringen, daß wir herausfinden wollten, wer, und daß sie sich deshalb in seinem Fuhrwerk verbergen müsse. »Es darf niemand davon wissen«, sagte ich. »Auch nicht Seidenhand. Außerdem, Queynt – es war Jinians Idee, Euch ins Vertrauen zu ziehen, nicht meine. Wenn also niemand davon weiß außer Euch, und es jemand herausfindet oder Jinian ein Leid zufügt, werde ich meine Bedenken wohl bestätigt sehen.«

Er hustete. Ich glaubte, ein Lachen verberge sich dahinter, das völlig unpassend schien, denn wir sprachen über nichts Erheiterndes. »Ich garantiere Euch, daß ich sie jeglicher Möglichkeit der Entdeckung entziehen werde, junger Herr. Das Wort von Vitior Vulpas Queynt hat denselben unschätzbaren Wert wie die sagenhaften Juwelen von Bantipora. Sagt nichts mehr. Wartet ein

Weilchen und bringt sie dann zum Lager. Ich kümmere mich darum, daß aller Augen mit etwas anderem so beschäftigt sind, daß sie unentdeckt bleibt.«

»Queynt«, entgegnete ich, »ich werde das tun, aber ich sage Euch trotzdem, Ihr redet zuviel.«

»Aber über was denn, Spieler? Fragt Euch das doch einmal. Und über was rede ich nicht?« Er lächelte mir zu und ging fort. Kurze Zeit danach ritten Kelver, Seidenhand und die Drachen weiter in Richtung Leamer. Queynt öffnete die Tür auf der Hinterseite seines Fuhrwerkes, und wir hoben Jinian hinein. Der Platz eignete sich ausgezeichnet. Es war beinahe ein kleines Haus, mit Vorrichtungen zum Essen und für persönliche Bedürfnisse. »Eine von *Techniks* entwickelte Toilette«, erklärte Queynt. »Habe ich vor langer Zeit von den Zauberkünstlern bekommen, als ich noch mit ihnen handelte.« Er begegnete meinem ungläubigen Blick mit Gleichmut. Jinian aber nahm seine Worte für bare Münze.

»Dank Euch, Queynt«, sagte sie. »Ich werde Euer Eigentum mit Respekt behandeln. Wenn ich für ein paar Tage hier drin bleiben darf, können wir vielleicht herausfinden, wer uns Übles will.« Sie reichte ihm die Hand und er beugte sich darüber, die Augen mit sardonischem Funkeln auf mich gerichtet. Ich ließ die beiden allein, in der Hoffnung, daß Jinian genügend Grips besaß, die Tür rechtzeitig zu schließen. Als Seidenhand und die anderen von ihrem Ausflug zu den Nußgärten zurückkamen, war das Fuhrwerk fest verriegelt. Seidenhand schien allerdings außer sich vor Wut. Sie kam sofort auf Chance und mich zu.

»Diese kleine Närrin! Der König hat mir erzählt, daß sie auf und davon ist! Ohne mir etwas zu sagen! Mendost könnte deswegen ein Spiel gegen mich anstrengen oder gegen das Schulhaus in Xammer. Sie hat mir nicht einmal Aufwiedersehen gesagt.«

Chance blinzelte mich an wie eine Eule und rührte weiter in seinem Kochtopf, während ich Überraschung heuchelte. »König Kelver hat dir das gesagt? Wann denn?«

»Heute morgen. Queynt schlug vor, daß wir uns vielleicht mal ansehen sollten, wie Grolwurst gemacht wird, und so ritten wir zu den Gärten. Kaum waren wir außer Hörweite des Lagers, erzählte mir der König, daß Jinian fort sei. Fort! Wie es aussieht, hat sie ihm gesagt, daß sie ihren Teil des mit Mendost ausgemachten Handels nicht mag und zu der Domäne ihres Bruder zurückkehren will.«

»Der König muß furchtbar enttäuscht sein«, antwortete ich vorsichtig. »Er sieht richtig elend aus.«

»Ja.« Seidenhand betupfte ihre Augen, aus denen Tränen quollen. »Er sieht krank aus. Ich wollte ihn anfassen, um ihm zu helfen, ihn zu HEILEN. Doch er schlug schroff meine Hand beiseite, als sei ich eine Bettlerin. Er ist äußerst zornig.«

»So, der König möchte keine Hilfe von dir.« Ich warf Chance einen langen Blick zu, den er mit langsamem, bedeutsamem Augenzwinkern beantwortete. »Ich werde dem König sagen, daß wir seine Enttäuschung teilen«, sagte ich, erhob mich und ging zu dem zweiten Lagerfeuer.

Dort verneigte ich mich vor dem König, der über seinem Frühstück saß, die große Schüssel unberührt vor sich. Ich murmelte höfliche Mitleidsbekundungen und musterte ihn die ganze Zeit über genau unter halbgesenkten Lidern. Oh, er sah tatsächlich schlimm aus. Das frische Gekräusel seines Bartes war verschwunden, die männlich harte Kontur seiner Erscheinung wirkte verschwommen, seine Lippen besaßen keinen Schwung, die Augen funkelten nur schwach. Der Mann, der vor mir saß, hätte Kelvers älterer, kränklicher Bruder sein können.

Ich kehrte zu unserem Feuer zurück, tröstete Seidenhand, so gut es ging, und wartete, bis sie Queynt auf dem Kutschbock Gesellschaft leistete, bevor ich zu Chance sagte: »Das ist nicht Kelver.«

»Wandler?« fragte er.

»Nein, das glaube ich nicht. Nur wenige Wandler können die Gestalt eines anderen Spielers annehmen. Mavin natürlich, und ich. Vielleicht die meisten aus Mavins Familie. Es ist nicht einfach, aber diejenigen von uns, die es könnten, hätten eine bessere Arbeit abgeliefert als das dort drüben.«

»Vielleicht jemand, der weniger talentiert ist als Mavins Familie, aber mehr als andere Wandler?«

»Kaum«, sagte ich. »Das sagt mir mein Instinkt. Gibt es keine andere Antwort?«

Chance nickte und kaute auf seinen Wangen wie immer, wenn er ernsthaft nachdachte. »Ha, Bursche! Es gibt noch einen anderen Weg, wie man es recht gut bewerkstelligen kann! Gefällt mir aber viel weniger wie Wandeln, soviel kann ich dir sagen.«

»Ach? Laß mich nicht raten wie ein kleines Kind, Chance. Was ist es?«

»Spiegelmänner«, sagte er. »Noch niemals hat ein Spiegelmann etwas aus ehrenhaften Gründen getan. Wo immer du auch Spiegelmänner triffst, folgt ihnen Schlechtigkeit auf dem Fuß, Schlechtigkeit und verdecktes Spiel, üble Machenschaften, Regelverletzungen. Spiegelmänner sind nun einmal so.«

Fieberhaft kramte ich in meinem Gedächtnis danach, was ich in der Schule über Spiegelmänner gelesen hatte. Es war nur wenig. Trotzdem ...

»König Kelver muß hier in der Nähe sein und unverletzt«, sagte ich. »Sie müssen sein Abbild ungefähr jeden Tag erneuern, also dürfen sie ihm kein Leid zufügen oder ihn sehr weit fortbringen.«

»Das stimmt zwar«, sagte Chance, »aber nur wenn

du unter unverletzt Verstümmelung oder permanenten Schaden verstehst. Um zu verhindern, daß er seine Betörung gegen sie benutzt, müssen sie aber irgend etwas mit ihm angestellt haben. Schließlich ist er ein König. Auch wenn er sich nicht bestens fühlt, wird er doch noch eine recht passable Reflektion abgeben. Soviel laß dir gesagt sein.«

»Es muß sich zum zwei Spiegelmänner handeln«, sagte ich. Langsam kehrten meine Erinnerungen zurück.

»Ja«, stimmte Chance zu. »Einer, der das Abbild nimmt, das spiegelverkehrt ist, ein zweiter, der die Reflektion des ersten auffängt, das dann richtig aussieht. Deshalb ist es auch etwas verschwommen. Es sieht einfach nie so aus wie die Wirklichkeit. Wo immer aber Kelver jetzt auch ist, es kann nicht weit von hier sein.«

Also beschlossen wir beide, König Kelver ausfindig zu machen, sobald es wieder dunkel sein würde. Da wir die ganze vergangene Nacht wachgeblieben waren, schliefen wir jetzt den ganzen Tag über im Sattel, immer wieder aus dem Schlaf hochschreckend und erneut einnickend, während wir Leamer hinter uns ließen und schließlich zu der Gabelung kamen, von der aus wir nach Südwesten zurückblicken, den hochansteigenden Engpaß im Hochland sehen und den warmen Hauch des Windes, der von dort kam, auf unseren Gesichtern spüren konnten. »Das ›Tor des Windes‹«, sagte Chance.

»Das ›Tor des Windes‹«, rief Queynt vom Kutschbock herüber. »Ein großartiger, einmaliger Anblick, meine Herren, werte Heilerin, dort oben, wo das Hochland langsam in die Ebene übergeht und der Wind denselben Weg nimmt. Oh, wie viele Geschichten könnte ein Reisender vom ›Tor des Windes‹ erzählen, wie viele Legenden weben sich um diesen Ort! Seht nur, wie Yittleby und Yattleby ausholen, wie sie sich freuen, ihre Verwandten dort oben wiederzutreffen! Ihr werdet erstaunt sein, Heilerin, liebe Herren, über die Wunder, die Euch erwarten.«

Es gab eigentlich keinen Grund mehr für König Kelver, uns zu begleiten, jetzt, da Jinian fort war. Ein kleiner boshafter Geist trieb mich dazu, ihn Rechenschaft über seine Anwesenheit abgeben zu lassen.

»Es war außerordentlich freundlich von euch, König, uns so weit auf unserer Reise zu begleiten! Wir wissen natürlich, daß diese Freundlichkeit vor allem unserer jungen Jinian galt, die Euch ja versprochen war, und vielleicht zögert Ihr einfach, diese Freundlichkeit uns gegenüber aufzugeben, jetzt, da Jinian fort ist. Ich möchte jedenfalls nicht versäumen, unser aller Dank auszudrücken und unsere Bereitwilligkeit, Euch von Eurer Verpflichtung uns gegenüber zu entbinden. Wirklich, hoher Herr, Ihr habt genug für uns getan und mehr, als jeder hätte erwarten dürfen.« So, dachte ich. Das ist queyntischer, als Queynt selbst es gekonnt hätte. Finde eine Antwort darauf, Spiegelmann.

Er räusperte sich und hüstelte herum, was mich an die Art erinnerte, wie Rätsel herumgezappelt hatte, als ich ihn auf die gleiche Weise in die Enge trieb. »Aber wo denkt Ihr hin, Spieler«, brachte er schließlich heraus, »die Neugierde treibt mich vorwärts. Jetzt, da ich bereits so weit gekommen bin, will ich nicht nach Hause zurückkehren, ohne das Hochland gesehen zu haben.« Und er schenkte mir ein schiefes, verlogenes Lächeln, das ich ebenso verlogen zurückgab. Der Teufel sollte ihn holen.

Als wir in den Engpaß einbogen, bat mich Chance, mit meinen Wandleraugen aufzupasssen, was hinter uns passierte. »Sie werden den echten König hierherbringen«, sagte er. »Sie müssen dazu diesen Weg benutzen. Es ist die einzige Möglichkeit, falls sie nicht fliegen möchten. Schau dich also nach Staubwolken um. Daran werden wir erkennen, wie weit entfernt sie sind.«

Wir waren schon mehrere Stunden unterwegs, bevor ich etwas entdeckte, weit hinter uns an der Abzweigung. Wäre das Land hinter uns nicht abschüssig gewesen, hätte ich es nicht entdeckt, aber so konnte ich die ganze Strecke, die wir gekommen waren, beobachten. Allerdings bedurfte es dazu Wandleraugen. Ich machte nicht viel Aufhebens um meine Entdeckung. Es reichte, daß wir wußten, daß sich der König ein paar Stunden hinter uns auf der Straße befand, eine Entfernung, die sich zweifellos im Schutz der Dunkelheit verringern würde.

Als der Abend kam, entfachten wir also wieder unsere getrennten Feuer, und Chance und ich machten viel Wirbel um unsere Erschöpfung und darum, daß wir die Nacht davor aus Sorge um Jinian kein Auge zugetan hätten und daß wir uns deshalb früh unter unsere Decken begeben würden. Ich stellte ein überzeugendes Bündel aus denselben her und schlüpfte in die Dunkelheit. Hinter mir plauderte Chance mit meinen Decken. Unentdeckt vom Feuerschein, verwandelte ich mich in einen *Fustigar* und brachte auf Pfoten Meile um Meile hinter mich. Nur eine einzige Sache hatte ich dabei, die ich meines Erachtens benötigte.

Es war nicht schwierig, sie zu finden. Sie waren zu zweit und hatten ein geschlossenes Fuhrwerk dabei, nicht unähnlich dem, das Queynt besaß. Der eine war ein Portierer, der wegen der Kälte seinen Umhang eng über sein dichtes Federgewand gezogen hatte. Der andere war wirklich ein Spiegelmann, ausstaffiert mit dem Gewand eines Königs und einem mit Federn geschmückten Hut, wie Kelver ihn trug.

Der Waggon war verschlossen. Ich war mir sicher, daß sich der König darin befand. Alles, was ich wissen mußte, würde ich von dem zweiten Spiegelmann, dem falschen Kelver, erfahren, der bald zu seinen Verbündeten zurückkehren mußte. Ich lag hinter einem Felsen und beobachtete, wie die beiden aßen und tranken, rülpsten und sich kratzten. Endlich erschien der falsche Kelver, ritt aus der Dunkelheit ins Licht, und sie schlossen den Waggon auf. Ich sah, wo sie den Schlüssel versteckt hatten und kroch dicht heran, um durch einen Spalt in der Tür zu spähen. Der echte König lag gefesselt und geknebelt auf einer Pritsche. Als sie den Knebel aus seinem Mund zogen, schwankte er, offenbar betäubt. Er konnte sich nicht genug aufrappeln, um wütend zu sein, sondern murmelte nur:

»Wie unehrenhaft! Euer Spiel ist unehrenhaft! Wer SPIELT gegen mich?«

Einer der Spiegelmänner schlug ihm mit dem Stock, den er bei sich hatte, hart gegen die Beine. »Still, König. Unser Herr schert sich nicht um deine Ehre oder Unehre, um Regeln oder Verbote. Vielleicht kommst du mit dem Leben davon, wenn du uns keine Schwierigkeiten machst. Ansonsten verlierst du dein Leben ganz gewiß im Höllenschlund.«

Ich hatte das Wort ›Höllenschlund‹ ein oder zweimal aus Mertyns und Mavins Mund gehört – und jedesmal mit tiefem Abscheu und Widerwillen. Ich kniete dicht am Türspalt, damit mir kein Wort entging.

»Höllenschlund«, murmelte der König. »Was hat der Höllenschlund mit mir zu tun?«

»Der Höllenschlund hat etwas mit der Welt zu tun«, sagte der Portierer. »Huld, unser Meister, wird seine Herrschaft über den Höllenschlund zur Herrschaft über die ganze Welt werden lassen. Du bist in der Welt. Also bist du in seinem Spiel. Schweig jetzt.«

Der erste Spiegelmann setzte sich vor den echten König und schaute ihn lange, lange an. Ich sah, wie sein Fleisch waberte, sich veränderte. Als er sich umwandte, hatte er des Königs Gesicht, aber seitenverkehrt und fremdartig. Nun starrte der zweite Spiegelmann, der falsche König, den ersten an, und sein Fleisch verwandelte sich leicht am Kiefer und um die Augen herum. Was ein verschwommenes, kränkliches Bild gewesen war, wurde langsam genauer, ähnelte König Kelver mehr. Obwohl alle, die den König oberflächlich kannten, dieses Gesicht erkannt haben würden, weil sie annahmen, der König sei krank, war es doch kein Gesicht, das gute Freunde überzeugen konnte. Sie knebelten Kelver wieder und ließen ihn allein. Ich sah, wo sie den Schlüssel hintaten.

Das Gespräch drehte sich nun um den Höllenschlund. Ich hörte Dinge, auf die ich gern verzichtet hätte, über Laggy Nicker und Prionde, über viele mächtige Prinzen aus dem Norden. Ich hörte von den Knochengruben und den Kellern, den Verließen und den bodenlos tiefen Löchern. Über all das sprachen die drei mit viel Behagen, grad als ob sie eine besondere Belohnung versprochen bekommen hätten, wenn der endgültige Tag kam. Schließlich blitzte sich der Portierer hinweg, war kurz verschwunden und tauchte dann wieder auf. Der falsche König erhielt noch einige Anweisungen. Er sollte dem Portierer melden, wenn Peter die Reisegruppe verließ oder wenn etwas Wichtiges gefunden wurde. Der Spiegelmann sattelte auf und ritt fort, zu dem Lager zurück, das er Stunden zuvor verlassen hatte. Erst dann verfolgte ich ihn, um ihn in der Dunkelheit unerwartet zu stellen. Wenn ein Spiegelmann einen *Pombi* trifft, gibt es keinen Wettstreit zwischen ihnen. Der *Pombi* gewinnt immer.

Daraufhin kehrte ich in das Lager der Spiegelmänner zurück, den falschen König im Schlepptau, gehorsam durch die kleine Kappe, die ich mitgebracht hatte. »*Du* bist König Kelver«, hatte ich zu ihm gesagt. »Der echte König Kelver. Du wirst auf keine andere Stimme hören als auf die meine. Du wirst still und betäubt in dem Wagen liegen. Du wirst überhaupt nichts sagen. Du bist der echte König Kelver, und du hörst keine andere Stimme als die meine.« Dann legte ich ihn hinter einen Felsen, um zu warten, bis die zwei anderen sich in den Schlaf getrunken hatten.

Nun mußte ich nur noch ganz leise den Schlüssel nehmen, den Wagen öffnen, den König losbinden und sein Murmeln stoppen. »Scht! Still jetzt oder ich lasse Euch hier, gebunden wie ein Zeller für den Spieß!« Worauf er nachgab, aber immer noch ohnmächtigen Zorn in seinen Bart träufelnd. Ich legte den falschen Kelver an seinen Platz und befestigte die Kappe fest unter dem Federhut, den der König trug. Bevor wir gingen, erneuerte ich meine Befehle noch einmal. Ich beabsichtigte, die nächste Nacht wiederzukommen, wenn es möglich wäre, um ihm die Kappe abzusetzen, bevor er in den gleichen stumpfsinnig leeren Zustand geriet wie der Oberexaminierer in Xammer.

Als wir den anstrengenden Weg zum Lager zurückgelegt hatten, war die Nacht schon so fortgeschritten, daß man das Morgengrauen ahnen konnte. Ich schleppte Kelver geradewegs zu Seidenhand und erzählte ihr die ganze Geschichte, worauf es nur eine kleine Weile dauerte, bis sie das Gift aus seinem Körper gezogen hatte und er vor sich hinschimpfend am Feuer saß, wütend wie ein *Grol* mit einem Maulkorb.

»Der Portierer wird uns wahrscheinlich beobachten«, sagte ich. »Wir müssen irgendwie verhindern, daß sie unser Spiel durchschauen.«

»Sie werden es auf jeden Fall durchschauen«, erwiderte der König. »Nämlich wenn ich morgen nicht zurückkehre, um ein neues Abbild zu nehmen.«

»Blödsinn«, fuhr ich ihn an. »Natürlich werdet Ihr zurückkehren. Sie werden einen Spiegelmann erwarten, der wie der König aussieht, und Ihr werdet wie der König aussehen. Wenn Ihr nicht geht, muß ich es tun, und dann gibt es bald entschieden zu viele Kelvers hier in dieser Gruppe.« Er schluckte schwer an diesem Brocken, und so gab ich ihm noch mehr Gründe. »Der falsche Kelver wird einfach dort liegen und glauben, er wäre echt. Der andere Spiegelmann wird das tun, was Spiegelmänner immer tun, nicht mehr und nicht weniger. Ihr könnt doch sicher genügend Betörung anwenden, damit sie keinen Verdacht schöpfen? Damit die Informationen, die wir wünschen, zum Höllenschlund gelangen? Wenn aus keinem anderen Grund, dann tut es wenigstens um Jinians Willen, wegen dem, was sie ihr fast angetan hätten.«

Ich war wütend, daß er über das, was Jinian beinahe zugestoßen wäre, nicht im geringsten so empört war wie ich.

Meinung einzuholen. »Ich habe zwei Drachen, die als Boten fungieren könnten. Was haltet Ihr davon?«

Ich hatte mir schon den Kopf darüber zerbrochen, ob es gut sei, Hafnor in die Hand zu nehmen und mich zur Leuchtenden Domäne zu portieren, um Hilfe zu holen. Ich war mir aber nicht ganz sicher, ob ich mich an die Gegend, in der wir uns befanden, so genau erinnerte, daß ich auch sicher zurückkehren konnte. Kelvers Angebot kam mir gelegen, und ich dankte ihm. Plötzlich sehnte ich mich richtig nach Mavin und Himaggery, mehr aber noch nach Himaggerys Heer.

»Wenn Huld zu Ohren kommt, daß wir gefunden haben, was er sucht«, sagte ich, »wird er erscheinen. Wir könnten die Suche einfach abbrechen und verschwinden. Doch Huld würde die Welt und uns früher oder später doch angreifen. Wir könnten unseren Fund geheimhalten. Doch Huld wird kommen, früher oder später. Der Portierer, der uns folgt, sagte, daß sich vor dem Höllenschlund Gruben befänden, die so tief seien, daß noch niemand ihren Grund ausgemacht hätte, bis zum Rand mit Knochen gefüllt. Huld wird kommen, und mit ihm Knochentänzer und Ghule und Prinzen aus dem Norden, die seine Ambitionen teilen. Er wird mit einer mächtigen, furchtbaren Armee erscheinen. Wenn man dieser Armee hier in der Einöde begegnen und sie besiegen könnte ...«

»Oder sie wenigstens aufhalten«, warf Jinian ein. »Vielen Menschen bliebe dadurch Leid erspart.«

»Außer uns«, sagte der König.

»Außer uns«, stimmte ich bei. »Obwohl wir also auf mächtige Verbündete hoffen, sollten wir doch zunächst nur auf uns selber bauen.«

König Kelver musterte mich eindringlich. »Welche Verbündete, Spieler? *Offiziell* habe ich noch nichts von ihnen gehört.«

Ich lief rot an und drehte mich weg. Hatte Seidenhand ihm etwas angedeutet? Hoffnungen mit ihm geteilt? Gut möglich. Hinter mir sagte Jinian: »Vielleicht gibt es gar keine, König Kelver. Wir hoffen, das ist alles.«

Er lachte, aber ausgesprochen freudlos, und murmelte etwas wie, daß nur Narren von Hoffnung lebten. Er hatte recht. Narren mochten das tun. Meine Hoffnung lag bei Mavin.

Ein scharlachroter Drache machte sich also auf den Weg nach Nordosten, mit einer breiten Feuerspur und Rauchfahnen, die auf ihn aufmerksam machten, während der zweite Drache, schiefergrau mit pechkohlenschwarzen Flügeln, unbemerkt über den Berggipfel flog, nach Süden zur Leuchtenden Domäne. Er trug eine Nachricht von mir, in der schlicht stand: ›Hilfe!‹ In der Zwischenzeit zog Jinian den Umhang des Drachen und seinen hohen Helm mit dem Federbusch über, um in dieser Kleidung neben dem Fuhrwerk herzureiten. Wenn der Portierer uns nun erblicken sollte, hatte alles seine Richtigkeit. Er sah König Kelver, Queynt, Chance; Seidenhand, einen Drachen, Peter. Jinian war verschwunden und von *Grolen* aufgefressen, und ein Drache war mit viel Feuer und Rauch zur Drachendomäne zurückgeflogen.

Nachdem wir somit getan hatten, was wir konnten, um uns gegen Hulds Erscheinen zu wappnen, ritten wir weiter nach Norden, wo laut Yggerys Karten die Einöde von Bleer lag, obwohl eine trostlosere Gegend als die, die wir gerade durchquerten, schwer vorstellbar war.

Wir ritten über lange Aschestreifen, die nach Süden verliefen. »Hier gibt es ein Loch, das so groß ist, daß eine Schlachtdomäne darin Platz hätte«, sagte Queynt. »Wo der kleine Mond einschlug und diese Asche über die Felsen hochschleuderte. Bald werden Dornen darüber wachsen ...«

Auf dem Hochland selbst wuchsen nur wenige Dornensträucher, während die Schluchten damit zugewuchert waren. Teufelspeer sproß wie ein dicker Teppich im Schutz von Gesteinsbrocken. Sonst war alles flach, grau und öde. Je weiter nördlich wir kamen, desto eigenartigere Formen zeigten die Felsen; verdreht, bizarr, verwinkelt, nicht länger wie einzelne Knochen oder Gelenke, sondern wie vollständige Skelette von Traumungeheuern. Es war, als ritte man in einem hallenden Alptraum. Wäre nicht der weite Himmel über uns gewesen, wir hätten uns wie in einem Gefängnis gefühlt, ohne Hoffnung auf Befreiung.

Es war beinahe dunkel, als wir zu der messerscharfen Kante des Abgrunds kamen, dessen Wände steil und gerade herabfielen. Zu beiden Enden türmte sich das Gestein in sich zusammengestürzter Berge zu unüberwindlichen Hindernissen auf. »Bei stürzendem Fels, in Schluchten tief«, sang Queynt leise. Ich wußte, daß er diese Schlucht nicht zum ersten Mal sah. »Der Abgrund tat sich während der Katastrophe auf«, sagte er. »Davor konnte man geradewegs von hier nach Bleer reiten.«

»Morgen«, sagte ich erschöpft. »Es hat keinen Zweck, sich jetzt den Kopf darüber zu zerbrechen. Wir haben anderes zu tun.«

Tatsächlich hatten wir den ganzen Abend über genug zu tun. König Kelver und ich mußten unseren obligatorischen Besuch bei den Spiegelmännern machen, er öffentlich, ich heimlich zu seinem Schutz. Wir hackten Dornengestrüpp, das uns die Finger zerstach und die Arme zerkratzte und entzündeten damit ein Feuer. Der König hatte zwei Laufvögel erlegt, die wir brieten und zusammen mit hartem Brot und getrockneten Früchten aßen. Durch den Abgrund waren wir veranlaßt worden, unser Lager frühzeitig aufzuschlagen, so daß wir mit dem Essen fertig waren, bevor es richtig dunkelte und das verlöschende Licht des Tages in rotem Feuer hinter dem Gebirgszug verschwand. Wir schauten in den Himmel, jeder mit seinen eigenen düsteren Gedanken beschäftigt, als auf einmal der Riese wieder vor dem blutroten Licht auftauchte.

Er kam auf uns zu. Er sah genauso aus, wie wir ihn von dem lieblichen Tal am Knochenfluß aus erblickt hatten, nur daß wir ihn diesmal von vorn sahen. Turmhoch vor dem Himmel näherte er sich mit langem Schritt, seine Umrisse wabernd und zerfasernd wie von kräftigen Böen durchweht, die ganze riesenhafte Erscheinung in fortwährender Erneuerung von Gestalt und Bestimmung. Die Sonne sank hinter ihm; Sterne leuchteten durch ihn hindurch, während er der Stelle zustrebte, wo wir sprachlos und mit offenem Mund saßen. Etwas Vertrautes umgab ihn, was ich fast glaubte greifen zu können. Ich bemühte mich, aber es entglitt mir.

Schließlich war er so dicht bei uns, daß wir seine Umrisse nicht mehr wahrnehmen konnten. Wir fühlten den kalten, kranken Wind um uns, hörten die gepeinigte Stimme: »Verwandter, Verwandter, find den Wind …« und dann war er durch uns hindurchgegangen. Wir drehten uns um und verfolgten seinen Weg über den Abgrund und jenseits davon, wo sich seine Gestalt veränderte, zusammenfiel, siedend eine andere Form annahm, einen hohen wirbelnden schwarzen Trichter, der sich in eine versteckte Öffnung der Erde hinein ergoß.

In diesem Augenblick sah ich etwas, das ich zuvor nicht gesehen hatte, nämlich, wie sehr das schrumpfende Äußere der großen Gestalt einem pelzigen Etwas glich – wie sich die riesige Form wandelte. *Wandelte …*

»Thandbar«, sagten zwei Stimmen gleichzeitig. Meine und Queynts.

Ein langes, quälendes Schweigen entstand. Dann sagte Queynt: »Bei mir ist es nicht verwunderlich, daß ich ihn wiedererkenne, Peter. Ich kannte ihn. Wie kommt es aber, daß Ihr ihn erkennt?«

Ich war nicht sicher, ob ich antworten sollte. Seidenhand gab mir keinen hilfreichen Wink, sondern starrte mich nur eulenhaft über das Feuer hinweg an. Jinian sagte schließlich: »Sag's ihm, Peter. Wenn du Queynt nicht trauen kannst, kannst du niemandem auf dieser Welt trauen, und dann wäre es das beste, wir gäben gleich auf.«

So geschah es, daß ich dort, in der Abenddämmerung des Waenbane, neben einem verlöschenden Feuer auf einem flachen Felsen Barishs Spielfiguren aufstellte. Nur Windlows Blauen behielt ich zurück. Unter aller Augen standen sie dort, aber nur Vitior Vulpas Queynt beugte sich über sie, das Gesicht von Tränen überströmt, während er sie berührte, eine nach der anderen. Ich hätte ihn am liebsten geschlagen, die Figuren an mich gerissen und mich mit ihnen in die Dunkelheit geflüchtet. Ich fühlte die Schlange in mir, wie sie sich wand und verknotete. Nur Jinians Augen, die auf mich gerichtet waren, ihre Hand auf meinem Knie, brachten mich dazu, ruhig mitanzusehen, wie Queynt die Figuren in die Hand nahm, sie umdrehte und mit Namen nannte.

O Götter des Spiels, sie gehörten mir. Mir. Nicht ihm.

Nach einer kleinen Weile verebbte das würgende Gefühl in mir etwas, und ich war imstande zu sprechen und zu denken. Ich mußte ihm erzählen, daß ich mit ihnen sprechen, sie LESEN konnte, und er schaute mich mit solcher Ehrfurcht an, daß es mir peinlich wurde.

»Sie benutzen mein Gehirn, um damit zu denken«, versuchte ich zu erklären. »Ansonsten sind sie so, wie sie einst geschaffen wurden. Ich war in dem Berg der Zauberkünstler, Queynt. Ich habe gesehen, wie sie hergestellt werden. Ihr auch?«

»Ja, Spieler«, bestätigte er. Alles Überspannte und Alberne war von ihm abgefallen. »Ich hielt mich auch in dem Berg auf. Ich ging vor ein paar Jahrzehnten dorthin, um nach Barish zu suchen.«

Wir warteten. Er schien mit sich selber zu Rate zu gehen, ob er uns aufklären sollte oder nicht. Schließlich war es wieder Jinian, die sprach. »Queynt, wir vertrauen Euch. Ihr habt immer wieder versucht, uns Hinweise zu geben, in der Hoffnung, dadurch zu erfahren, ob wir wissen, was Ihr von uns erhofft zu erfahren. Jetzt ist es an der Zeit, die Geheimniskrämerei zu beenden. Es mag für Euch Gründe gegeben haben, im Verborgenen zu bleiben, aber diese Gründe gehören der Vergangenheit an. Nun müssen wir einander Vertrauen schenken.«

»Barish und ich«, sagte er, »waren Brüder.«

Er erhob sich und trat an den Rand des Abgrundes, um von dort aus nach Norden zu starren, als ob er den Anblick unserer Gesichter vermeiden wollte. »Wir kamen zusammen hierher, auf diese Welt. Ihr kennt die Geschichte. Falls nicht, ist es jetzt auch nicht wichtig …

Doch gut! Heraus damit. Wir kamen hierher, Barish, ich und noch viele andere. Wir kamen um einer Lüge willen. Es ging um Ehefrauen, die geliebt wurden, Kinder, die geliebt wurden, und eine Welt, die vor einem Krieg mit einer anderen stand, einem Krieg, den keine von beiden gewinnen würde. Tja … Auf dieser Welt gab es einflußreiche Personen, die diejenigen, die sie liebten, fortschaffen wollten, um sie vor der Vernichtung zu bewahren. Sie brauchten eine Ausrede. Eine Erfindung. Eine Lüge …

Und da war Didir. Eine Frau, ein Mädchen vielmehr.

Manche behaupteten, sie könne Gedanken lesen. Andere stritten das ab. Jedenfalls fürchteten sich die Leute vor ihr, nannten sie Teufelin, Dämon. Die einflußreichen Personen sagten, sie würden Wissenschaftler mit ihr zusammen zu einem anderen Planeten schaffen, um dort in Ruhe herauszufinden, welche seltsamen Fähigkeiten in ihr wohnten. Ihr Talent, behaupteten sie, könnte vielleicht in fernerer Zukunft nützlich sein. Doch man bräuchte Zeit, um es zu erforschen, und um auf dieser fremden Welt zu wohnen, benötige man Techniker und Bioingenieure und Landwirtschaftler und Dienstpersonal und so weiter und so fort. Ihre Frauen waren die Landwirtschaftler und ihre Kinder die Bioingenieure. Und unter ihnen allen befanden sich nur ganz wenige, die die Wahrheit kannten.«

»Ihr«, sagte Jinian. »Und Barish.«

»Ich«, gab er zu, »und Barish. Und noch ein paar andere, obwohl die meisten der Wissenschaftler zweitklassige Akademiker waren, gefangen in einem seltsamen Netz aus Ehrgeiz und Eitelkeit. Sie blieben unter dem Berg, gefangen in ihren Träumen von Forschung – der Forschung über ›Monster‹. Als wir ihnen Didir nicht überließen, schufen sie sich selbst Monster. Und wir, die übrigen, gingen aus dem Berg hinaus in diese fremde, angeblich unbewohnte Welt…«

»Angeblich«, warf Jinian ein.

»Ja, angeblich. Doch es gab hier Lebewesen. Intelligente Geschöpfe. Es gab Material, mit dem die Bioingenieure arbeiten konnten, das sie vermischen und kreuzen konnten, vorsätzlich oder auch zufällig. Kinder mit den unterschiedlichsten Talenten wurden geboren. Das Talent von Didir erwies sich als echt. Barish hielt es für evolutionär, eine natürliche Weiterentwicklung unserer Spezies. Ich behauptete, es entspränge diesem Planeten, dieser Welt hier.«

Daraufhin schwieg er so lange, daß Jinian ihn erneut zum Weitersprechen auffordern mußte. Wir übrigen schwiegen aus Furcht, daß ein Wort von uns ihn stoppen und seine Enthüllungen beenden könnte und daß wir niemals erfahren würden, was er uns sagen wollte.

»Nun ja, diese armen Dummköpfe nisteten sich also unter dem Berg ein. Die Talente wurden geboren, wuchsen und nährten sich voneinander. Es gab gute Menschen darunter, aber auch wahre Ungeheuer. Barish war schon immer ein Mensch gewesen, der die Dinge gern in die Hand nahm. Er beschloß, Maßnahmen zu ergreifen, und begann, Pläne zu schmieden...

Er stahl eine der Maschinen, zerlegte sie in Einzelteile und brachte sie hierher in die Einöde von Bleer. Dann suchte er die besten aus allen bislang erschienenen Talenten heraus, überredete sie mit großartigen Versprechungen und brachte sie ebenfalls hierher. Es waren insgesamt zwölf, Barish mitgezählt, genannt der Rat. Sie machten Pläne. Sie wollten alle Spieler, die so etwas wie Gerechtigkeitsempfinden besaßen, wie Weizenkörner sammeln, und wenn die Zeit reif war, wollten sie diese Saat aussäen, in der Hoffnung auf reiche Ernte.«

Er kehrte fröstelnd zum Feuer zurück, obwohl die Nacht noch nicht so kühl war. »Es schien aber nicht genug zu sein, eine Zukunft zu planen, wenn man selbst sie vielleicht nicht mehr erlebte. Deshalb bat Barish mich, mit ihm zusammen eine Menschenrasse zu entwickeln, die immun gegen die Talente der Spieler war – und zwar für alle Zeit. Wir besaßen lebensverlängernde Medikamente, Reparaturmaschinen und auch die Übertragungsmaschine selbst. Die Arbeit dauerte Jahrhunderte. Als es genügend Unveränderliche gab, schloß Barish einen Vertrag mit ihnen. Sie sollten die guten Samenkörner unter den Spielern finden und ihre Namen den Zauberkünstlern mitteilen.

Diese würden sie fangen lassen, Blaue davon herstellen, und die Körper in den Eishöhlen lagern. Das Einverständnis der Zauberkünstler erhielt er ganz einfach, indem er sich auf ihre Ängste berief. Er behauptete, daß es sich bei den Identifizierten um eine Gefahr handele, eine Bedrohung der Zauberkünstler, und daß diese Gefahr aus der Welt geschafft, die Personen aber als Kraftquelle für spätere Zwecke konserviert werden sollten. Sie glaubten Barish. Jeder glaubte ihm.

Und so wurde aus den Unveränderlichen der ›Rat‹. Bis zum Tod von Rätsels Großvater, vor ungefähr achtzig Jahren. Da zerbrach die Kette. Vielleicht erfahren wir nie den Grund dafür.«

»Und Barish selbst?« drängte Jinian, gerade als auch ich fragen wollte.

»Barish selbst legte sich zu den Elf, die er hier hoch in seinen Hort gebracht hatte. Einmal in hundert Jahren sollten die Unveränderlichen kommen und ihn aufwecken und zu diesem Zweck einen hirntoten Körper mitbringen, denn Barish wollte seinen eigenen Körper schonen, damit er nicht alterte, wollte seine Lebenszeit für die große Utopie aufsparen, die er kommen sah. Und einmal in hundert Jahren sollte ich ihn in Leamer treffen, er in irgendeiner fremden Gestalt, ich immer als Queynt, und sollte ihm von der Welt und ihrem Fortgang berichten. Einmal während eines solchen Treffens stritten wir über die Methoden, die Barish gewählt hatte, und ich drängte ihn, die Tausende von gelagerten Spielern aufzuwecken und von ihnen zu lernen; er aber sagte, es wären noch nicht genug, ich sollte ihm noch ein weiteres Jahrhundert Zeit lassen ...«

»Und dann?« fragte ich, wohl wissend, daß seine Erzählung sich dem Ende näherte.

»Vor ungefähr achtzig Jahren kam ich nach Leamer, fand dort aber nur noch Ruinen vor. Kein Barish weit und breit. Bis ich hier hoch kam, zu seinem Hort, wo ich nur ein einziges Mal zuvor gewesen war und nur zertrümmerte Steine und die Knochen des Windes fand, Schluchten und stürzenden Fels. Ich ging nach Dindindaroo, um Rätsel – den damaligen Rätsel – zu fragen, wo Barish sei. Dindindaroo lag ebenfalls in Schutt und Asche, Rätsel war tot, sein Sohn hatte den Namen Barish noch nie gehört.

Ich war außer mir vor Kummer. Entgegen meiner Überzeugung versuchte ich, Barishs Werk weiterzuführen. Ich wurde zum neuen ›Rat‹. Ich schickte Spieler zu Hunderten in die eisigen Höhlen. Ich wartete auf Barish. Er tauchte nicht wieder auf. Und dann, es ist etwa ein Jahr her, ging der Berg der Zauberkünstler in Flammen auf, und mir wurde klar, daß Barish aus eigener Kraft nie mehr wiederkommen würde.

Er liegt entweder hier oben auf dem Berg, oder er ist für immer verschollen. Ich suche ihn. Ihr sucht ihn. Und wir müssen ihn finden, denn dort, wo Barish liegt, befindet sich die einzige Maschine, die die unzähligen Spieler wieder zum Leben erwecken kann. Und wenn das nicht geschieht, ist Barishs Leben und sein Tod umsonst gewesen, und ich war Teil eines einzigen großen, tragischen Irrtums …«

Ich glaubte ihm. Wir alle glaubten ihm. Es gab keinen falschen Schein mehr an ihm, keine aufgeplusterte Selbstverliebtheit. Er war nur noch jemand, der wie wir auch, durch alte Loyalitäten gebunden und mit einem Gefühl für Recht und Unrecht ausgestattet war. Wäre Windlow dazu imstande gewesen, hätte er den Mann einfach bei der Hand genommen und ihn beruhigt, und das tat ich auch, ohne Worte, in der Hoffnung, daß er verstand. Es schien so, denn er sagte: »Ihr habt das gleiche Ziel wie ich. Wenn Ihr durch Lieder, durch Seher, durch eine riesenhafte Gestalt, die nach Norden wandert, hierhergeführt worden seid … Wenn noch irgend etwas von Barish übrig ist, wird er versuchen, mit mir Verbindung aufzunehmen.«

»Wie Thandbar seine Familie erreichen will«, sagte ich. »Er ist der einzige Spieler, dessen Figur ich niemals berührt habe. Es ist mein eigenes Talent, also habe ich ihn nie gerufen.«

»Ich hatte keine Ahnung, daß irgendein Lebewesen oder eine Maschine mit dem, was sich in den Blauen befindet, Kontakt aufnehmen könnte«, erklärte Queynt. »Obwohl man einst behauptet hat, Reisende zwischen den Sternen erwachten manchmal mit einer Erinnerung an Träume. Schon möglich ... Ich weiß es nicht. Ich weiß nur sehr wenig.«

»Wißt Ihr denn, wie Ihr diese tausend Jahre zugebracht habt?« fragte Jinian. »Obwohl ich sehr dazu neige, Euch zu vertrauen, Vitior Queynt, finde ich Eure Behauptung doch unglaubhaft.«

»Ich habe so lange gelebt, weil ich mir Wissen angeeignet habe«, erwiderte er. »Von den Schattenmenschen, *Gnarlibaren* und *Krylobos*. Von den *Eestnies*. Ihr habt noch keine *Eestnies* gesehen, aber sie lebten bereits hier, bevor wir kamen, und würden Euch auch lehren, falls Ihr wolltet. Barish hatte nicht die Geduld dazu, sagte er. Aber er dachte ja auch, ich würde sterben. Er wird pikiert sein, wenn er merkt, daß dem nicht so ist.«

Für diese Nacht hatten wir genug Stoff zum Nachdenken. König Kelver begab sich auf den Weg, um seine Rolle als Spiegelmann zu spielen. Er brachte die Kappe mit zurück, und meine Hilfe war nicht nötig. Anscheinend hatten weder der Portierer noch der Spiegelmann irgendeinen Verdacht geschöpft.

Als der Morgen anbrach, schlug Queynt vor, daß Jinian und ich Yittleby und Yattleby nehmen und unsere Suche jenseits der Schlucht fortsetzen sollten. »Die Vögel können den Abgrund überspringen«, sagte er.

»Wenn wir übrigen hier bleiben oder einige Zeit damit zubringen, einen Weg zu suchen, der hinüberführt, wird das unsere Verfolger Zeit kosten. Wir brauchen vielleicht ein oder zwei Tage, um in verschiedenen Richtungen zu suchen, während Jinian und Ihr bereits auf dem richtigen Pfad seid.« Die Idee schien so gut wie jede andere, und so trug ich, in einen Drachen verwandelt, Jinian über die Schlucht und zeigte mich dann hoch oben in der Luft, damit die Verfolger sehen konnten, daß der Abgrund von einem Drachen überquert worden war. Sie waren zwischen den Felsen auf der Hochebene verstreut, offenbar damit beschäftigt, einen Weg durch das steinerne Labyrinth zu finden. Von meiner Höhe aus konnte ich einige gute Möglichkeiten erkennen, und ich wußte, daß man uns folgen würde, sobald es weise erschien. Verzögerung, Verwirrung, Spiel und noch mehr Spiel. Ich hatte es so satt wie nur irgendwas.

Yittleby und Yattleby hatten den Abgrund übersprungen, galoppierten auf der anderen Seite dicht daran entlang und hüpften mit ekstatischen Schreien vorwärts, die langen Stelzen vor sich ausgestreckt wie Jungen, die im Weitsprung wetteifern. Überraschenderweise waren sie gesattelt, und als wir herbeikamen, knieten sie sich hin, damit wir aufsteigen konnten. Man mußte sich nur festklammern, während sie sich schlingernd erhoben und ihren weitausholenden gleichmäßigen Trott nach Norden begannen. Sie trugen weder Zaumzeug noch Zügel. Ein paar Versuche, sie zu dirigieren, lehrten mich, daß man nur in die Richtung zu zeigen brauchte, in die man wollte.

Später an diesem Tag entdeckte ich einen herabgestürzten Stein, auf den ein Wegzeichen gemalt war. Indem ich ihn wieder auf seinen Sockel setzte, erkannte ich, in welche Richtung der Pfeil früher gezeigt hatte und wies Yittleby entsprechend an. Sie achtete nicht darauf. Ich klopfte auf ihren Nacken und wich erschrocken zurück, als der riesige Schnabel zu mir herumschwang. »Krrwah«, machte sie und stampfte mit dem Krallenfuß auf. »Krrwah.«

Im gleichen Augenblick hörte ich ein polterndes Rumpeln wie von einer großen Steinlawine. Als es aber nicht aufhörte, begriff ich, daß es nicht das Geräusch von Stein war. *»Gnarlibar?«* flüsterte ich.

»Krrwah«, stimmten beide Vögel zu und wandten sich von der Richtung ab, in die ich gewiesen hatte. Als das Geräusch eine andere Lautstärke bekam, änderten die Tiere abermals die Richtung und erklommen einen Hügel scharfkantiger Steine. Auf halbem Weg knieten sie sich hin und schüttelten uns von ihren Rücken, als wollten sie sagen: ›Geht selbst und schaut nach!‹ Sie kauerten sich zusammen und blieben zurück, während wir zur Spitze des Hügels hochstiegen.

Unter uns lag eine Art natürliches Amphitheater, in dessen ebene Mitte aus jeder Himmelsrichtung ein Weg führte. Hunderte von Schattenmenschen hatten sich auf den Abhängen versammelt. Das Klingeln ihrer Glöckchen und ihr Geschnatter gingen in dem unaufhörlichen Gedonner fast unter. In der Mitte des offenen flachen Geländes unten tanzte ein vereinzelter gigantischer *Krylobo,* doppelt so groß wie Yittleby oder Yattleby. Seine Füße flogen hoch in die Luft, der Federbusch auf dem Kopf bauschte sich, die Flügelarme waren in einem Wirbel wilder Sprünge fingerschnalzend ausgebreitet. Das Donnern verstärkte sich noch mehr, und durch die vier Eingänge kamen vier andere Tiere auf den Platz.

Jinian klammerte sich an mich. Mein einziger Gedanke war, daß es sich hier um das handelte, in das ich mich laut Chances Bitten hatte VERWANDELN sollen, und daß er völlig verrückt gewesen war. Die Tiere sahen aus wie Dachse, niedrig gewachsen, kurzbeinig und außerordentlich breit. Sie waren pelzig, besaßen keine Schwänze, und ihr Maul war in dem mächtigen Haupt so breit und groß, daß es Yittleby oder Yattleby mit einem Biß verschlingen konnte. Die Tiere kamen im Viereck, also aus jeder der vier Himmelsrichtungen gleichzeitig, und jedes von ihnen verursachte dieses bergerschütternde Rumpeln. Der riesige *Krylobo* fuhr fort zu tanzen. Queynts Vögel kamen zu uns gekrochen und tauschten leise zustimmende *Krrwahs* aus, ob über den Tanz, den Tänzer oder den Angriff, wußte ich nicht.

Als die *Gnarlibare* in der Mitte des Platzes zusammentrafen, sprang der *Krylobo* in die Höhe. Seine Finger schnalzten, er zog die langen Stelzen dicht unter seinen Körper, der Hals wippte in einer kreisförmigen Bewegung. »Krrwah«, sagte Yittleby zu Yattleby in einem Ton, der Beifall verriet. »Witt herrch«, stimmte Yattleby zu und glitt in eine bequemere Haltung.

Die *Gnarlibare* wirbelten herum und rasten nach außen, in einer erstaunlich gleichmäßigen Bewegung, als handele es sich um ein einziges Gehirn in vier Körpern. Der *Krylobo* sprang in den Kreis, den sie gelassen hatten, drehte sich, stieß einen langen, kompliziert klingenden Schrei aus und warf sich wieder in die Höhe, gerade als die vier ihre Umdrehung beendet hatten und in der Mitte zu einem einzigen wirbelnden pelzigen Wutknäuel zusammenprallten.

»Krylobo, bos, bos«, schrien die Schattenmenschen und übertönten frenetisches Glockengebimmel und Flötengetriller. *»Gnarlibar, Gnarlibar«,* rief eine andere Gruppe, die Tiere anfeuernd, die erneut auseinanderfuhren. Der *Krylobo* in der Mitte des Kreises tanzte weiter seinen oder ihren Tanz, die Flügelfinger schnalzend wie Peitschenhiebe, die Füße stampfend und drehend. »Bos, bos, bos«, sagte Yittleby gesprächig. Ich

hatte mich erhoben, um besser sehen zu können, und sie hieb mir ihren Schnabel fest auf den Kopf. »Witt herrch«, befahl sie. Ich verstand. Es war besser, geduckt zu bleiben.

Die Vorstellung ging weiter. Zwar verstand ich die Regeln nicht, aber ganz offensichtlich handelte es sich um eine Vorführung besonderer Güte. Als die *Gnarlibare* sich nach ungefähr einer Stunde zurückzogen, mit einem Geröhre, das immer noch dazu angetan war, den Boden beben zu lassen, erhoben sich Yittleby und Yattleby, um uns in das Amphitheater hinabzuführen. Beinahe sofort hörte ich vertraute Stimmen »Peter, eter, eter« rufen – und meine Beine wurden fest umschlungen. Flöten trillerten und allerorten brach schrilles Rufen und lautes Singen aus, in dem ich einige vertraute Worte der Sprache der Schattenmenschen wiedererkannte. Eine kleine Gestalt schlug sich stolz vor die Brust und sagte: »Proom, Proom.« Ich erinnerte mich und stellte ihm Jinian mit viel Tamtam vor. Augenblicklich wurde sie von ihrem eigenen Zirkel umringt, der »Jinian, an, an« schrie und sie offenkundig damit völlig verstörte.

»Was geht hier vor?« fragte sie. »Was soll das?«

»Vielleicht ein Festival?« schlug ich vor. »Mir wurde einmal erzählt, die Schattenmenschen seien ganz verrückt nach solchen Ereignissen. Einige von ihnen haben dafür eine ziemlich lange Reise hinter sich gebracht.«

Ich fühlte einen heftigen Zug am Bein und blickte in ein anderes vertrautes Gesicht hinab, in dem die Reißzähne im Licht glänzten. Niemals zuvor waren mir die Schattenmenschen bei Tag so nahe gekommen, als ich mit ihnen reiste. Kam es nun, weil sie sich zwischen den *Krylobos* und *Gnarlibaren* sicher fühlten? Oder weil dieses Ereignis hier für sie etwas Besonderes darstellte? Wie auch immer, mein kleiner, großohriger

Freund kommunizierte eifrig auf seine übliche Art und Weise mit mir, indem er schauspielerte. Er tat, als liefe er, liefe immer weiter, zeigte nach Norden, klopfte gegen mein Bein und zeigte. Ich nickte, drehte mich um, lief ebenfalls, lief und lief gen Norden. Er öffnete seine Hände, mit einer derart menschlichen Geste, daß Jinian lachen mußte. »Weshalb?« schien er zu fragen. »Warum?«

Ein Einfall überkam mich. Ich streckte die Hand aus. »Warte.« Ich spähte nach Süden, die Augen mit der Hand beschattet. Die Schattenmenschen wandten sich dorthin, spähten ebenfalls. Zuerst war nichts zu sehen, während die Sonne langsam sank. Dann, gerade als ich dachte, es würde nicht eintreffen, erschien der Riese, kam uns auf dem Wind schreitend entgegen. Ich deutete, schrie. Jinian deutete, begann zu erklären. Die Schattenmenschen schnatterten und hopsten auf und ab.

»Andibar, bar, bar«, skandierten sie. »Andibar!«

Jinian und ich waren verblüfft. »Hört sich fast richtig an«, sagte sie. »Sie meinen Thandbar!«

»Andibar«, kam die kopfnickende Antwort. Wir warteten, während der Riese näher kam, sich in Wind und Nebel um uns herum auflöste und dann weiter nach Norden schritt. Ich rief laut, deutete und begann wieder auf der Stelle zu laufen. Die Schattenmenschen antworteten mit zustimmenden Schreien, deutlicher als alle Worte. Sie umringten mich, schoben, rannten nordwärts und kamen wieder zurück, jede ihrer Handlungen ein Beweis, daß sie den Weg gut kannten. Wir gingen zwischen ihnen, vorangetrieben von ihrem Eifer.

Vor uns konnten wir sehen, wie sich der Riese veränderte, sich wand und in den Berg hineingezogen wurde wie Rauch in einen Schornstein. Yittleby und Yattleby folgten uns schwatzend. Wir rannten halb,

halb liefen wir durch das Labyrinth von Felsen und zwischen den Knochen des Windes hindurch, im Sternenlicht jetzt, bis zu einer dunklen Öffnung, in die hinein die Schattenmenschen sich wie Wasser ergossen. Jinian und ich ließen uns schwer atmend zu Boden fallen. Wir konnten nicht gut genug sehen, um weiter folgen zu können.

Die Schattenmenschen kehrten zurück, riefen Jinians und meinen Namen, wollten mit Nachdruck wissen, warum wir nicht mitkämen. Yittleby sagte etwas zu ihnen, und sie sprangen hinweg, um ein paar Augenblicke später mit vertrockneten Dornenzweigen wiederzukommen. Einer der Schattenmenschen wühlte in meiner Tasche nach dem Feueranzünder, der in seiner Hand sofort einen strahlenden Schauer Funken verbreitete. Nun hatten wir Feuer und dadurch Fackeln und durch die Fackeln Licht, das uns den Weg in die Erde hinein wies.

Wir brauchten das Feuer nur kurze Zeit. Das Klettern über zertrümmerte Steine währte nicht lange, und bald erreichten wir Gänge, deren Boden ebenso glatt war wie bei denen, die ich im Berg der Zauberkünster gesehen hatte. Licht leuchtete, kaltes, grünes Licht, und ein Weg wand sich tief hinab, zu trockener frischer Luft hin. Und am Ende des Weges befand sich eine offene Tür …

11

Die Spielfiguren von Barish

Die Schattenmenschen öffneten die Tür weiter, als wir uns näherten. Der Ort war ihnen nicht unbekannt, und für einen Augenblick überfiel mich die schreckliche Vorstellung, daß wir hinter der Tür nur Ruinen und Knochen finden würden. Das war nicht der Fall.

Die Bauern haben Bauwerke, Tempel oder Kirchen genannt, in denen sich Bilder von Didir, Tamor oder anderen Wesen aus noch früherer Zeit befinden. Während meiner Reise hatte ich einige dieser Plätze besucht, und sie hatten alle eine feierliche Atmosphäre besessen, eine Art staubiger Ehrerbietung. Ein süßlicher Geruch hatte in der Luft gehangen. Dieser Ort hier war genauso. Niedrige Podeste erhoben sich, glänzend und sauber vom Luftzug poliert, und auf jedem lag einer meiner Spieler.

Die Schattenmenschen umringten eines der Podeste und warteten dort. »Andibar, Andibar«, lockten ihre hohen, süßen Stimmen. Als Jinian und ich herbeikamen, bildeten sie sitzend einen Kreis um die dort ruhende Gestalt und fingen an zu singen. Die Worte stammten aus ihrer eigenen Sprache, aber die Musik …

»Das Windlied«, flüsterte Jinian. »Dieselbe Melodie.«

Obwohl der Sänger in Xammer es auf der Harfe gespielt hatte und die kleinen Leute hier Flöten und Glöckchen benutzten, war das Lied doch dasselbe. Nun wußte ich, wo die zerbrechliche Sängerin aus Leamer es zuerst gehört hatte. Wie sie es in unsere Sprache übersetzen konnte, wird mir sicher für immer ein Rätsel bleiben. Die Schattenmenschen sangen das Lied mehrmals, jedesmal mit einem anderen Text, und ich bin sicher, daß sich ihr Text nicht sehr von dem, den ich kannte, unterschied. Als sie geendet hatten, beugte sich ein Winzling unter ihnen nach vorn und knabberte an Thandbars großem Zeh, worauf er hochgehoben wurde und von einem anderen mit lautem Geschimpfe ein paar Schläge auf das Hinterteil erhielt. Thandbar schien jedoch keinen Schaden davongetragen zu haben. Er lag vollständig bekleidet da, sein Helm neben ihm, den Fellumhang wie eine leichte Überdecke über sich gezogen. Jinian legte die Hand auf ihn und fröstelte. »Kalt.« Das wußte ich bereits. Abgesehen von seiner zeremoniellen Lage und der sorgfältig bewahrten Würde seiner Kleidung, fühlte sich sein Körper so kalt und hart an wie die Körper in den Eishöhlen. Und doch hatte etwas diesen Körper verlassen und sich in den Abendhimmel hinaufgeschwungen, um durch die Welt zu wandern und seine Familie um Erlösung aus dieser schweigenden Kälte zu bitten.

Ich ging zu den anderen. Tamor und Didir sahen haargenau so aus, wie ich sie kannte. Dorn hatte die durchdringenden Augen in immerwährendem Schlummer geschlossen, der stämmige Wafnor lag halb auf der Seite, als ob seine unerschöpfliche Energie ihn sogar in diesem frostigen Schlaf bewegt hätte. Hafnor trug ein spöttisches Lächeln auf den Lippen, als träumte er; und Trandilar träumte gleichermaßen. Sie war weitaus älter, als ich erwartet hatte, aber nichtsdestotrotz hinreißend. Konnte sie mich etwa aus diesem Schlaf heraus BETÖREN?

Shattnir ruhte kerzengerade ausgestreckt, die Hände zu beiden Seiten und die Krone auf dem Kopf, als hätte sie sich entschieden, ihr eigenes Denkmal zu sein. Dealpas hatte sich unter ihrer Decke verkrochen,

Arme und Beine in furchtsamer Haltung verkrümmt. Buinels Mund stand halb offen. Die Maschine hatte ihn mitten im Sprechen unterbrochen. Und dann Sorah, deren Gesicht die leichte Gazemaske verbarg. Ich zog sie beiseite und blickte in ihr ruhiges, freundlich aussehendes Gesicht. Ihre Augen wirkten eingefallen, als blicke sie nach innen.

Und schließlich…

Ich tat einen tiefen Atemzug und begriff zum ersten Mal wirklich richtig die Bedeutung dessen, was Queynt mir erzählt hatte. »Barish«, sagte ich. Er lag vor mir, in die bestickte Robe eines Zauberers gehüllt, mit zwei kleinen steilen Falten zwischen den Augenbrauen, die seine Konzentration sogar an diesem Ort anzeigten.

»Barish«, stimmte Jinian zu. »Er hat ein gutes Gesicht.«

Er hatte wirklich ein gutes Gesicht, ziemlich lang und knochig, mit dunklen buschigen Brauen und einer knubbligen Nase über breiten, spöttischen Lippen.

»Ich hatte nicht erwartet, ihn hier zu finden«, sagte ich.

»Nur seinen Körper«, erwiderte sie. »Queynt sagte, er wurde jedesmal in einem anderen Körper erweckt.«

»Vielleicht ist er nicht erweckt worden. Vielleicht befindet sich sein Blauer noch hier, irgendwo.«

»Falls dem so war«, sagte sie nüchtern, »hat Rätsels Großvater ihn mit dem Rest zusammen nach Dindindaroo geschafft.«

Trotzdem schauten wir gründlich nach. In den Mauern waren Kabinette eingelassen, und Türen führten zu weiteren Räumen. Wir fanden Bücher, Apparate. In einem Raum, den wir als Barishs eigenen erkannten, gab es einen gläsernen Kasten, der den Abdruck eines Spielsatzes zeigte, der sich aber nicht mehr darin befand. Das *Onomasticon* paßte haargenau in eine Lücke im Bücherregal. Hier also war der Ort, von dem Rätsels Großvater die Schätze entfernt hatte, die er geschworen hatte zu bewahren.

Wir kehrten in das vorderste Gewölbe zurück. Die Maschine befand sich dort, hinter einer flachen Mauer. Ein winziges Licht blinkte langsam auf ihrer Kontrollpaneele.

»Energie ist noch vorhanden«, sagte ich.

Dann schwieg ich einige Zeit.

Dann: »Laß uns hinausgehen. Ich muß nachdenken.«

Jinian warf mir einen langen Blick zu, sagte aber nichts, bis wir über das Geröll nach oben geklettert und im Freien angekommen waren. Die kleinen Leute begleiteten uns, untereinander schwatzend. Als wir Proviant aus den Satteltaschen holten, umringten sie uns, und ich stellte fest, daß es mehr waren, als wir verköstigen konnten. »Ich muß auf die Jagd gehen«, sagte ich. »Sie werden gern hier bleiben. Ihr Wort für Feuer ist ›thruf‹. Wenn du mit ihrer Hilfe eines am Brennen halten kannst, sorge ich für Fleisch.«

Jinian versuchte, mir etwas zu sagen, aber ich wartete nicht ab. Statt dessen wandelte ich mich in einen *Fustigar* und trollte mich zwischen den Felsen davon. Ich wollte nicht nachdenken, und das kann man ausgezeichnet vermeiden, wenn man sich WANDELT. Ich dachte nicht, ich jagte einfach. In dieser Gegend gab es große Laufvögel, Nachttiere, sowie eine Art kleinerer Verwandter der großen *Krylobos*, die zwar flink, aber nicht flink genug waren. Ich fing mehrere von ihnen, brach ihnen mit raschen Aufwärtsbewegungen meines Kopfes das Genick. Weshalb war ich bloß so aufgebracht? Kam es von meiner Wandlung in einen *Fustigar* oder steckte etwas anderes dahinter?

Vielleicht kam es daher, daß ich mir meines Knochenbaues so bewußt war, der langen verbundenen

Knochen zwischen meinen Hinterläufen und Vorderbeinen, den kürzeren Knochen zwischen den Hinterläufen, der flachen offenen Stelle, wo ein Schwanz hätte sein können, aber nicht war, den gebogenen Knochen zwischen Schultern und Kopf, der Biegung der flexiblen Rippen, die diese Struktur überwölbten und in der alle Muskeln verankert waren …

Das sternenförmige Skelett dieser Welt. Nicht wie die Struktur unserer Welt, die vom Rückgrat getragen wurde, was immer diese unsere Welt auch gewesen sein mochte. Nein, diese Welt hier, in die wir uneingeladen gekommen waren und die uns sicher Ruin und Zerstörung verdankte. Und in der wir trotzdem noch immer willkommen waren. Die Schattenmenschen warteten am Feuer mit Jinian zusammen auf das leckere Mahl, das ihr Freund ihnen bringen würde. Peter, würden sie in die Dunkelheit hineinrufen, Peter, eter, eter, und auf ihren silbernen Flöten spielen, ihre Glöckchen läuten lassen, wie früher die Knochen mehrmals beschnuppern, und sich dicht an den Felsen zum Schlaf zusammenkauern. Und ein bißchen an Thandbar knabbern und dafür das Hinterteil versohlt bekommen.

Und im Höllenschlund waren sie Fleisch für Huld. Das hatte der Portierer erzählt, lachend, während er anderes Fleisch am Lagerfeuer aß.

Etwas Bitteres brannte in meiner Kehle, der Kehle eines *Fustigars*, ein Schmerz preßte mein Herz zusammen, das Herz eines *Fustigars*. Nein, ich konnte sie nicht im Stich lassen und für immer in der Dunkelheit verschwinden.

Das Tier wandte sich um und rannte den Weg zurück, den es gekommen war, stellte sich auf die Hinterläufe und WANDELTE sich wieder zu Peter. In die gleiche Verwirrung hinein, der ich gerade entflohen war.

Die Schattenmenschen begrüßten mich mit Freudenrufen und halfen, die Vögel auszunehmen und sie an Spießen über dem Feuer zu braten, während andere mehr Dornengestrüpp und Teufelsspeer sammelten. Wir aßen zusammen, der Fleischsaft rann über unser Kinn und unsere Hände, und sangen zusammen in der Dunkelheit. Ich spürte, wie Jinians Augen auf mir ruhten, tat aber so, als merkte ich es nicht. Am nächsten Tag war noch genügend Zeit, Entscheidungen zu treffen.

»Ich habe Yattleby mit einer Nachricht zu Queynt geschickt«, sagte sie.

»Ach?« erwiderte ich. »Eine Nachricht für Queynt.«

»Eine schriftliche Nachricht. Ich gab sie Yattleby, zeigte auf den Weg, den wir gekommen waren, und sagte ›Queynt‹. Er schien mich zu verstehen.«

»Davon bin ich überzeugt«, gab ich zurück, bemüht, meinen Ärger zu unterdrücken. Ich brauchte nicht noch mehr Druck. Durch das dünne Gewebe meiner Wandlerhaut konnte ich den Beutel spüren, den ich seit zwei Jahren bei mir trug. Didir und Tamor befanden sich darin. Sie gehörten mir. Shattnir. Mir. Sogar Dealpas. Mir. »Wenn ich sie aufgebe«, sagte ich in sorgfältig gewähltem Ton, »besitze ich keine Macht mehr, Huld entgegenzutreten. Wenn ich sie nicht gehabt hätte, wärst du längst Nahrung für *Grole* geworden, statt hier neben mir zu sitzen und gebratene Vögel zu verspeisen.«

»Als du uns vor den Skeletten in Dreibuckel gerettet hast«, sagte sie, »tatest du es mit deinem eigenen Talent. Wenn du Sorah nicht gehabt hättest, um sie in Leamer zu rufen, wäre dir ein anderer Weg eingefallen. Du benötigst nichts, nur dich selbst, Peter.«

»Doch«, herrschte ich sie an. Meine Worte erzeugten ein wildes Echo aus allen Richtungen. »Ohne sie bin ich nichts. Überhaupt nichts …«

Sie säuberte peinlichst genau ihre Hände, goß Wasser aus ihrer Flasche, um sich das Gesicht zu waschen und wandte mir dann dieses Gesicht zu, ruhig, ohne ein Lächeln, ohne Stirnrunzeln, gelassen. »Ich habe dir gesagt, daß ich eine Zauberin bin, Peter. Ich werde dir den Rat einer Zauberin geben. Denk an dich selbst, Peter. Denk an Mavin, an Himaggery und an Mertyn. Denke an Windlow. Denke langsam und sorgfältig nach. Über jeden einzelnen von ihnen. Dann denke an Mandor und Huld. Und wenn du fertig bist, entscheide, an wen du dich halten willst.«

Götter des Spiels, sagte ich zu mir selbst. Rettet mich vor der Beredsamkeit von Zauberern. Sie hörte sich an wie Himaggery oder mehr noch wie Windlow, obwohl Windlow ein Seher gewesen war und kein Zauberer. Diese Vorstellung, Gerechtigkeit genannt, war ja schön und gut, aber wenn sie bedeutete, daß jemand seine ganze Macht aufgeben sollte… Jemand mit soviel Macht, daß er Huld ähnlich war.

»Jinian«, rief ich. »Weißt du, was du von mir verlangst?«

»Natürlich«, erwiderte sie. »Zauberer wissen immer, was sie verlangen. Und sie verlangen alles.«

Ich breitete meine Arme aus, und sie glitt hinein, um mich festzuhalten, wie eine Mutter ihr Kind halten mag oder eine Magiererin ihre Krone. Als wir schliefen, geschah es ineinander verschlungen, und für eine Weile vergaß ich, sie als Zauberin zu sehen. Die Schattenmenschen ließen uns schlafen. Sie verschwanden im Morgengrauen in die tiefen Höhlen im Fels, um in der Abenddämmerung zurückzukommen, in Erwartung eines weiteren Schlemmermahles, eines erneuten Liederfestes, da war ich mir sicher. Nun gut, vielleicht hatten wir bis dahin noch mehr Gäste zu verköstigen. Mit diesen Worten nahm ich Jinian bei der Hand, und wir gingen in Barishs Bergfried zurück.

»Wen zuerst, Zauberin?« fragte ich. »Shattnir oder Dealpas? Buinel oder Hafnor? Buinel lieber nicht. Bei ihm müßten wir uns erst ausweisen, bevor wir den Rest erwecken dürften.«

»Thandbar«, sagte sie. »Er war derjenige, der nach seiner Familie suchte, Peter. Wäre es nicht passend, ihn zuerst zu wecken?«

Ich hätte von selbst daran denken können. Wir hoben Thandbars starren Körper von dem Podest, auf dem er ruhte, trugen ihn um die Mauer herum zu der Maschine und wuchteten ihn unter Aufbietung unserer ganzen Kräfte auf die metallische Oberfläche, die haargenau der ähnelte, die ich bei gleichen Apparaten im Berg der Zauberkünstler gesehen hatte. Sogar die kleine runde Einbuchtung für die Blauen war vorhanden. Ich stellte die Figur hinein, trat einen Schritt zurück und drückte den Hebel hinunter, wie ich es von Mavin gesehen hatte.

Nichts tat sich. Kein Brummen, kein Knirschen, nichts. Wir hörten keinen Ton. Nichts bewegte sich. Jinian schaute mich argwöhnisch an. »Mavin hat es auch so gemacht!« protestierte ich. »Energie ist vorhanden. Das Licht blinkt. Vielleicht muß noch irgend etwas eingerichtet werden.« Sie half mir Thandbar wieder auf den Boden zu heben, bevor ich ringsum an der Maschine zu drücken, schieben und zu drehen begann, an jedem Teil, das sich nur irgendwie bewegen ließ. Dann drückte ich den Hebel erneut herunter. Nichts.

Ich wandte mich zu Jinian, um mich weiter zu verteidigen, begegnete aber nur ihrem festen, nicht länger argwöhnischen Blick. »Deshalb kehrte er nie mehr zurück.«

Meine Verwirrung bemerkend, zog sie mich zu Thandbars Steinsockel, und wir nahmen dort Platz, während sie die Angelegenheit durchdachte. »Also, sie weckten Barish alle hundert Jahre. Dazu brachten sie ihm einen hirntoten, aber ansonsten noch lebenden Körper, einen armen Burschen, dessen Geist vielleicht durch einen Dämon zerstört wurde. Diesen Körper legten sie mit Barishs Blauen zusammen in die Maschine. Dann erwachte Barish, jedesmal in einem anderen Körper, ging in die Welt hinaus, um Queynt zu treffen und den Fortgang seines Plans zu begutachten. Nach einiger Zeit kam er wieder hierher zurück – aber nach welcher Zeit? Nach zehn Jahren? Zwanzig? Kehrte in den Blauen zurück, und die Unveränderlichen brachten den Körper weg, damit er beerdigt wurde.

Beim letzten Mal aber, als er erweckt wurde, versagte die Maschine ihren Dienst. Ja, so wird es gewesen sein. Etwas mißlang. Entweder während des Vorganges selbst oder hinterher.

Ja ... Sonst wäre Barishs Blauer bei den übrigen gewesen. Dieses rote Licht, das du an dem Apparat siehst, könnte ein Alarmsignal sein und dem Bediener zeigen, daß mit der Maschine etwas nicht stimmt. Barish war aber kein *Technik*. Falls er doch einer war, so fehlten ihm die Ersatzteile. Er hat die Maschine nicht repariert – also war er nicht in der Lage dazu. In welcher Gestalt auch immer Barish sich damals befunden haben mag, er verließ diesen Ort und wußte, daß er nicht zurückkäme.«

Ich kehrte zu Thandbars Körper zurück, der auf dem kalten Steinboden lag. So ist nun einmal die widersprüchliche Natur des Menschen oder zumindest all der Peter unter ihnen, daß ich jetzt von ganzem Herzen das wollte, wogegen ich mich zuvor heftig gestemmt hatte. Jetzt, da es offenbar unmöglich geworden war, hatte ich mich entschlossen, es durchzuführen.

»Da du schon so klug bist, Zauberin«, sagte ich,

»überleg dir doch einen Weg, wie wir aus diesem Dilemma herausfinden.«

»Zunächst werde ich auf Queynt warten«, erwiderte sie. »Möglicherweise kennt er sich mit der Maschine ein wenig aus. Wenn nicht, müssen wir uns etwas anderes ausdenken.«

Sie erhob sich und trat hinaus ins Freie. Ich hörte, wie sie mit Yittleby sprach, die zurückgeblieben war, als Yattleby fortging, und etwas von Geduld sagte. Ich schöpfte aus der Ungeduld der *Krylobos* ein bißchen Mut. Ungeduld ist besser als Angst. Ich umrundete die Maschine. Es gab doch sicher einen Weg, um sie zu ergründen! Einen Weg, den ein Wandler bestimmt verstand.

In Schlaizy Noithn war ich zu einem Film geworden, der sich hauchdünn auf eine Mauer gelegt hatte, als meine Gegenwart Gefahr bedeutete. Ich streckte versuchsweise einen Finger aus, berührte die Maschine, strich wie Öl über die metallische Oberfläche, ein dünner Film, ein beinahe unsichtbarer Tentakel. Dieser Film glitt in eine Öffnung, in die Innereien des Apparates. Kristalle gab es dort und Drähte, feste Verbindungen, weiche Polster, Rollen, eine Art Fenster, das Licht brach, eine Vorrichtung, die einen dünnen Strahl aussandte und ihn verändern konnte. Ich griff tiefer. Dealpas hatte das bei Izia auf dem Bergkamm bei Mavins Behausung getan. Ich begegnete Fremdheit, in die ich eintrat und die ich umrundete, schmeckte, roch, aus der ich Ähnliches schuf. Woher rührte der Fehler? Woher das Versagen? Kein Teil schmerzte, pochte, fieberte. Hätte dieser dunkle Kristall hier leuchten müssen? Sollte dieser kalte Draht eher warm sein? Wer konnte es wissen? Es gab kein Netzwerk von Nerven, die mich erleuchteten. Ich floß noch tiefer hinein.

Woher kamen die Stimmen, die nach mir riefen?

Warum schrie Dorn so laut? Weshalb störte Didir mich mit ihrer Stimme? Heraus? Wo heraus? Heraus aus was? Die Geheimnisse, die mich umgaben, waren aufregend. Warum sollte ich sie verlassen?

Klang das nach Jinian? Seidenhand? Ich fühlte Hände an mir ziehen, mich schieben, eine Person, die meine Adern entlang lief und meine Nerven und an meinen Knochen zerrte. Ich wollte ihnen sagen, sie sollten das lassen, aber dazu hätte ich einen Mund und eine Lunge gebraucht. Einen Mund. Eine Lunge.

Panik brach über mich herein. So mußte sich jemand fühlen, der halb ertrunken versucht, an die Wasseroberfläche zu kommen, nach Luft zu schnappen, ohne jedoch atmen zu können. Jemand half mir innerlich. Seidenhand ...

Ich lag auf dem Steinboden, und Seidenhand und Queynt beugten sich über mich und schrien und brüllten auf mich ein.

»Narr, Narr!« schrie Seidenhand. »Selbst Mavin hätte etwas Derartiges nicht probiert.«

»Du Dummkopf!« weinte Jinian. »O Peter, du bist ein hoffnungloser Fall, und ich liebe dich.«

Ich fürchtete mich nicht, bis ich erfuhr, was ich getan hatte, und daß ich fast zwei Tage lang versucht hatte, eine Maschine zu werden. Seidenhand war erschöpft und ausgelaugt. Seit ihrer Ankunft war sie damit beschäftigt gewesen, mich wieder zu befreien. Wenn mein Leben zu retten der einzige Grund für sie gewesen war, in die Einöde von Bleer zu kommen, so war ich Windlow dankbar für seine Vision und dem Sänger für sein Lied. Sie war es gewesen, die in meinen Körper hineingegangen und ihm in den Wahnsinn hinabgefolgt war, die ihn aus seiner merkwürdigen Besessenheit befreit hatte. Als ich von ihrer Anstrengung und meiner Dummheit erfuhr, weinte ich bittere Tränen der Enttäuschung.

»Ich weiß nicht, warum die Maschine nicht arbeitet«, gestand ich.

»Und ich auch nicht, mein Junge«, sagte Queynt. »Ich hatte nie viel Ahnung von Reparaturen. Wir hatten *Techniks*, die nur für diese Arbeiten ausgebildet waren. Vielleicht sind hier irgendwo noch Bücher, und vielleicht auch die Teile, die wir bräuchten, aber ich schließe mich eigentlich Jinians Meinung an. Wenn Barish die Maschine hätte in Ordnung bringen können, würde er es getan haben.«

»Ich finde es makaber«, sagte König Kelver, »daß tausend Jahre alte Pläne scheitern, nur weil ein einziger Mechanismus versagt.«

Ich konnte ihm nur aus tiefstem Herzen zustimmen. Trotzdem fehlte mir die Zeit für solch feinsinnige philosophische Gedankengänge aufgrund der Neuigkeiten, die Kelver mitgebracht hatte. »Der Portierer sagte mir gestern nacht, daß Huld im Anmarsch sei«, erzählte der König. »Ich muß ihm sagen, wo Ihr euch aufhaltet, sobald er eintrifft. Die Ungeduld ergriff ihn, und er verließ den Höllenschlund letzte Nacht.«

Innerhalb weniger Sekunden erdachte und verwarf ich Hunderte von Ideen. Ich könnte Wafnor nehmen und einen Berg herabfallen lassen. Buinel könnte die Knochen in Flammen aufgehen lassen, wenn sie sich uns näherten. Hafnor könnte mich zur Leuchtenden Domäne portieren, um dort erneut Hilfe zu erbitten. Didir könnte Hulds Gedanken lesen. Alle diese Gedanken stürmten wild auf mich ein, bis Jinian meine Hand nahm und ich wußte, daß sie ihnen gefolgt war, als ob sie sie hätte lesen können.

»Peter ... Du kannst zwei oder drei der Spielfiguren auf einmal benutzen. Falls es hart auf hart kommt, wirst du das schaffen, und wir würden alle für deinen Erfolg beten. Aber wieviel besser wäre es, sie würden alle auf unserer Seite kämpfen!«

Natürlich hatte sie recht. Ich lehnte mich gegen ihre Schulter und seufzte tief auf, halb aus Erschöpfung, halb aus Müdigkeit, wobei ich die ganze Zeit über an gebratenes Geflügel dachte. Meine Erschöpfung entsprang schlicht dem Hunger, und das sagte ich auch. Jinian behob dieses Übel sogleich, als ich darüber sprach, indem sie mir einen Becher mit heißer Suppe in die Hand drückte, in den hartes Brot gebrockt war. Während ich mit einer Art müder Gier aß, sprach Jinian weiter.

»Wir übersehen etwas Wichtiges«, sagte sie. »Etwas ganz Einfaches und Offensichtliches. Das Lied, das wir in Xammer hörten, stammte aus der Minchery in Leamer, wo eine junge Liedschreiberin davon geträumt hatte. Die gleiche Musik vernahmen wir, als der Riese in den Bergen hinter Dreibuckel an uns vorüberging. Auf irgendeine Weise kam die Musik von Thandbar, und Thandbars Blauer befindet sich in deiner Tasche. Die Trennung von Körper und Blauem ist nicht so vollständig, wie wir dachten, Peter, denn irgendein denkender Teil von Thandbar entkam, entfloh seinem Körper, der hier in der kalten Einöde von Bleer ruht, und durchwanderte die Welt auf der Suche nach Hilfe. Darin liegt ein Hinweis, den wir nicht erkennen. Bitte, Peter, hilf mir nachdenken.«

»Wahrscheinlich hat es etwas mit der Kälte zu tun«, murmelte ich, einen Bissen Brot kauend. »In den Schulhäusern hielten wir die Blauen immer kühl. In meiner Tasche blieben sie aber nicht mehr kühl. Vielleicht gibt es da einen Zusammenhang. Vielleicht ist es nur natürlich, daß sie sich wieder verbinden, und die Maschine unterstützt diesen Prozeß nur …«

»Was macht die Maschine, Peter?«

»Oh.« Ich erinnerte mich an frostige Drähte und verschlossene Gehäuse, unentwirrbare kristallene Muster, in denen ich mich verirrt hatte. »Sie wärmt den Körper, wärmt den Blauen, liest den Blauen und überträgt, was sie gelesen hat, in den Körper. Nachdem ich das Innenleben der Maschine gesehen habe, könnte ich diese Arbeit übernehmen. Mit Didirs Hilfe kann ich sicher den Blauen LESEN. Und Shattnir kann mir helfen, Wärme zu erzeugen. Aber ich weiß nicht, wie man das Ganze in den Körper zurückübertragen soll. Es scheint mir ein Rätsel ...«

»Ich kann den Körper LESEN«, sagte Seidenhand. »Wenn du dich mit mir verknüpfst, wie sie sich in der Leuchtenden Domäne verknüpft haben, als sie dich suchten. Wie sich Tragamore manchmal verbinden, um ihre Stärke zu vervielfachen.«

Ich schauderte, denn eine solche Verknüpfung war genau das, was Mandor und Huld in Bannerwell von mir verlangt hatten – von mir oder Mavin. Aber hier diente es keinem bösen Zweck. Ich brauchte eine Weile, um mich hineinzufinden, aber als wir einmal begonnen hatten, schien es wie von selbst zu gehen. Es war zwar nicht so einfach, wie es klingt, aber doch viel einfacher, als ich erwartet hatte.

Zuerst kam Shattnir, die soviel Wärme, wie sie nur konnte, vom Sonnenlicht speicherte, es zu uns brachte und das Gewölbe erwärmte. Dann kam Didir. Ich übertrug ihr Muster ohne Umschweife in meinen Kopf, sagte ihr, was wir vorhatten und bat sie, bei mir zu bleiben und mir den Weg zu weisen.

Daraufhin nahm ich Thandbars Blauen in die Hand, legte meine Arme fest um Seidenhand, und sie legte die Hände auf Thandbars Kopf. Er erschien in meinen Gedanken und begrüßte mich mit einer solchen Freude, daß es mich wie eine Woge durchfuhr, eine wortlose, überschäumende Freude, die Begeisterung eines befreiten Gefangenen, der Freudentaumel eines eingesperrten Wesens, dessen Käfig geöffnet wurde. »Frei«, hörte ich ihn in meinem Kopf murmeln. »Frei.«

Ich erinnerte mich daran, daß das einer seiner Namen war, und wußte im selben Augenblick, welche innere Qualität es gewesen war, die ihn befähigt hatte, aus diesem kalten Gewölbe zu fliehen und die Welt zu durchwandern. Seine Wandlerseele konnte nicht eingekerkert werden, war nicht eingekerkert worden. Ich hatte aber keine Zeit, weiter darüber nachzudenken, denn mit Didirs Muster fest in meinem Kopf begann ich ihn zu LESEN, Funke nach Funke, ein zitterndes Netzwerk nach dem anderen, während ich meine Wärme zu den eingefrorenen Kreisläufen seines Wesens sandte und diesen Kreisläufen folgte und Seidenhand sie von mir LAS und sie wiederum in den Körper, der vor ihr lag, übertrug.

Die Zeit verging. Es schienen Stunden, Tage. Bilder tanzten durch meinen Kopf. Ich sah Schlaizy Noithn, hell in der Nachmittagssonne, wo Thandbar mit einer Liebsten wandelte. Ich sah ferne Berge wie von der Höhe eines Nebelriesen aus. Ich hörte Musik, nicht nur das Windlied, das ich kannte, sondern Generationen von Glocken und Flöten in den hochgelegenen, wilden Ländern der Schattenmenschen. Ich wurde zu Baum, Berg, Straße, zu einer ganze Legion wilder Tiere, die ich niemals zuvor zu Gesicht bekommen hatte und nicht kannte. Zu Thandbars Zeiten hatten sie näher bei den Menschen gelebt. In den darauffolgenden Jahrhunderten waren sie geflohen.

Ich sah Erinnerungen an Barish: Barish beim Dozieren; Barish, der mit der Faust auf den Tisch klopfte; Barish lachend. Barish, der schmeichelte. Ich fühlte Abscheu vor den Dingen, die manche Spieler taten, Ekel, Wut, und merkte, wie Barish diesen Abscheu und Ekel zu seiner Waffe gemacht hatte. In Thandbars Innerem hörte ich Barish sagen: ›Wir werden sie heute in den Boden pflanzen, damit wir in der Zukunft eine prachtvolle Ernte haben‹ – mit klangvoller, leidenschaftlicher Stimme. In Thandbars Innerem LAS ich Glaube, dann Zweifel, jahrhundertelangen Zweifel, dann maßlosen Schrecken bei dem Gedanken an ewige Gefangenschaft. Aus diesem Schrecken heraus war er wie Nebel geflohen, um durch die Welt zu schreiten und seine Verwandten zur Hilfe zu rufen.

So flogen die Bilder durch meinen Kopf, während der Blaue in meiner Hand schmolz, ein konturloser Klumpen wurde, ein Tropfen. Dann war er verschwunden. Der Körper vor uns regte sich, regte sich noch einmal, bis sich die Augen schließlich öffneten, der Mund sich bewegte. »Ich träumte von euch, Heilerin«, flüsterte eine Stimme eingerostet vor Alter und Staub. »Ich träumte von euch.« Die Augen blinzelten, blinzelten, versuchten, etwas zu erkennen. Ich wußte, daß sie nur Lichtreflexe sahen, schwache Schatten. Zuletzt hefteten sie sich auf mich, und die staubige Stimme sagte. »Verwandter. Danke.«

Daraufhin folgte eine lange Zeit, die ich nur verschwommen in Erinnerung habe, und in der Seidenhand erschöpft auf dem Boden lag und ich zitternd wie ein Windgong, der unaufhörlich geschlagen wird, auf der Stelle hockte, bis die anderen uns packten – uns zwei und Thandbar – und uns fest und warm in Decken wickelten und uns dem fröhlichen Pfeifen und dem Jubel der Schattenmenschen überließen. Es war Nacht. »Wie lang?« flüsterte ich Queynt zu.

»Ihr wart beide bereits erschöpft, als ihr begonnen habt«, sagte er. »Für heute müßt ihr Schluß machen. Seidenhand kann auf keinen Fall mehr leisten. Morgen solltet ihr Dealpas wecken. Sie kann euch helfen. Dann Didir, denn sie kann tun, was du getan hast, falls ich alles richtig verstanden habe.« So schlief ich. Knochen marschierten gegen uns auf, vom Ende der Welt her, und ich schlief. Das Grauen sammelte sich und stampfte mit Pauken und Trompeten in unsere Richtung, und ich schlief. Selbst als zum Galgen Verurteilter, der gerade zum Schaffott geführt wurde, hätte ich geschlafen. Nicht der geringste Funken Kraft war mehr in mir, um mich wachzuhalten, und der Morgen kam und wurde fast zum Mittag, bevor ich aufwachte und Seidenhand neben mir sitzen sah. Sie wirkte ein bißchen blaß, aber entschlossen.

»Komm«, sagte sie. »Wir wollen Dealpas wecken.«

Das taten wir, wenn auch Barishs Heilerin nicht gern geweckt wurde. Sie kämpfte die ganze Zeit gegen uns, klagend und weinend, mit einer Haltung, als sei sie der einzige Mensch auf der Welt, der jemals Schmerz empfunden hätte. Ihr Jammern ging uns auf die Nerven, und ich war schon nahe daran, sie einfach für immer liegenzulassen, aber Seidenhand gestattete das nicht. Ich spürte, wie sie etwas tat, was ich noch nie zuvor erlebt hatte – eine Art geistiger Tracht Prügel, die wie das Zischen einer Schlange die Nervenbahn entlangfuhr –, und somit hatten wir schließlich Dealpas' Aufmerksamkeit doch noch gewonnen. Als wir sie wach bekommen hatten, ging das Jammern von vorn los, wenn auch nur noch halbherzig, und Jinian mischte sich ein, um Dealpas endgültig wachzuschütteln.

»Ich habe kein Verständnis für diesen Quatsch vom gebrochenem Herzen und gepflückten Blatt«, schrie sie in das schmollende Gesicht der Heilerin. »Ich weiß nicht, warum Barish Euch für würdig erachtete, zu seinen Elf zu gehören, warum er gerade Euch unter allen Heilern auswählte. Vielleicht gab es einfach damals keine anderen zur Auswahl. Wie dem auch sei, die Beste seid Ihr auf keinen Fall. Ihr seid nicht einmal gut genug, Seidenhands Schleppe zu tragen, aber Ihr werdet jetzt das tun, was von euch verlangt wird, oder ich werde Euch lehren, was Schmerz bedeutet, beim Riesen von Thandbar!«

Dealpas war tief verletzt, wütend, ihr Schmerz vergessen. Ich verknüpfte mich mit ihr, wenn auch zögernd, um Didir zu wecken, und während dieser Verbindung begriff ich, was Dealpas auf einen solch weinerlichen Jammerpfad gebracht hatte. Barish hatte sie süß gefunden, sie gehätschelt und bemuttert, und je mehr sie jammerte, desto mehr wurde sie verhätschelt. Da begann ich zu bezweifeln, daß Barish der war, für den ich ihn gehalten hatte. Ein Zauberer sicher, aber doch nicht so weise, sonst hätte er sie kaum so verwöhnt.

Wir arbeiteten nicht so gut zusammen wie Seidenhand und ich, aber Didir half selbst von innen mit, ihren Körper zu wecken, und so ging dann doch alles zufriedenstellend zu Ende. Sie erhob sich mit einer einzigen fließenden Bewegung von ihrem Podest, in keinster Weise großmutterhaft, sondern immer noch jung und geschmeidig. »Peter«, sagte sie und blickte mir geradewegs in die Augen, »es ist jetzt nicht die richtige Zeit, dir zu danken. Sei aber versichert, daß es nicht in Vergessenheit geraten wird.« Sie umarmte mich und küßte mich wie eine Mutter es tun würde (wie Mavin mich nie geküßt hatte, soweit ich mich erinnerte), und dann ging sie fort, um Kraft zu sammeln und eine alte Zwistigkeit zwischen ihr und Dealpas zu bereinigen. Als beide zurückkamen, waren sie bereit weiterzuarbeiten, und ich hörte Dealpas niemals wieder klagen.

Die beiden begannen mit Shattnir, die sich erhob, wie sie geschlafen hatte, kerzengerade und mit einem Ruck, gerade als ob sie sich die Nacht zuvor erst hingelegt hätte. Ich bemerkte ihren scharfen Blick auf mich und daß sie mich erkannte, worüber ich aber nicht überrascht war. In diesen Blauen hatte mehr Leben gesteckt, als ich gewußt hatte. Sie hatten sich verändert, während sie bei mir, in mir gewesen waren.

Sie hatten mich benutzt wie ich sie benutzt hatte, und ich betete, als ich ihren Blick sah, daß sie diesen Handel nachträglich guthieß. Dann schenkte sie mir ein rasches, spöttisches Lächeln – nichts an Shattnir wirkte jemals ganz und gar menschlich – und ging ihres Weges.

In der Zwischenzeit hatten Seidenhand und ich Dorn geweckt. Da ich nun schon Erfahrung hatte, brauchte ich Didirs Hilfe nicht mehr, sondern konnte den Blauen von Dorn LESEN wie ein vertrautes Buch. Es gab Überraschungen, ja, vor allem in den Erinnerungen aus seiner Jugend; es gab Schrecken, als er sein Talent entdeckte und es zu gebrauchen lernte, aber trotzdem war mir der größte Teil von ihm vertraut, und als er sich schließlich erhob, begrüßte er mich mit Namen.

»Ihr erkennt mich?« murmelte ich.

»Natürlich, Peter! Bin ich nicht in deinem Kopf herumspaziert wie ein Bauer auf seinen Feldern? Haben wir nicht zusammen die Geister gerufen?«

»Ich wußte nicht, daß Ihr Euch daran erinnert«, sagte ich kleinlaut, mich an Dinge erinnernd, von den ich lieber gehabt hätte, er würde sie nicht wissen.

»Warum sollte ich mich nicht an einen Freund erinnern?« fragte er mich und zog mich in eine Umarmung. Was ich in diesem Augenblick für Dorn fühlte, hatte ich für Mertyn oder Himaggery nie gefühlt. Ich hatte diese beiden nie so gut gekannt wie Dorn. Vielleicht hatte er etwas Wichtiges in mir geformt, wie ein bäurischer Vater etwas in seinem Sohn formt oder ein liebender *thalan*, der das Kind seiner Schwester von Geburt an kennt. Es stimmte, was Dorn sagte. Ich erinnerte mich an ihn als einen Freund. Er hatte niemals etwas getan, was mich verletzt hätte, nicht einmal, wenn es für mich zum Besten gewesen wäre, und deshalb gab es keine Bitterkeit zwischen uns.

Dann weckten Dealpas und ich Buinel auf, während Seidenhand sich ausruhte und Didir sich die Zeit nahm, alles zu ergründen, was passiert war. Ich fühlte, wie sich ihre suchenden Gedanken ausstreckten, und, wie ich annahm, Huld suchten. Es war nicht schwer, Buinel zu wecken, nur langweilig. In meinem ganzen Leben hatte ich noch nie jemanden getroffen, der so entschlossen jeden spontanen Gedanken oder jede unbedachte Regung erstickte wie Buinel es tat. Er suchte überall nach Regeln, und er wollte sie in Bronze gegossen oder in Stein gehauen, um erkennen zu können, daß es sich nicht um vorübergehende Dinge handelte. Nun, Dealpas und ich hielten durch, sie den Mund abweisend und immer noch ärgerlich verzogen. Als wir ihn endlich wachhatten, erfaßte ihn ein tiefes Mißtrauen über unsere Beweggründe, so daß wir ihn Dorn und Queynt übergaben. Wenn sie ihn nicht zur Ruhe brachten, war es mir auch gleich, obwohl ich ihm viel dafür schuldete, daß er uns vor dem Ghul gerettet hatte. Dann kehrten Seidenhand und Didir zurück und weckten Hafnor, Wafnor und Tamor, einen nach dem anderen, in immer kürzerer Zeit. Durch die Übung wurde die Sache von Mal zu Mal einfacher. Wafnor breitete herzlich aus der Ferne die Arme nach mir aus, sein stämmiger Körper krachte, als er sich dehnte und streckte, um in wenigen Minuten die Steifheit von Jahrhunderten zu vertreiben. Hafnor winkte mir neckend zu. Wenn er mehr Kraft besessen hätte, hätte er bestimmt etwas Verrücktes, Jungenhaftes getan, aber er mußte sich erst in der Sonne aufwärmen. Hier gab es nur die Wärme, die Shattnir von Zeit zu Zeit zu uns herunterbrachte.

Dann waren Seidenhand und ich wieder allein. Nur Sorah und Trandilar ruhten noch auf ihren Podesten. Und Barish. Ich stand da und schaute auf ihn herab, den einsamen Blauen in meiner Tasche betastend.

Jetzt, da ich alle anderen aufgegeben hatte, schien es mir verwerflich, Windlow bei mir zu behalten, verwerflich, ihn als einzigen gefangenzuhalten. Er besaß keinen eigenen Körper. Dieser war verbrannt und mit dem Berg der Zauberkünstler zerstört worden. Barish besaß keinen Blauen. Dieser war in irgendeinem anderen Körper verschwunden oder vielleicht durch die Maschine zerstört worden. Warum nicht die beiden zusammenbringen? Dann konnte Windlow wenigstens wieder leben, lange leben, und war nicht schlechter dran als jetzt. Der Körper würde fremd sein, aber es war gewiß besser, einen fremden Ort zu besuchen, als überhaupt nicht zu leben. Seidenhand und ich befanden uns allein in dem Gewölbe. Die anderen waren nach draußen gegangen, um nach Huld Ausschau zu halten oder Pläne zu schmieden und Strategien zu entwickeln, wie wir den Berggipfel verlassen konnten, ohne den Rest der Welt Hulds Zorn preiszugeben.

Ich rief Seidenhand zu mir und zeigte ihr Windlows Blauen in meiner Hand. Meine Augen glitten über Barishs Körper.

Sie reagierte wie ich auch, während ihre Augen hin und her wanderten. »Warum nicht?« sagte sie. »Komm, wir tun es, bevor jemand erscheint und Einwände erhebt.«

»Vielleicht lebt er nur kurze Zeit und kommt bei dem Kampf um, der uns droht«, warnte ich sie.

»Dann ist er zumindest wirklich tot«, erwiderte sie bitter. »Nicht verloren in der Gletscherspalte eines Berges, weder lebendig noch tot, vielleicht mit derselben Angst, die Thandbar fühlte.«

Ich nickte, nahm Windlows Blauen in die Hand und umschlang Seidenhand mit meinen Armen, während sie ihre Hände auf Barishs Kopf legte.

Ein Mahlstrom tat sich auf. Nichts, was vorher geschehen war, hatte mich auf etwas Derartiges vorbereitet. Windlow barst in mich hinein wie eine Flut, wie ein mächtiger reißender Strom, der sich in einen Abgrund ergießt. Und da war noch etwas anderes, einer Flutwelle gleich, die auf die Ausläufer eines Flusses trifft, Wellen, die weißschäumend aufeinanderprallten und zerschellten, sich umrundeten, in unentwirrbaren Wogen, Schüben, Überschwemmungen vermischten. Städte stürzten in meinem Kopf zusammen; Flüsse rissen mächtige Barrikaden nieder; jahrtausendealte Bäume fielen zerschmettert zu Boden. Eine endlose Parade von Gesichtern passierte meinen Kopf. Die Sonne zog eine einzelne glitzernde Kurve über den Himmel, flackerte zwischen Finsternis und Licht, als Tag und Nacht vorbeirasten. Dann verlangsamte sich der Kampf, und ich spürte, wie sich in der Flutwelle Dinge über die Wellen erheben wollten, sich über dem Wasser festigten und wie Boote schaukeln wollten, bis schließlich alles durchsichtig und ruhig auf der steten Bewegung dessen ruhte, was immer auch darunter lag. Windlows Blauer war verschwunden. Seidenhand lehnte sich erschöpft in meiner Umarmung.

Ich hörte, wie jemand den Raum betrat, erkannte Queynts Schritt, war aber zu angespannt, um mich umzuwenden, als ich ihn tief Luft holen hörte.

Die Gestalt vor mir auf dem Podest öffnete die Augen. Jemand hinter diesen Augen lächelte mir ins Gesicht und fragte: »Peter?« Dann blickte dieser jemand – oder war es jemand anderes? – über meine Schulter und sagte zu Queynt: »Vulpas?« Ich spürte, wie ich weggestoßen wurde, als Vitior Vulpas Queynt an die Seite seines Bruders trat.

Sein Bruder.

Mein Freund.

Windlow.

Barish.

Ein und derselbe.

12

Die Knochentänzer von Huld

»Ihr habt ihn die ganze Zeit bei euch getragen!« Queynt fuhr zu mir herum, als wollte er mich schlagen.

Eine Stimme ertönte von dem Podest, zittrig lachend, aber es war nicht Windlows Stimme, jedenfalls nicht ganz. Das Sprachmuster und die Betonung waren anders. Sie klang nicht so friedfertig, nicht so sanftmütig. »Aber, Vulpas! Er wußte nicht, daß er mich besaß. Der arme Junge… Und er hatte auch nicht viel von mir – oder alles von mir, je nachdem wie du's betrachtet. Er wußte es nicht. Windlow wußte es nicht.«

Queynt wandte sich wieder der Stimme zu, die ihm vertrauter schien als mir. »Windlow?«

Langes Schweigen. Ich schaute auf den Körper auf dem Podest, der eng in seine Zauberrobe gehüllt war. Er hatte sich noch nicht bewegt, schien eher unschlüssig, ob er es überhaupt konnte. Eine Hand machte eine kleine, schlaffe Bewegung; ein Fuß zuckte. Die Augen schauten verwirrt, klärten sich dann, verschleierten sich erneut. Als er sprach, klang es zögernd, langsam, als erwäge er jedes Wort – und wäre sich doch nicht sicher, ob es das richtige sei.

»Der Körper, den sie für mich brachten, Vulpas. Die Körper sollten eigentlich hirntot sein. Davon gab es jede Menge. Sie waren die Hinterlassenschaft jedes Spieles – weinende Frauen, schreiende Mütter, armselige Körper, die nur noch atmen, laufen, essen konnten und sonst nichts mehr. Einen von diesen sollten sie bringen. Das taten sie auch. Den Körper eines Sehers namens Windlow. Allerdings war dessen Geist nicht gänzlich tot – oder nur halb oder betäubt, nach tief unten gesunken …

Die Maschine … Sie benahm sich merkwürdig. Ich wollte zur Basis gehen und ein paar *Techniks* hierherbringen, um sie reparieren zu lassen. Ich ging aber nicht. Warum? Ich weiß nicht mehr … Bevor das geschah, befand ich mich in diesem Körper hier. Die Maschine trennte mich nicht davon. Jedenfalls nicht alles von mir. Das meiste blieb hier, in diesem kalten Körper. Ich träumte …

Träumte, daß ich sah, wie Thandbar diesen Raum verließ wie ein Wind, ein Nebel, und sang. Träumte, daß kleine Leute hierherkamen und ebenfalls sangen. Wollte sie um Hilfe bitten, sie bitten, Vulpas oder Rätsel zu finden. Gefangen … Ohne Bewegung. Ohne Stimme …«

»Wer ging denn dann von hier fort?« wollte Queynt wissen. »Wen steckte Rätsel in den Blauen? Jenes letzte Mal … Als du mich treffen solltest?«

Die Gestalt auf der Plattform bewegte sich. Ein gleichgültiges Schulterzucken, ein Testen der lang nicht benutzten Muskeln. »Hauptsächlich Windlow. Mit einem Teil von mir. Die Maschine ging dabei entzwei, für immer. Endgültig. Kreischte wie ein verwundeter *Pombi,* wie ein heißer *Fustigar,* kreischte, schriekte und knirschte, und dann war sie still. Das Licht ging an. Ich sah es, als ich fortging, und Rätsel sagte, daß es sich nicht lohne, zurückzukommen, daß man nichts mehr tun könne …«

»Doch wenn Ihr das alles gewußt habt, Windlow«, fragte ich einfältig, »warum habt Ihr es mir dann nicht erzählt? Warum diese ganze Geheimniskrämerei? Das ganze Verstecken und Suchen und angeblich überhaupt nichts über die Spielfiguren und das Buch wissen? Warum das alles?«

»Ach, Junge.« Wer immer sich da auch vor mir befand, er versuchte sich aufzusetzen, was ihm mehr Mühe machte, als allen anderen zuvor und ihm Schmerzen verursachte. Ich trat herbei, um ihm zu helfen, und er tätschelte auf vertraute Weise meine Schulter. »Ich erinnerte mich nicht. *Windlow* erinnerte sich nicht. Es war wie ein Traum, ganz merkwürdig. Wie hätte Windlow den Unterschied zwischen Vision und Wirklichkeit erkennen können? Und dann stürzte dieser kleine Mond herunter, die ganze Welt bebte, fiel zusammen und brach auseinander. Alles floh und versuchte, sich zu retten, auch Windlow und Barish. Ihre Erinnerungen waren vermengt und zusammengebrochen wie die Welt, die sie umgab, wie die Menschen und die ganze Landschaft. Ich vergaß Vulpas, vergaß fast die Spielfiguren und beinahe auch das Buch. Später kehrten die Erinnerungen zurück. Waren es Erinnerungen? Visionen eines Sehers? Woher sollte Windlow-Barish das wissen? Dann begannen die Erinnerungen zu nagen, zu Geheimnissen zu werden, und Windlow-Barish begann nach dem Buch zu suchen, nach den Spielfiguren. Er begann, sich an seltsame Dinge zu erinnern. Kam er jemals hierher zurück? Warum sollte er? Falls er es tat, hatte er sich wahrscheinlich die Mühe umsonst gemacht …«

»Wie meint Ihr das – *ob* er hierher kam?« fuhr ich ihn schrill an. »Wenn Windlow in euch ist, wird er es doch wissen, ob er hierher kam oder nicht! *Denkt* ihn. *Fragt* ihn.« Mein Herz schmerzte vor Kummer. Ich hatte nicht beabsichtigt, Windlow, den ich liebte, für diesen Fremden einzutauschen.

Ein langes Schweigen folgte vom Podest her. Dann hörte man das Rascheln der Robe, das rauhe Kratzen der Stickereien gegeneinander. Als die Stimme wieder erklang, ähnelte sie eher der, an die ich mich erinnerte. »Richtig, mein Junge. Natürlich. Nein, ich kam nicht hierher. Ich erinnerte mich nicht an diesen Ort. Ich erinnerte mich an das Buch, die Spielfiguren, aber ich wußte nicht mehr, warum sie wichtig waren. Warum sollte Windlow sich auch an so etwas erinnern?«

Ich wandte mich ihm verzweifelt zu. »Seid Ihr da drin, Windlow? Habe ich Euch getötet?«

Er lachte, beinahe wie Windlow es getan haben würde. »Nein, Peter. Nein. Schau, alles von Windlow ist hier, wenn ich danach greife. Ich erinnere mich an den Garten in Windlowhaus, die Wiese, wo du die Glühwürmchen gejagt hast. Ich erinnere mich an den Turm, in den Prionde uns hat einschließen lassen, die Art, wie wir entkamen, indem wir durch den Abflußkanal krochen …«

»Ihr seid nicht gekrochen«, sagte ich. »Wir haben euch getragen.«

»Ihr habt mich getragen. Stimmt … Ich kam zu Himaggery in die Leuchtende Domäne. Alle diese Erinnerungen sind hier, mein Junge, die ganzen Erinnerungen aus Windlows Leben. Sie mögen vielleicht nicht haargenau so sein wie sie vorher in Windlows Kopf existierten, aber sie sind vorhanden.«

Ich fühlte mich, als hätte mir jemand erklärt, daß ich nicht ganz schuldig an einem schweren Verbrechen sei. Das Gesicht war nicht das Windlows, und es war nicht sein Körper, aber in diesen Erinnerungen lebte Windlow weiter. Allerdings vermischt mit einer anderen Persönlichkeit. Silber vermischt mit Zinn bleibt immer noch Silber, und doch hat es ein anderes Aussehen. Niemand wird Zinn Silber nennen, und doch befindet sich das ganze Silber, mit dem es begonnen hat, darin. Wenn nicht, dachte ich, diese Mischung hier mehr Öl und Wein gleicht, wo das Öl zur Oberfläche kommen und der Wein unten bleiben und, derartig bedeckt, brodeln würde. War Windlow nun Silber oder Öl? Oder war er Wein? Spielte es eine Rolle, solange er lebte? Eine Zeitlang wenigstens.

Denn es würde nur eine Zeitlang sein. Solange, bis das, was er wußte und dachte, nicht mehr wichtig war und dem Vergessen anheimfiel. Aber so ging es uns allen. Wir waren das, was wir waren, nur für kurze Zeit, für jetzt. Dann begann sich unser eigenes Silber mit dem Zinn unserer Zukunft zu mischen und uns zu verändern. Ich wußte, daß es so war, und trauerte um Windlow, während ich eigentlich um mich trauerte. Bald würde ich dieser Peter hier nicht mehr sein, genauso wenig wie ich der Peter von vor zwei Jahren war, der auf dem Weg zur Leuchtenden Domäne um Tossa getrauert hatte. Und doch war dieser Peter nicht verloren. Also war auch Windlow nicht verloren, und trotzdem war er nicht mehr Windlow.

Seidenhand nahm meine Hand und führte mich weg, kopfschüttelnd, mir und sich selbst etwas zumurmelnd. Sie hatte ihn auch geliebt, vielleicht noch mehr, als ich es getan hatte, und ich fragte mich, ob sie sich auch so merkwürdig zerrissen fühlte. Wir sprachen in jenem Augenblick nicht darüber. Statt dessen setzten wir uns neben das Feuer, tranken Tee und schauten in die Flammen, als ob wir unsere Zukunft dort sähen. Mein Kopf glich einer leeren Halle, voller Echos und Staub in den Ecken. Wir hörten, wie Queynt und Barish-Windlow herbeikamen, und so gingen wir hinunter, um Trandilar und Sorah zu wecken. Wenn das, was drohte, uns allen Zerstörung und Ruin bringen sollte, wollte ich die beiden nicht hilflos unter den Steinen liegen lassen.

Es herrschte ein ziemliches Getöse, als dann alle geweckt waren und sich unterhielten, bis Hafnor sich hopplahopp gen Norden portierte, um festzustellen, was sich dort zusammenbraute. Die Nacht brach herein, die zweite Nacht, seit wir Thandbar geweckt hatten. Ich hatte zwei Tage und eine Nacht unten im Fels verbracht, und morgen würde der dritte Tag anbrechen, seit Hulds Armee vom Höllenschlund aufgebrochen war. Ich wärmte meine Hände am Feuer und hoffte, daß Himaggery und Mavin rechtzeitig einträfen, bevor Huld kam, obwohl ich es bezweifelte. In der Dunkelheit konnten wir nichts weiter unternehmen. Ich erzählte Thandbar von meinem Zusammentreffen mit dem Knochentänzer vor den Toren von Dreibuckel, und er gluckste, aber ohne Humor. »*Grole?* Das habe auch ich auch einmal gemacht, oder so was ähnliches. Man benötigt aber Zeit, um so groß zu werden, deshalb werde ich nach dem Essen wieder verschwinden. Ich genieße den Geschmack dieser Vögel mehr als den von Stein.« Er war, genau wie ich ein paar Tage zuvor, in der Gestalt eines *Fustigars* jagen gewesen.

So saßen wir kauend da, wärmten uns am Feuer und dachten an alte Freuden und Vergnügungen. Ich erinnerte mich an die Kätzchen in Mertynhaus und die heißen Seen in der Leuchtenden Domäne. In der heißen Jahreszeit weiß man oft nicht mehr, wie angenehm Wärme ist, aber hier neben dem Feuer auf dieser windgepeitschten, unwirtlichen Hochebene, träumte ich von warmen Dingen. Jinian, die neben mir saß, nahm meine kalte Hand und rieb sie, um das Blut wieder zum Fließen zu bringen. Ich nutzte die Hand, um ihr die Wange zu streicheln, mit dem Gefühl, als hätte ich sie tagelang nicht gesehen. Auf der anderen Seite des Feuers tat Kelver das gleiche bei Seidenhand und lächelte in anteilnehmender Zuneigung über die züngelnden Flammen zu mir herüber. Queynt unterhielt sich mit den *Krylobos* und befreite sie von ihrem Geschirr, um uns verlassen zu können. Sie stelzten über die Hochebene von dannen in die Nacht hinein und stießen ein krächzendes Trompeten aus. »Sie mögen diejenigen nicht, die sich von den Schattenmenschen ernähren«, sagte Queynt. »Sie werden einige *Krylobos* und *Gnarlibare* zu unserer Unterstützung holen. Ich erwarte nicht zu viel davon, aber sie werden sich besser fühlen, weil sie es versucht haben. Ich wollte, es gäbe *Eesties* in der Nähe, obwohl diese sich wahrscheinlich weigern würden, sich einzumischen …«

Dorn erzählte, wie er Knochen zur Ruhe brachte, die ein anderer gerufen hatte, und noch mehr Geschichten aus längst vergangenen Zeiten. Einige von ihnen, da war ich mir sicher, waren nicht dazu gedacht, für bare Münze genommen zu werden, sondern nur zur Unterhaltung, und manche waren spaßig genug, daß wir darüber lachen konnten, trotz der Notlage, in der wir uns befanden. Dann übernahm Trandilar das Erzählen. Ihre Geschichten handelten von Pracht und Romantik, von unsterblicher Liebe, und sie warf ihre ganze Betörung auf uns, so daß wir die Knochen aus dem Höllenschlund und Huld ebenso vergaßen wie die kalte Ödnis der Hochlandes – und eine Zeitlang in Städten und Ländern lebten, von denen wir niemals geträumt hatten. Und die ganze Zeit über reichten Sorah und Wafnor Essen herum, ohne etwas davon aufzusparen. Sie dachten vermutlich, daß wir am nächsten Tag zu beschäftigt zum Essen und froh über jeden Bissen sein würden, den wir am Abend zuvor zu uns genommen hatten. So waren wir alle wohlgesättigt und von Trandilar so betört, daß die Gefahr unseren Gedanken entschwand und wir alle ruhig und ausgeglichen wie an einem Sommertag wurden und, in unsere Decken gewickelt und nah beieinanderliegend, langsam in den Schlummer hinüberglitten. Ich glaube, Trandilar schritt die ganze Nacht über durch unsere Reihen und flüsterte sanfte Worte, die uns angenehme Träume schenkten, denn als wir morgens erwachten, hatten wir das Gefühl glücklicher Erfüllung und Mut für den kommenden Tag. Nun war es Barish, der die Becher herumgehen ließ, doch ich bemerkte, wie er die Kräuter darin vorher in den umliegenden Felsspalten suchte, und die Art, wie er sie sortierte und sich darüber beugte, die Art, wie er sie zerrieb und sich unter die Nase hielt, war ganz die Windlows. Das Gebräu schmeckte heiß und bitter, aber es verlieh uns eine geradezu übernatürliche Wachsamkeit. Wir waren gerade damit fertig, als Hafnor zurückkehrte, um uns mitzuteilen, daß die Wirklichkeit unsere schlimmsten Befürchtungen übertraf.

»Dieser Huld, den du dir so wirkungsvoll zum Feind gemacht hast, muß bereits seit Generationen nekromantische Talente unter seiner Gefolgschaft versammeln. Er hat auch jede Menge Magier und ein solch großes Heer von Knochen und Leichnamen, daß die Welt darunter ersticken könnte. Es erstreckt sich von Horizont zu Horizont, über die Kante des Hochlands zu der Schlucht des Grauwassers bis zum Tal des Flusses Reave.«

»Was ist mit den Spielern in diesem Heer der Knochen?« fragte Jinian. »Die Talente, die gegen die Toten nichts ausrichten könnten, könnten doch gegen diese Spieler eingesetzt werden.«

»Falls man zu ihnen durchdringt«, erwiderte Hafnor. »Ihr müßt es einfach mit eigenen Augen sehen. Die Spieler innerhalb dieses Heeres von Knochen sind wie ein Zeller, der in der Mitte eines wogenden Weizenfeldes steht. Ihr könnt nicht zu ihnen vordringen, bevor ihr nicht alles weggesichelt habt, was sich davor befindet.«

»Ich habe Schluchten voll mit Buschwerk entdeckt«, bot sich Buinel an. Er war doch nicht ganz so eine Plage, wie ich mir vorgestellt hatte, zwar immer noch reichlich umständlich und mit Fragen der Verfahrensweise beschäftigt, schien er aber doch die Gefahr, die uns drohte, begriffen zu haben und bemühte sich, vernünftige Vorschläge zu machen. »Wenn die Knochen sie überqueren wollen, werden sie ein Flammenmeer vorfinden.«

»Und ich werde versuchen, Huld inmitten dieser Knochenarmee herauszufinden«, erklärte Tamor. »Er kommt von Norden, das heißt, ich kann ihm mit der Sonne im Rücken entgegenkommen. Wenn meine Hände ihre Gewandtheit in diesen langen Jahrhunderten nicht verloren haben.« Er spannte versuchsweise seinen Bogen, hörte die Sehne reißen und unterdrückte einen Fluch. »Nun ja, ich habe noch mehr davon. Götter, was für eine Zeit und was für ein Ort, um zu erwachen!« Kurze Zeit darauf sah ich ihn mit gespanntem Bogen weggehen.

Didir hatte einige Zeit mit Barish verbracht. Ich sah, wie sie seine Hand hielt, ihr Haupt an das seine lehnte, das Gesicht verwirrt und zurückhaltend. Ich wußte, sie hatte ihn einst geliebt. Nun war er nicht länger der Barish, den sie gekannt hatte. Ich bemitleidete sie. Windlow war ihr fremder als Barish mir. Keiner von uns erkannte seinen alten Gefährten wirklich wieder. Schließlich erhob sie sich neben ihm, drückte ihre Wange an seine und ließ ihn dann los. »Ich werde tun, was in meiner Macht steht, um herauszufinden, was Huld denkt«, sagte sie. »Obwohl es vermutlich nur das ist, was wir bereits wissen. Er wird uns überrennen, um seinen Verbündeten seine Macht zu beweisen. Er sagt, er suche Barish, aber das ist wahrscheinlich nur ein Vorwand. Er will die ganze Welt überrennen, und dies hier ist sein erster Versuch.« Sie entfernte sich, um nach einem hohen Felsen Ausschau zu halten. Ihr Schritt verriet große Würde, aber auch etwas Niedergeschlagenheit. Barish schaute ihr nach. Auf seinem Gesicht lag verhaltener Kummer. Ich wandte mich ab, denn es schmerzte, die beiden zu beobachten.

Trandilar verkündete ihre Absicht, in die Höhle zurückzugehen und dort bei Sorah und Dealpas zu bleiben, bis sie gebraucht oder gewünscht werde. »Dann sind wir wenigstens aus dem Weg«, sagte sie. »Ihr braucht keine BETÖRUNG. Kommen Visionen, teilen wir sie euch mit. Und wenn ihr einen Heiler braucht, ruft hinunter nach Dealpas.«

Hafnor war wieder verschwunden, um den Feind weiter auszuspionieren. Wafnor hatte sich neben einen Haufen großer Felsklötze postiert, Shattnir stand im Sonnenschein, die Arme weit ausgestreckt, und zog soviel Wärme in sich hinein, wie sie konnte, um uns alle damit zu versorgen. So blieb ich, Peter, mit den Zauberern zurück – mit Barish, Vulpas und Jinian. König Kelver blieb ebenfalls bei ihnen, aber ich überlegte, daß ich Thandbar nacheifern und noch einmal ein *Grol* werden sollte.

Ich hatte jedoch kaum Zeit, mit der Wandlung zu beginnen und an Größe zuzunehmen, als ich das Prickeln in meinem Kopf spürte, mit dem Huld nach seinem Opfer suchte. Lange Zeit hatte ich mich in solchen Fällen auf Didirs Schutz verlassen, und eigenartigerweise ließ sie mich auch jetzt nicht im Stich. Ich erinnerte mich an das Muster ihres Schutzes und tauchte unter seine Oberfläche, während ich fortfuhr, Stein zu kauen. Er konnte mich nicht finden. Mit Didir als Wächterin hielt ich es für unwahrscheinlich, daß er überhaupt einen von uns ausfindig machen konnte.

Ich hatte es mir in einem Hohlweg zwischen dem ebenen Plateau, über das er marschierte und dem zusammengestürzten Felsenmeer, wo wir uns verbargen, bequem gemacht. Felsbrocken türmten sich über mir und neben mir. Ich ließ mir Augen wachsen, denn obwohl *Grole* blind sind, zog ich es vor, sehen zu können. Ich mußte nach Himaggery Ausschau halten. Ich mußte Hulds Anmarsch sehen können. Dazu brauchte ich nicht weit Ausschau zu halten, in keinster Weise, denn Huld überfiel uns wie eine riesige Flutwelle, eine kriechende Fäulnis, ein wuchernder Pilz, weiß und faulig grau, mit blitzenden Bannern, die wie Blutstropfen aus der Mitte hervorstachen. Ich konnte keine einzelnen Gerippe erkennen, nur eine kantige Masse, als ob ein Haufen gebleichten Strohs von einem mächtigen Wind in meine Richtung getrieben würde, ein Haufen Knochen und Gelenke, die mit weißen Kugeln überstreut waren, den Schädeln derer, die da marschierten. Ich konnte keine Spieler erkennen. Durch das Schimmern der Banner wußte ich aber, wo sie steckten, denn die Knochen trugen nichts außer sich selbst. Irgendwo in dieser Menge befanden sich Trommler, denn wir alle hörten das dumpfe *wumm, wumm, wumm,* das den Knochen den Marschtakt angab. Vielleicht liefen Knochentänzer neben den Trommeln, um vom weit entfernten Westen bis zum ebenso weit entfernten Osten den gleichen Takt zu halten und eine gleichmäßige Frontlinie zu gewährleisten. *Wumm, wumm, wumm.* Der Ton ließ den Fels unter mir erzittern, stärker und stärker, je näher sie kamen.

Der erste, der sich ihnen entgegenwarf, war der alte Tamor, obwohl er, als er sich damals zum Schlafen niedergelegt hatte, gar nicht so alt gewesen war, um diese Bezeichnung zu verdienen. Er war ein gutes Stück jünger als Himaggery. Ich sah, wie er aus der Sonne herab auf das Heer hinunterstieß, sah die Silberspur seiner Pfeile, dann seinen flinken Rückzug, als er vor den Speeren floh, die ihm folgten. Die Tragamore von Huld waren wachsam. Eine Zeitlang sah ich nichts mehr von ihm, entdeckte dann aber eine rasche glitzernde Bewegung ganz hoch oben, gerade bevor ein weiterer Schwarm Speere geworfen wurde. Dieses Mal reichten sie höher, und ich glaubte, Tamor taumeln und fallen zu sehen, aber nicht, daß er zu Boden stürzte. Ich fühlte ein dämonisches Prickeln und hörte dann Didirs Stimme in meinem Kopf. Offenbar kannte sie mich so gut, daß es ihr sogar jetzt leichtfiel, mit mir Kontakt aufzunehmen. »Wir sehen ihn, Peter. Kelver und Seidenhand schlagen sich gerade in westliche Richtung durch, wo er zu Boden ging. Die Vögel werden sie tragen ...«

Aha. Also waren Yittleby und Yattleby zurückgekehrt, ihr Rekrutierungsauftrag erledigt, um uns nach besten Kräften zu helfen. Wenigstens befand sich nun dadurch Seidenhand außerhalb des Kampfgetümmels. Wenigstens hatten Kelver und sie jetzt etwas Zeit für sich selbst, um zu teilen, was während dieser langen Reise von Reavebrücke bis hierher zwischen ihnen gewachsen war. Wenn Tamor nicht ernsthaft verletzt war, überlebten vielleicht alle drei. Eine Zeitlang zumindest ... Den Blick auf die Armee vor uns gerichtet, machte ich mir wenig Hoffnungen, daß wir alle noch mehr als ein, zwei Sommer überleben würden. Huld würde nicht davon ablassen, alles weiter niederzuwalzen. Wie Didir sagte – wir waren nur ein Vorwand, damit er seine Stärke erproben konnte. Hätte er wirklich Barish gewollt, wäre er mit einer geringeren Zahl und Klügeren als diesen hier erschienen. Nein, es war eine Warnung an die Welt, ein Aufwärmen seiner Muskeln. Ich haßte ihn in diesem Augenblick, haßte ihn im Namen von all dem, was ihn nicht kümmerte – Liebe, Ehre und Wahrheit und einem Wort, das er niemals gehört hatte: Gerechtigkeit.

Die Knochen waren näher gekommen und jetzt bei einem tiefen breiten Abgrund angelangt, einer Schlucht, die bis zum Rand mit Dorngestrüpp bewachsen war. Die Knochen sprangen hinüber, leicht wie Insekten, ohne die Büsche auch nur zu berühren. Sie sprangen dutzendweise, zu Hunderten, zu Tausenden. Dann kamen die Spieler, die Knochentänzer, die von Waffenträgern über die Schlucht geflogen wurden.

Plötzlich loderten Flammen hoch, eine Mauer aus Feuer, die Meilen breit und turmhoch war. Ich befand mich zu weit entfernt, um die Knochentänzer schreien zu hören, aber ich sah sie feurigen Fackeln gleich in diese unüberwindliche Feuermauer fallen. Die Knochen sprangen weiter, türmten sich übereinander und brannten, fielen in die Schlucht, als die Dornen wegbrannten, und schafften Raum für weitere. Nicht einmal einen Augenblick stoppten sie, sondern krochen vorwärts wie Spinnen. Etwas daran ließ Peter in der großen Grolgestalt stutzen. Warum liefen die Knochen weiter, obwohl die Knochentänzer tot waren? Gab es noch mehr Knochentänzer weiter hinten in dem Heer? Oder handelte es sich einfach um einen dieser besonderen Fälle, bei dem die Dinge, einmal erweckt, sich selbständig machten? Wenn das stimmte, würde uns nichts, was wir gegen die Spieler unternahmen, helfen können.

»Etliche sind tot, Buinel«, flüsterte ich mir selbst zu. »Aber es kommen noch so viele, daß alles Dornengestrüpp der Welt sie nicht aufhalten könnte.«

Der Fels unter mir begann zu zittern. Brocken lösten sich aus dem Abhang und donnerten in hohem Flug in die Mitte des Heeres. Ihr Ziel war Huld, aber seine Waffenträger wehrten sie ab. Sie flogen zur Seite, wirbelten durch die Reihen, zerschmetterten Hunderte von Schädeln oder mehr, deren Überbleibsel in der Luft tanzten, eine Wolke unzusammenhängender Weiße, wie ein Schauer grobkörnigen Schnees. Den ersten großen Steinen folgten weitere. Unruhe machte sich im Zentrum der Knochenarmee breit, ihr Tempo verlangsamte sich einen Augenblick. Was beabsichtigte Huld? Wollte er uns einfach niederwalzen, unter dem Gewicht der Knochen begraben? Oder befanden sich in diesem Heer welche, die uns suchten, Barish suchten, eine Entschuldigung für dieses Spiel suchten, dieses GROSSE SPIEL, das größte, das diese Welt je gesehen hatte?

Noch immer marschierten sie weiter. Wir hatten nichts tun können, um sie aufzuhalten, weder mit Tamors Pfeilen noch mit Wafnors großen Felsbrocken. Ich hatte nichts davon bemerkt, daß Dorn versucht hätte, diese Armee wieder zurück ins Grab zu bringen, und angesichts ihrer Größe konnte ich es ihm nicht verübeln. Es war, als versuchte man das Meer mit einem Löffel Öl zu beruhigen. Weit rechts von mir sah ich die ersten Reihen Knochen den Engpaß erreichen, in dem Thandbar wartete. »Guten Appetit, Verwandter«, wünschte ich ihm. Er stand nicht weit entfernt von mir. Gerade als ich es aussprach, fluteten die ersten Knochen auf die Ebene vor mir und vermischten sich mit den riesigen Knochen des Windes, den gigantischen sternförmigen Gerippen dieser Welt, Knochen, die wie meine eigenen Grolknochen angeordnet waren. Ich machte mich bereit, biß knirschend in den Fels hinein, öffnete weit das Maul.

»Sorah hat etwas GESEHEN … GESEHEN …«, rief Didir in meinem Kopf. Götter des Spiels, sagte ich zu mir selbst. Wen kümmerte jetzt, was Sorah GESEHEN hatte? Die Horde war dabei, uns zu überrollen, zu begraben, uns mit knochigen Fingern durchzusieben und in das Grauen des Höllenschlundes zu führen. Weit hinten auf dem Plateau sah ich *Krylobos* flattern und hochspringen, die am Rande der Armee Spieler angriffen, die dort standen. Anlauf, Treten, Wegrennen. Ein paar Knochen stürzten, ein paar verwesende Leichname stolperten, das war alles. Diese Vögel konnten, so groß sie auch waren, gegen einen solchen Ansturm nichts ausrichten.

Und nun näherte sich mir ein Ring von Bannern.

Huld inmitten seiner Spieler. Prionde war an seiner Seite, auf den Schultern seiner Untergebenen, Ghuls präsentierten sich in zerrissenem Putz um ihn herum. War das Dazzle? Gewiß doch nicht... Und doch, in Anbetracht von Hulds schrecklichem Ziel, warum nicht?

Wie ich es seit zwei Jahren immer wieder getan hatte, suchte ich nach den Spielern von Barish, suchte nach Trost, Freundschaft, Sicherheit, nach Unterstützung – und fand sie. Alle. Alle inmitten meines großen Körpers, des Körpers eines *Grols* mit seinem sternförmigen Skelett, alle inmitten meiner großen Gestalt, die dieser Welt entsprang, den Blick auf die nahende Horde gerichtet, die sich wie Wasser zwischen die Knochen des Windes ergoß...

Zwischen mir und den heranmarschierenden Skeletten erhob sich undeutlich ein Beinknochen, halb vergraben, schwer wie Stein, aber doch kein Stein, so eindeutig kein Stein, daß ich laut aufstöhnte. Wie hatte ich das so lange für Stein halten können? Dies hier waren keine Knochen des Windes. Dies hier war nicht von Wind und Wasser gekerbt. Dies hier waren alte Knochen, echte Knochen, wirkliche Knochen, Knochen von dieser Welt, Knochen aus uralten, unvorstellbaren Zeiten. In meinem Kopf schrie ich nach Dorn und Shattnir, schrie nach ihnen um Hilfe, um diese Knochen zu wecken, schrie um Kraft, um diese Knochen zu rufen, schrie nach Wafnor, um die Erde aufzubrechen, schrie nach allen, damit sie schauten, sahen, sich verbanden, bewegten, kämpften. Ich sah, wie sich der mächtige Knochen hochschob, wie das Gestein ringsum auseinanderbrach und in Fontänen trockenen, gesplitterten Gerölls nach allen Seiten stob. Der Knochen wuchs aus der Erde wie ein Baum, wurde größer und größer, von seiner unsichtbaren Wurzel nach oben gestoßen, eine große Form, mit der sich eine andere verband, und dann noch und noch eine, erst die fünf verbundenen Knochen, dann die Wölbung der Rippen, das Genick, der monumentale Kopf mit Zähnen, die so lang wie meine Beine waren, bis schließlich die ganze Gestalt sich erhoben hatte, mit einer Schulterhöhe von zehn Mann, und sich dem Knochenheer entgegenwandte, blindlings und rasend vor Wut.

Die Knochen des Windes zogen in den Krieg, in den Krieg, und nicht allein. Weitere sprossen aus der Erde dieses Ortes, eine Ernte so groß und schrecklich, wie kein Seher es glauben würde. Sie entwuchsen dem Fels zu Dutzenden, zu Hunderten, mit ihrer Größe den Himmel verdunkelnd. Sie schlugen um sich, stampften mit Füßen wie Hämmer aus Stahl, und die jämmerlichen menschlichen Gerippe vor ihnen fielen wie abgesicheltes Getreide nieder, um zertrampelt und von gigantischen Füßen und dem Wind gedreschflegelt zu werden. Knochensplitter wurden von diesem Wind fortgetragen, nach Westen und Norden, fort, fort, eine unaufhörliche, aufgeblähte pulvrige Wolke.

Gleich vor mir hatte das erste Ungeheuer über Huld einen Riesenschritt getan und ebenso über ein paar seiner Spieler, Knochentänzer, die zu Tode erschreckt waren, einen Ghul und – wahrhaftig – Dazzle. Sie schauten sich voller Panik um. Ich hörte, wie Huld auf sie einschrie, sie beschuldigte, diese Giganten erweckt zu haben. Traten sie den Rückzug an? Natürlich. Nichts wie weg von diesem Entsetzlichen, das sie dachten, selbst erweckt zu haben, weg von diesen Geschöpfen, denen diese Welt gehört hatte, bevor sie kamen, weg von dieser Gerechtigkeit, nach der sie nicht verlangt hatten, in den Hohlweg hinein, wo sie dachten, eine Fluchtmöglichkeit zu finden, sich aber irrten.

Ihr müßt mir glauben, wenn ich euch sage, daß ich

das Grolmaul über ihnen schloß und sie einfach erst in diesem steinernen harten Gefängnis gefangenhielt, während ich lange Zeit über Gerechtigkeit, Güte und all die Dinge, von denen Windlow mir oft erzählt hatte, nachdachte. Ich zermalmte sie nicht sofort. Ich wartete. Ich wartete und dachte nach und hörte ihnen zu, denn sie konnten noch sprechen und gegen meine Wände trommeln und sich gegenseitig beschuldigen, auch wenn es um sie herum dunkel war. Ich versuchte mich an irgend etwas Gutes zu erinnern, das Huld getan haben könnte. In Bannerwell hatte er eine Rolle gespielt, so getan, als sei er entsetzt und schockiert über die grausigen Pläne und Taten seines *thalans.* Es war seine Art gewesen, so zu leben, wie er wollte, und gleichzeitig vorzuspiegeln, daß er nicht dafür verantwortlich sei, und so hielt ihn die Welt lange Zeit für ehrenvoll und behandelte ihn mit Respekt. Sein wahres Gesicht hatte er in den Höhlen der Zauberkünstler gezeigt und im Höllenschlund, denn obwohl ich ihn dort nicht selbst gesehen hatte, hatte ich genug gehört, um mir über ihn gewiß zu sein. Was war er, der echte Huld, der richtige?

Und nach einer Weile beantwortete ich meine eigenen Fragen.

Er war überhaupt kein richtiger Mensch. Er war eine Abartigkeit, ein Ungeheuer aus Haß und Gier, ohne Seele. Wenn die Hebammen bei seiner Geburt dabeigewesen wären, hätte er diese nicht überlebt. Und weil es so war, verdiente er nicht, weiterzuleben. Punktum. Dann schlossen sich die Grolkiefer und mahlten aus ihm heraus, was Gutes in ihm steckte. Als Dank für die Angst, die du Seidenhand verursacht hast, und den Schmerz, den du mir bereitetest hast, und den Schrecken, den du über die die Welt brachtest, bringe ich dir Frieden, Huld. Das waren meine Gedanken.

Und nach einer langen Zeit, nachdem ich beobachtet

hatte, was die großen Knochen dieser Welt auf der öden Hochebene von Bleer anrichteten, gab ich Masse auf und ging zu den Felsen zurück, um meine Freunde zu suchen. Wir saßen schweigend da, bis das Geschehen vorüber war. Dorn hatte sie nicht gerufen, ich auch nicht, und Wafnor ebensowenig. Sie benötigten keine Kraft von uns. Sie führten Krieg, weil die Welt danach verlangt hatte, daß sie es taten.

Ich erkannte in ihnen Riesen, die *Pombis* oder *Fustigare* hätten sein können; Geschöpfe, die lang und gewunden wirkten wie *Grole* aus einer alten und mächtigeren Zeit. Geschöpfe mit Zähnen wie Krummsäbel wüteten unter den Spielern, während andere weiterhin Skelette zertrampelten. Das Ganze zog sich bis weit in die Nacht hinein. Lange, lange, nachdem der letzte von Hulds Spielern tot oder geflohen war, setzten die großen Tiere ihren Kampf fort. Erst gegen Morgengrauen begannen sie zusammenzubrechen und niederzusinken, sich so hinzulegen, wie wir sie zuerst auf dem Plateau gesehen hatten, wie vom Wind geschliffene Dinge, tot, seit hunderttausend Jahren vergangen. Zwischen ihnen streiften die Schattenmenschen mit fröhlichem Gesang umher, Flöten spielend und meinen und Jinians Namen rufend. Als wir zu ihnen hinuntergingen, umringten sie uns und bettelten eindringlich nach etwas Gebratenem, Saftigem. Länger anhaltende Ehrfurcht war nichts für sie, und somit auch nicht für mich. Wir verköstigten sie, sangen mit ihnen, und im Morgengrauen sahen wir Himaggery und Mavin aus dem Himmel zu uns herabstürzen.

13

Das dreizehnte Talent

Mavin kam als Drache, Himaggery auf ihrem Rükken. Hinter den beiden flog eine kleines Heer von Waffenträgern, nicht aus der Leuchtenden Domäne, sondern von einem Ort nahe der Schulstadt. Himaggerys Seher hatten ihm schon lange, bevor meine Nachricht ihn erreichte, gesagt, daß wir Hilfe benötigten. Ich reagierte darauf ziemlich säuerlich, bis Mavin mich beruhigte.

»Der Seher sagte, ihr bräuchtet uns nicht *während* der Auseinandersetzung. Und schau dich doch um! Sind hier noch irgendwelche Spieler, die gegen dich kämpfen? Nein, es sind keine mehr da. Keine, die gegen einen von *meiner* listigen Familie antreten möchten.«

Sie hatte natürlich recht. Der Kampf hatte sich nicht einfach bloß gewendet, er war endgültig gewonnen. Chance lief hin und her und sagte immer wieder: »*Aus*gelöscht.« Er hatte die Schlacht aus sicherer Entfernung mit seinem Spähglas beobachtet. »*Aus*gelöscht.« Dieses Wort paßte, wie ich dachte, auch auf eine Menge anderer Dinge. Es blieb keine Zeit, weiter darüber nachzudenken. Himaggery mußte Barish und den anderen vorgestellt werden, ein Vorgang, der ihn für mehrere Stunden vor lauter Respekt und Ehrfurcht seiner üblichen Zungenfertigkeit beraubte. Als Mertyn erschien, wurde die ganze Prozedur wiederholt – und noch einmal beim Eintreffen von Rätsel und Quench.

Ich trat Rätsel sehr reserviert gegenüber. Er lief krebsrot an und fiel fast auf die Knie, um meine Verzeihung zu erbitten. »Mein einziger Gedanke war, soviel herauszufinden wie möglich, Peter. Ich wollte nicht, daß du davon erfährst, weil es doch ein Geheimnis der Unveränderlichen war. Quench versicherte mir, daß die Kappe vollkommen ungefährlich sei, daß sie dir in keinster Weise schaden könne …« Mein Blick brachte ihn zum Schweigen.

Jinian, die die ganze Zeit neben mir gestanden hatte, rettete die Situation. »Peter weiß, daß Ihr ihm nicht schaden wolltet, Rätsel. Aber im Wald bei Xammer liegt ein Unterherold tot im Unterholz, und gleichgültig, ob Ihr Peter schaden wolltet oder nicht, das Ergebnis war keineswegs harmlos.«

»Es war meine Schuld«, erklärte Quench. »Ihr müßt Rätsel verzeihen, junger Mann. Ich verstand nicht, wie vielschichtig diese ganze Spielerei eigentlich ist. Mir war nicht klar, daß sie häufig Tod bedeutet. Ich lebte zu lange in diesem Pestloch unter dem Berg. Dort war nichts wirklich. Überall nur Rituale und Wiederholungen, Hierarchie und Besorgnis über entsprechende Positionen im Gefüge dieser Dinge. Nichts war Wirklichkeit. Vergebt ihm, bitte. Macht mich dafür verantwortlich, denn ich bin der Schuldige.«

Es endete damit, daß ich Rätsel meine Hand anbot, wenn auch nicht lächelnd, und seine Erklärung so akzeptierte, wie sie war.

»Es war vor einem Jahr, Peter, da fand ich alte Dokumente von meinem Großvater. Es stand etwas von einem alten Kontrakt darin, einem Versprechen zwischen meinem Volk und Barish. Ich hatte nie zuvor davon gehört. Mein Vater war noch ein Kind, als sein Vater starb. Ich war ein Kind, als mein Vater starb. Wenn es also einen Vertrag gegeben hatte, eine geheiligte, geheime Verpflichtung, so war die Kette in Dindindaroo zerrissen worden. Die Dokumente sprachen von einem gewissen Ort im Norden. Du erinnerst dich, wie ich vor einem Jahr mit dir reiste. Ich verließ dich unterhalb von Betand, um nach Kiquo zu gehen, über die Hohe Brücke in diese Einöde hier. Es war vergebens. Es gab keinen Führer, keine Landkarte, nichts.

Dann erschien vor einiger Zeit dieser Bursche hier, Vitior Vulpas Queynt, und erzählte mir von demselben Vertrag. Er steckte voller Andeutungen, voller Worte, Nicken und Winken. Und zur gleichen Zeit fanden im Westen ein paar meiner Männer Quench, der ziellos herumwanderte. Nun, Quench und ich steckten die Köpfe zusammen, und wie es aussah, bestand die einzige Möglichkeit, überhaupt irgend etwas herauszufinden, darin, meinen Großvater zu erwecken. Wie ich bereits sagte, ich wollte dir nichts Böses.«

»Danach habt Ihr also in Dindindaroo gegraben«, sagte ich. »Ihr habt erst kürzlich von dieser uralten Vereinbarung gehört.«

»Hat uns auch nicht viel weiter gebracht, bloß davon zu hören«, polterte Quench. »Ich wollte einen Beweis, daß dieser Spieler Huld ein Betrüger ist. Ich wollte wissen, wohin Barish verschwunden war, und worum es sich bei diesem geheimnisvollen Rat eigentlich handelte. Wißt Ihr, unsere eigene Geschichte erzählte von Barish und auch von Vulpas. Ich wollte alles herausfinden, die Wahrheit entdecken, aber Ihr habt uns nach Süden auf eine völlig idiotische Fährte gejagt. Ist uns wahrscheinlich recht geschehen. Wir haben euch ja auch getäuscht. Laßt uns das alles vergessen und vergeben.«

»Als wir mit leeren Händen zurückkamen«, sagte Rätsel, »gingen wir zu Himaggery, was wir am besten gleich zu Anfang getan hätten. Ich wußte, daß er redlich ist. Wir hätten sofort zu ihm gehen sollen.«

»Hätte uns viel unsinniges Herumgerenne erspart«, warf Himaggery ein, der im Laufe all dieser Geständnisse und Enthüllungen zu uns gestoßen war. »Wir suchten Quench den ganzen Fluß Haws entlang bis weit im Westen über Hawshafen hinaus, und wir suchten Huld überall, bloß nicht im Höllenschlund. Wir wußten, daß es eine Grube des Schreckens war, das Nest eines Ghuls, aber wir stellten uns nicht Huld als Herrn dieses Ortes vor. Er schien zu stolz für solch eine Unehrenhaftigkeit zu sein.«

»Ich glaube«, sagte Jinian, »daß wir nur zu bald unsere Vorstellungen von Unehrenhaftigkeit werden revidieren müssen.« Sie drückte mir die Hand und ließ mich stehen, wo ich über diese Worte nachgrübelte, während die anderen ihre geschichtliche Erkundung fortsetzten, mit solch inbrünstiger Verehrung, daß es sie fast am Boden festnagelte.

Dorn war nicht bei ihnen. Ich ging, ihn zu suchen. Er befand sich auf einem kleinen, erhöht liegenden Felsen bei Seidenhand, Tamor und König Kelver nahe Barishs Bergfried. Tamor war von seiner körperlichen Wunde geheilt worden, doch nicht von der, die seinem Stolz geschlagen worden war, denn er war der einzige von uns, der überhaupt verwundet wurde. Er winkte mir kurz zu und verschwand, ebenso wie Kelver und Seidenhand, die, Hand in Hand, nicht mehr viel von ihrer Umwelt mitbekamen. Ich glaube, ich seufzte. Dorn warf mir einen scharfen Blick zu, den ich nur zu gut erkannte, obwohl ich ihn mit meinen Augen zuvor noch nie gesehen hatte.

»Hast du da irgendwelche Absichten gehabt?« fragte er.

»Nein. Oder – ja«, gab ich zu. »Ja, vor einiger Zeit. Aber nicht mehr, seitdem Kelver aufgetaucht ist.«

»Und Jinian erschien?«

Das war schon schwieriger. Klar, sie hatte gesagt, sie liebe mich, irgendwann in den letzten Tagen in einem Augenblick völliger Verwirrung. Klar, sie hatte gesagt, ich sei klug, und das hatte sich halbwegs bewahrheitet, wenn man den Ausgang des Kampfes als Beweis nehmen wollte. Klar, einige Teile von mir rührten sich bei dem Gedanken an sie, jedenfalls manchmal. Aber …

»Sie sagt, sie sei eine Zauberin«, sagte ich.

»Aha«, meinte Dorn. »Das ist schwierig.«

»Ich glaube, es ist schwer, Zauberer zu lieben. Obwohl es gut ist, sich mit ihnen zu verbünden.«

»Wer weiß noch davon?«

»Niemand. Ich sollte es nicht weitererzählen, doch Ihr und Didir – nun ja, Ihr gehört ja quasi mir. Es ist wie eine Art Selbstgespräch. Ja, und Chance weiß es, weil er dabei war, als sie es erzählte. Aber Jinian scherzt nicht mit der Wahrheit, Nekromant. Wenn sie sagt, sie sei es, dann stimmt es auch.«

»Oh, das bezweifle ich nicht. Ich frage mich nur, ob du dir Gedanken darüber gemacht hast, was sie sonst noch sein könnte.«

»Ein anderes Talent außer Zauberei? Ich wußte nicht, daß so etwas möglich ist.«

Er lachte. »Peter, ihr jungen Menschen seid wirklich erstaunlich. In jedem von euch wird die Welt erneut geboren. Nein, ich wollte damit nicht sagen, daß Jinian noch ein weiteres Talent besäße. Sie ist aber, außer Zauberin zu sein, noch eine menschliche Person, eine weibliche, ungefähr siebzehn Jahre alt. Nach meiner Erfahrung sind sich menschliche Personen dieses Alters – und die darüber hinaus auch – ziemlich gleich. Die meisten von ihnen lieben, hassen, weinen, sehnen, zittern vor Angst. Die meisten von ihnen kämpfen und vergeben und fassen mutige Entschlüsse. Dürfte ich vorschlagen, daß du, falls du dich zur Freundschaft mit Jinian entschließt, dies eher mit der Person als mit der Zauberin tun solltest? Sehr wahrscheinlich braucht die Zauberin niemanden – nicht einmal Jinian selbst. Sehr wahrscheinlich braucht Jinian jemanden in der Zeit, in der die Zauberin nicht herrscht.« Und er tätschelte mich sehr freundlich, als wäre ich eine Art halbzahmer *Fustigar.*

Sein Vortrag beschäftigte meine Gedanken dermaßen, daß ich für mehrere Stunden die Einsamkeit suchte und während dieser Zeit mit niemandem sprach.

Chance fing mich ab, als ich zurückkehrte. Er wollte über den Kampf, die riesigen Knochen und ihre Gewaltigkeit sprechen. »Sie machten weiter und weiter, lange, nachdem ihr aufgehört hattet, sie zu erwecken. Das haben Dorn und Queynt erzählt.«

Zwar hatte ich keine Erklärung dafür, aber ich bestätigte, daß es stimmte, soweit ich wußte. »Die Mächte dieser Welt«, sagte Chance, »wenn man Queynt glauben will. Oh, es gibt Dinge hier, von denen wir nichts ahnen, wenn man Queynt glauben will.« Seine Stimme klang stolz, überhaupt nicht neidisch oder ehrfurchtsvoll. Er war wohl in unserer Gruppe abgesehen von Jinian der einzige, der Queynt einfach als normalen Menschen anerkannte. Queynt hatte einen Gefolgsmann gefunden, einen Gefährten, einen wahren Freund. Nun ja, sagte ein Teil von mir, ich brauche nicht länger ein Kindermädchen. Nun ja, sagte ein Teil von mir, du wirst ihn schrecklich vermissen, wenn er mit jemand anderem fortgeht.

Tja.

Gibt es sonst noch etwas zu erzählen?

Über Mavin und Thandbar vielleicht? Sie näherte sich ihm vorsichtig, bereit, ihn zu verehren, sollte er sich als Idol erweisen, gewappnet, ihm mit Ehrfurcht zu begegnen. Als ich eine Stunde später an ihnen vorbeiging, erzählte sie ihm eine Geschichte über Schlaizy Noithn, und er bog sich vor Lachen. Ich rümpfte die Nase. Ich hatte es nicht für lustig gehalten, als ich es erlebte.

Oder über Barish-Windlow und Himaggery, die sich

mit gemischten Gefühlen von Widerspruch und Zuneigung umkreisten? Himaggery voller Protest und Wut über das Schicksal Hunderttausender Spieler in den Eishöhlen, Windlow ebenso bestürzt, und Barish, der versuchte, sie an zwei Fronten zu bekämpfen und sein Experiment mit Argumenten wie ›menschlicher Fortschritt‹ zu verteidigen versuchte. Himaggery fragte, was die hunderttausend Meisterspieler wohl täten, wie sie leben sollten, wenn sie plötzlich aus jahrhundertalter Gefangenschaft befreit würden; Barish setzte sich über Windlows Bestürzung hinweg, indem er rief, er erwarte, daß Leute ihren Kopf gebrauchten und sich das überlegten. Ich bemitleidete Barish und beneidete ihn zugleich. Er trug zu viel von Windlow in sich, um der zu sein, der er früher gewesen war. Aber der von früher hatte es auch nötig, eine Menge von Windlow zu haben.

Später sah ich ihn, wie er sich bückte und die Blätter eines winzig kleinen grauen Krautes abpflückte, das in einer Felsspalte wuchs. Er zerrieb sie unter der Nase und berührte sie mit der Zunge, wie ich es Windlow unzählige Male hatte tun sehen. Ich ging zu ihm und umarmte ihn, schaute hoch und sah einen Unbekannten, der mich aus Barishs Augen ansah. Aber es war Windlows Stimme, die mich beim Namen nannte, Windlow, der meine Umarmung erwiderte.

Oder über Quench und die *Techniks*, die sich um die Maschine versammelt hatten und sich in einer unverständlichen Sprache unterhielten, während einige von ihnen in den Bücherregalen stöberten. »Reparierbar!« krähte Quench schließlich. »Die Maschine kann repariert werden! In der Kiste liegen Ersatzteile. Wir können das Ding auseinandernehmen und in den Höhlen wieder zusammensetzen …« Also war er von Himaggery und Mavin auf den richtigen Pfad gebracht worden und ich war froh, ihn zu denjenigen zählen zu können, denen ich vertraute und die ich mochte. Ich beschloß, ihm die Sache mit der Kappe zu verzeihen. Er hatte es nicht böse gemeint.

Über Mavin und Himaggery und Mertyn, als sie hörten, daß die Maschine repariert werden konnte? Über ihre Pläne, die Hunderttausende aus ihrem langen Schlaf zu erwecken und allesamt zum See Yost und der Leuchtenden Domäne zu bringen? Sie waren entschlossen, sie alle zusammen an einem einzigen Ort zu erwecken und mit ihnen eine bessere Welt aufzubauen.

Als Windlow-Barish das hörte, schien er erneut bestürzt und zerrissen. »Moment mal«, begann er, »so habe ich mir das nicht vorgestellt ...«, brach dann aber ab, und ich konnte spüren, wie sich das Gespräch in seinem Inneren fortsetzte. Dann begann die Diskussion von neuem, und dieses Mal hatte Windlow-Barish Dinge zu sagen, denen Himaggery mit Respekt zuhörte.

Später dann, über Jinian und Himaggery.

»Werdet ihr Regeln haben?« fragte sie. »In eurer neuen Welt?«

»Keine unwiderruflichen«, sagte er gewichtig.

»Wie werdet ihr leben?«

»Wir werden das tun, was Windlow gewollt hat«, sagte er. »Er erklärte uns, wie Menschenvölker der Unordnung anheimfielen und darum Gesetzesvölker an ihre Stelle gesetzt wurden. Er erklärte uns, daß diese Gesetzesvölker dann alle Gerechtigkeit vergaßen und das Gesetz zum SPIEL werden ließen, einem SPIEL, in dem die Züge und der Sieg wichtiger wurden als die Wahrheit. Er sagte uns, daß es wichtiger sei, Gerechtigkeit zu finden als zu SPIELEN. Es waren die Gesetze, die Regeln, die das SPIEL bestimmten. Es war das SPIEL, das Ungerechtigkeit erzeugte. Uns bleibt nur, etwas Neues zu versuchen und zu hoffen, daß es besser gelingt.«

Sie beließ es dabei. Ich beließ es dabei, dankbar dafür, daß die Sache, die Windlow am meisten am Herzen lag, eine Chance bekam zu überleben.

Über Barish und Didir, die eng zusammenstanden und so vertieft in ihr Gespräch waren, daß sie mich nicht einmal bemerkten.

»Nun, Liebste«, sagte er, »bist du zufrieden?«

»Zufrieden? Du hast mir gesagt, ich solle mich ein paar hundert Jahre hinlegen, damit wir erwachen könnten, um eine bessere Welt zu schaffen, eine Welt aus Zeit, Hoffnung und guten Vorsätzen. Und nun wache ich auf und stelle fest, daß andere diese Welt bauen, andere im Besitz deiner Saat sind, andere die Ernte planen, ein anderer dich bewohnt, mein Liebster. Vielleicht sollte ich mir etwas anderes überlegen. Vielleicht ein Kind zu bekommen. Oder Ziegen zu züchten...«

»Es gibt keine Ziegen auf dieser Welt, Didir. Zeller. Du kannst Zeller züchten.«

»Meinetwegen Zeller. Ich werde ein paar *Krylobos* domestizieren, eine Exzentrikerin werden, das Weben erlernen.«

»Wirst du bei mir bleiben, Didir?«

»Ich kenne dich nicht. Der, der du nun bist... Vielleicht. Aber dann würde ich gern erfahren, was Vulpas eigentlich weiß. Wie hat er es geschafft, die ganze Zeit über am Leben zu bleiben, während wir schliefen?«

»Wirst du bei *mir* bleiben, Didir?«

»Vielleicht.«

Über Buinel und Shattnir, die in Barishs Bergfried zusammen Wein tranken.

»Meiner Meinung nach, Shattnir, hätte er es ganz deutlich, nicht in dieser eigenen Kurzschrift, niederschreiben und mindestens hundert Kopien davon anfertigen sollen. Sie hätten in allen Tempeln niedergelegt werden können, und bestimmt war es ein Fehler, nur eine einzige Familie der Unveränderlichen ins Vertrauen zu ziehen.«

»Das ist doch jetzt gleichgültig, oder?« Shattnir, kalt, unpersönlich.

»Darum geht es nicht. Es ist eine Frage der korrekten *Verfahrensweise*! Wenn er mich bloß gefragt hätte! Ich hätte ihm sagen können, wie …«

Über Trandilar.

»Nun, mein Lieber, was hält deine Zukunft an aufregenden Überraschungen bereit?«

Ich errötete. »Ich hatte noch keine Zeit, darüber nachzudenken, große Herrscherin.«

»Ach, Peter! Große Herrscherin! Komm schon … wie gestelzt. Kennen wir einander nicht gut genug, um diese Formalitäten fallenzulassen? Mußt du wirklich erst darüber nachdenken? Ich dachte, deine Zukunft würde dir entgegenstürmen, mit einem Satz in dein Herz springen wie ein unabwendbares Schicksal.«

Sie lachte über mich, mit mir. Sie strich mir übers Gesicht, was die Röte noch um einen Grad vertiefte, und fuhr dann fort:

»Du willst kein Teil von Himaggerys Experiment werden, stimmt's? Es gibt kaum Platz für Himaggery *und* Barish darin, geschweige denn für andere. Du willst auch nicht unter ihren Augen und denen von Mavin leben? Nein. Dachte ich mir schon.« Sie winkte über meine Schulter nach jemandem und erhob sich dann, um Sorah die Hand zu reichen, die sich zu uns setzte und ihre Maske neben sich legte.

»Schwester«, sagte Trandilar, »du siehst hier jemanden vor dir, der ziemlich jung und verwirrt ist. Es würde ihm helfen, wenn er wüßte, was die Zukunft für ihn bereithält.«

Feierlich, doch mit einem Zwinkern in den Augen, legte Sorah die Maske an, glättete sie mit langen, zartgliedrigen Fingern, streckte ihre Hand in der erhabenen Geste aus, die Seher manchmal anwenden, um eine Menschenmenge zu beeindrucken.

»Ich SEHE. Ich SEHE«, intonierte sie, »Dschungel und Städte, die Länder der *Eesties*, die fernen Ufer der Gleißenden See, und dich, Peter, mit einem Zauberer – einem Mädchen, ja. Jinian.« Ihre Stimme klang nur ein bißchen neckend, freundlich und lachend, und ich wollte gerade anfangen, in ihr Lachen einzustimmen, als sich ihre Stimme plötzlich verdunkelte und wie eine mächtige Glocke zu schwingen begann. »Schattenmeister. Bewahrer des Schlüssels. Züchter des Sturmes. Der Zauberer bewahrt das Buch, das Licht, die Glocke …« Und sie verfiel in Schweigen.

Trandilar schüttelte den Kopf. »Peter, lerne von mir. Scherze mit Talenten, und es geht auf deine Kosten. Es ist kein Witz.« Und sie half Sorah einen Platz zu finden, wo sie sich hinlegen konnte.

Über Peter und Jinian.

»Es ist sicher schwierig, eng mit einem Zauberer zusammenzuleben«, sagte sie zu mir. »Ich glaube, Mavin fand das auch, und deshalb entstand dieses ganze Hin und Her zwischen ihr und Himaggery. Aber es ist auch nicht einfach, einen Wandler zu kennen.«

»Ein Wandler bleibt innerlich immer derselbe«, gab ich zu bedenken.

»Gewöhnlich, aber nicht immer. Erfahren wir nicht durch unsere Gestalt, wer wir sind? Du hast mir von Mandor erzählt. Lernte er nicht durch seine Schönheit, was er wurde? Oh, ich will damit nicht sagen, daß in einigen Formen nur Gutes und in anderen nur Schlechtes wohnt, sondern einfach nur, daß wir von ihnen Gutes oder Schlechtes lernen. Also könntest du dich verändern, Peter.«

»Verändern sich Zauberer nicht?« Mich drängte verzweifelt danach, sie zu fragen, welche Talente Zauberer haben, aber ich fürchtete mich vor der Antwort, die sie geben könnte. »Bleiben sie immer dieselben?«

Sie grinste mich an. »Oh, wir verändern uns. Ich war ziemlich einverstanden, so dachte ich jedenfalls, um für meinen Bruder einen Bund mit König Kelver zu schließen, bis ich dich traf, Peter.«

»Kelver sieht besser aus«, wandte ich ein.

»Stimmt, aber er ist älter. Er hatte mehr Zeit, ein Gesicht zu entwickeln. Dir wird das auch gelingen. Wart's ab.«

»Hältst du mich nicht für zu jung, um einen Bund zu schließen.«

Jinian seufzte. »Ich glaube nicht, daß wir zu jung sind, um eine Entscheidung zu treffen, wenn wir diesen Ort hier verlassen. Himaggery wird dich wieder in der Leuchtenden Domäne erwarten. Ich könnte nach Xammer zurückkehren. Keiner von uns beiden will das. Es war närrisch von mir zu sagen, daß wir tun sollten, was Barish tun wollte. Barish wird es tun. Himaggery wird es tun. Es ist ihr Plan, nicht meiner.«

Ich schob mein Gewicht von einem Fuß zum anderen und nagte an meiner Lippe, während ich überlegte, was ich nun sagen sollte. Dann dachte ich an Sorahs Worte, nicht die über die klingenden Glocken, sondern die vorherigen, die fröhlichen.

»Jinian, sähst du gern die Dschungel und Städte, die *Eesties* und die Ufer der Gleißenden See? Queynt sagte, er ginge dorthin. Er würde uns bestimmt mitnehmen.«

»O Peter, das sähe ich lieber als alles andere auf der Welt.«

Was bleibt also?

Der Höllenschlund.

Wir gingen dorthin, Dorn, Himaggery, Mertyn, Mavin und ein Heer. Knochen wanderten frei herum, bewegten sich von selbst, unterhielten sich mit einem alten blinden Mann, der zwischen ihnen mit einem

Schlüssel herumlief und versuchte, das Schloß zu finden, das er verloren hatte. Dorn brachte sie zur Ruhe, die kleinen und die großen, auf eine Weise, daß sie niemals mehr erweckt werden konnten. Von dem Platz ist nichts mehr übrig. Jeder Stein wurde umgestürzt, und alle von Hunderten von Tragamoren bis zum Westlichen Meer verteilt. Dann verband ich die Spieler noch einmal und bemerkte dabei zum ersten Mal, daß ich das besaß, was Himaggery das Dreizehnte Talent genannt hatte. Jinian hatte recht. Ich brauchte niemanden, nur mich selbst – und etwa ein paar hundert Spieler von Format.

Stellt euch also vor, wie wir jetzt zum höchsten Punkt der Straße reiten, die über die Dorborberge führt, jenen Ort, an dem sich der Weg nach unten zu den Dschungelstädten im Norden neigt. Queynt und Chance sitzen auf dem Fuhrwerk; Yittleby und Yattleby ziehen es mit gleichmäßigem, leichtfüßigem Schritt voran. Jinian und ich blicken nach Süden zurück, wo die Länder des Wahren Spiels ausgebreitet liegen, Stadt und Domäne, Land und Fluß, Turm und Feld, weit und verhangen im Licht der im Westen versinkenden Sonne. Kein Nebelriese wandert jetzt mehr den Rand der Welt entlang. Vielleicht werden wir selbst dort einmal entlang gehen, zur rechten Zeit, voller Hoffnung, wenn das Schicksal es will.

Wer weiß?